本书为圆明园管理处资助项目

清代圆明园御制诗文集

第一辑

二

何瑜//编著

中国大百科全书出版社

目录

圆明园

天然图画

天然图画，圆明园四十景之一。位于后湖东岸，镂月开云以北，始建于雍正帝即位之前。天然图画为一临湖方楼，楼外悬“天然图画”匾。楼北为朗吟阁，阁内悬“朗吟阁”匾，此阁为胤禛做皇子时最喜居之处。朗吟阁北为竹薖楼，楼外悬“桃花春一溪”匾，皆雍正帝书。天然图画东为五福堂，堂额原为康熙帝御笔，堂内有雍正帝题“莲风竹露”，联曰“欣百物向荣，每识乾坤生意；值万几余暇，长同海宇熙春”。乾隆晚年堂额又改为“五福五代堂”。堂后迤北为竹深荷静，咸丰时改称湛静斋。斋东南为静知春事佳，又东渡河为苏堤春晓。登上天然图画楼，俯瞰后湖风光万千，远眺西山群峰如画。

雍正朝

秋日登朗吟阁寓目

缥渺遥峰带夕曛，晴光历历望中分。
桥移虹影当溪卧，风度蝉声隔岸闻。
数片晚霞三径菊，一潭秋水半床云。
高亭避暑才吟罢，又听金飚送雁群。

曛：日落余光。
金飚：秋天的大风。

乾隆朝

乾隆九年

天然图画

庭前修篁万竿，与双桐相映。风枝露梢，绿满襟袖。西为高楼，折而南翼以重榭，远近胜概，历历奔赴，殆非荆关笔墨能到。

我闻大块有文章，岂必天然无图画。

茅茨休矣古淳风，于乐灵沼葩经载。
松栋连云俯碧澜，下有修篁戛幽籁。
双桐荟蔚矗烟梢，朝阳疑有灵禽哕。
优游竹素夙有年，峻宇雕墙古所戒。
讵无乐地资盛赏，湖山矧可供清快。
岿然西峰列屏障，眺吟底用劳行迈。
时掇芝兰念秀英，或抚松筠怀耿介。
和风万物与同春，甘雨三农共望岁。
周阿苔篆绿蒙茸，压架花姿红琐碎。
征歌命舞非吾事，案头书史闲披对。
以永朝夕怡心神，忘筌是处羲皇界。
试问支公买山价，可曾悟得须弥芥。

大块文章：李白有诗云“阳春召我以烟景，大块假我以文章”。大块指天地。

茅茨：茅草编的屋顶，代称茅屋。

于乐：即“于乐辟雍”，喻在宫中作乐。

灵沼：池沼的美称。

葩经：《诗经》的别称，因韩愈《进学解》中有“诗正而葩”得名。

竹素：犹竹帛，多指史册、书籍。

峻宇雕墙：形容装饰华美的高大房屋。

芝兰：指蕙兰和白芷两种香草。

秀英：竹。

松筠：筠指竹子的青皮，喻节操坚贞。

蒙茸：蓬松的样子。

羲皇界：意谓达到了伏羲氏以前的那种恬淡无营，胸无俗念的境界。

支公买山：支公，即支遁，东晋高僧，崇信佛教，精通老庄之说，相传其曾买山隐居。

须弥芥：佛家语，指微小的芥子中能容纳巨大的须弥山。比喻小中见大。

乾隆二十四年

五福堂六韵

春光酣百六，景物逗吟凭。
园内此堂古，祖恩皇考承[①]。
翘心思好德，圣意示含弘。
竹埭琳琅峙，兰池绮縠澄。
对时常契会，肯构敢云能。
敛锡遵前训，钦哉勖继绳。

① 堂名，皇祖所赐也。

百六：即一百六日，代称寒食日。
翘心：仰慕，悬想。
绮縠：绫绸绉纱之类丝织品的总称。此处指池水的波纹。

桃花春一溪

水裔桃之华灼灼，恰似琳池浸霞脚。
东风惯与作参商，只见其忧那见乐。
落英缤纷如印泥，宛转桃花春一溪。
高楼溪上契妙悟，空色色空轩篆题。
讵必武陵无杂树，漫拟江南淮口渡。
烟花世界幻三千，到此微尘无用处。
忘物之极同物悲，调御神权谁则窥。
我惟仔肩凛佛时，好春花事非我知。
每见蓬蓬风善妬，不惜花零惜云去。

水裔：水边。

灼灼：鲜明的样子。

霞脚：低垂近地面的云霞。

参商：参、商为二十八星宿之一，二者不同时在天空出现。常以之喻彼此对立，不和睦。

仔肩凛佛时：仔肩，所担负的任务、责任。佛，即大。时，即是。意为小心翼翼地承担着治国的大事。

蓬蓬：形容风吹动貌。

朗吟阁

画阁云楣圣藻书，题名犹在我生初[①]。

尔时海阔天空意，厥后朝乾夕惕居。

空色佛诠付茫若，治安道要正惭如。

孩提常此闻诗礼，石火流阴越感予。

① 阁名犹皇考潜邸时所题也。

云楣：饰有云样花纹的屋梁。

圣藻：帝王的文辞。

石火：原意为击石发出的火花，因其一发即灭，喻岁月易逝，人生短暂。

流阴：光阴流逝。

乾隆五十年

题五福堂

五福堂昭圣日临，园中最古历年深。

闻诗闻礼那忘昔，益敬益惭直至今。

祖德宗功庆贻世，曾看元抱幸从心。

待之五十载一咏[①]，得以艰惟慰以钦。

① 五福堂额为皇祖御书，以赐皇考。雍和宫及圆明园此堂，并摹泐恭悬。昨岁，喜得五代元孙，为五福五代堂记，因数典于此。仰惟贻庆钟祥，当赐额时，实已远兆庥征，而予所以迟至五十年始一题咏者，亦留以有待今日耳。

乾隆五十一年

五福堂玉兰花长歌志怀

御园中斯最古堂，其年与我相伯仲。
清晖阁松及此花，当时庭际同植种。
松遭回禄花独存，癸未夏月曾具论[①]。
忽忽今复廿余载，对花那忍能无言。
苍松应较花禁久，花益茂荣松乌有。
惟因隔远逭池鱼，马迁语亦或可取[②]。
忆昔少年花开时，乐群敬业相嬉怡。
芝兰玉树蒙顾复，久成古语余清悲。
今年西巡春仲月，谓过花时芳早歇。
岂知通闰节候迟，归来夏孟花仍发。
吐萼弹苞如有待，翻惜烂漫饶光彩。
由来菀者枯之机，是吾殷勤所以乃。
轮囷嘉荫半亩余，枝枝朵朵相扶疏。
远如银塔素云护，近讶琳鼎沉檀嘘。
含韵斋之前六树[③]，曾以竹溪六逸喻。
玉兰堂前只一柯[④]，牛鬼蛇神吟亦寓。

此[⑤]应视彼为孙[⑥]子，而彼曾以古人拟。

晋代名流合胜唐，谓此真如叔则矣。

大都物芗有待时，多年顿置今摛词。

摛词长言之不足，手之舞之足蹈之。

① 清晖阁前松九株，植已数十年。癸未夏月，不戒于火，有乔松叹纪事诗。

② 向曾论司马迁所云：非附青云之士，恶能施于后世，是即马迁之所以取荣，抑亦马迁之所以取辱。兹九松已毁，而玉兰独存，因其地相隔远未致延毁，得以自全。是则马迁青云之附之语，或亦有谓也。

③ 含韵斋前玉兰六树，向曾以竹溪六逸拟之，五七言屡有题咏。

④ 玉兰堂前一本枝繁花盛，因以名堂。向谓玉兰与辛夷同根，应移木笔之名与玉兰，曾有牛鬼蛇神吓鬼神之句。

⑤ 谓五福堂者。

⑥ 谓含韵斋及玉兰堂者。

回禄：即回禄之灾。回禄系传说中的火神名，指遭受火灾。

菀：草名。

轮囷：盘曲貌，或硕大貌。

竹溪六逸：盛唐诗人李白、孔巢父、韩准、裴政、张叔明、陶沔的合称。

牛鬼蛇神：原指牛头的鬼，蛇身的神，后泛指妖魔鬼怪。

芗：同“香”。

顿：同“趸”。

摛词：铺陈文词。

乾隆五十二年

五福堂对玉兰花二十韵

五福堂阴玉兰树，五十年曾未一顾。

昨岁夏首偶看花，却似故人欣重遇。

忆昔幼龄花下游，昆弟仆役鲜个留。

老我独兹对乔木，可能恝置无句酬。
昨岁闰前花如待[①]，今年春仲花时乃。
碑石轩窗洁治精，略经剪拂开花倍[②]。
花诚知报不我欺，抚笺欲吟还廑思。
菁莪棫朴有如是，树人人可副予期。
揭绎五福具深义，皇考筑堂额祖赐。
地灵物并受资藉，洪范之畴花亦备。
一曰寿实花之身，种时与我同庚真[③]。
即今挈枝高出屋，容容白玉盘轮囷。
二曰富实花之朵，繁英千万枝头娜。
游蜂舞蝶任采芳，由来无可无不可。
三曰康宁则信然，清晖松植原齐年。
松经回禄花依旧[④]，琳枝琼蕾翻增妍。
四曰攸好德之则，受采后素以为色。
设若花中品四科，颜闵俦也他弗克。
五曰考终命之畴，五福之备无他忧，
咨尔昌昌发英者，莫非祖考所贻庥。

① 昨岁七月遇闰，节气较迟，至西巡回跸后，四月初玉兰尚正开，是以有“归来孟夏花仍发，吐萼弹苞如有待”之句。

② 昨年，于堂中对花，成长歌志怀，立卧碑于庭，勒诗其上，并饰新轩牖，点缀文石。今春花发，倍胜常年，信物芗有待也。

③ 圆明园经营于康熙辛卯岁，盖与予同年也。此玉兰及清晖阁之松，皆彼时所种。

④ 清晖阁前松九株，与玉兰同植，盖数十年矣。因癸未五月，不戒于火，九松尽毁，而玉兰以地隔远，得以无恙，至今独茂，并见去岁长歌。

恝置：淡然置之，不加理会，或不在意，置之不理。

菁莪：喻乐育人才。

棫朴：《诗·棫朴》，周臣赞颂文王善用贤才，征伐诸侯，治理四方。

五福：《尚书·洪范》谓为寿、富、康宁、攸好德、考终命。

容容：飞扬飘动貌。

颜闵：春秋时颜回和闵损的合称，二人道德高尚，然皆贫穷不达。后世用以称有德之人。

乾隆五十三年

五福堂对玉兰花叠去岁诗韵

玉兰花号五福树，昨岁拈毫与吟顾。
安名立字岂偶然，时节因缘欣所遇。
扬善非诬善辞游，别开生面千载留。
一一有征宁假藉，可用申之以句酬。
花树鲜八旬年待[①]，是却与我同庚乃。
斯非寿乎胜别卉，老干精神标百倍。
老当益壮语非欺，寿为福先语可思。
富者福也花无万，繁英恰与先春期。
康宁之基曰仁义，地灵物杰赖天赐。
坚不如松寿胜松[②]，俯视群芳福独备。
童童不染尘之身，其德为净香为真。
肯低凡葩争姚冶，白云覆屋舒盘囷。
红梨海棠岂无朵，春来亦自纷婀娜。
九十瞥眼付过之，阅世考终问谁可。
五福备矣然乎然，春秋徒曰八千年。
试看堂前一株者，以静而久非以妍。

咏物语不离典则，亦弗枯禅论空色。

老读书返如少时，约举为仁在己克。

省岁协时廛范畴，对时望雨方惕忧。

那复怡然赏艳畬，所希霈泽贻农庥。

① 上年，五福堂对玉兰花诗，以五福之义状花，有“一曰寿实花之身，种时与我同庚真”之句。盖谓圆明园经营于康熙辛卯，玉兰即彼时所种，实与予同庚也。今予已届古稀望八之年，而斯树老干繁英，精神百倍，洵非群芳所可比拟耳。

② 凡花木之坚，惟松为最，然清晖阁前九松乃与玉兰同时所植者，癸未松毁于火，而玉兰以隔远无恙，至今花叶独茂，是寿转逾于松矣。

艳畬：指鲜花嫩苗。

乾隆五十四年

敬题朗吟阁

最久园中阁，两言题额横[①]。

春秋奉明训，风月寄闲评。

五福堂依近[②]，万年祚永宏。

闻诗闻礼日，那识朗吟情。

① 此额名为皇考潜邸时所赐，其时予尚在幼龄，每于此仰承圣训。

② 阁在堂之右，有廊通之。

乾隆五十五年

五福五代堂题句

敷锡名垂洪范篇[①]，祖功宗德已身肩。
三朝厚幸双文益[②]，八帙初开五代全。
苞茂即今看秩秩，旰宵惟是励乾乾。
奉时布惠宜春日，欣遇多收鲜缓蠲[③]。

① 洪范云：敛时五福，用敷锡厥庶民。本非自厚其身之谓，迨至庶民保极，实则一人永膺多福也。

② 五福堂之名，乃皇祖御书以赐皇考者。甲辰，予见元孙，得增二字曰“五福五代堂”，以昭垂裕。盖八帙初开，五代早全，予之蒙福，实为厚幸。

③ 每岁新正，加恩展赈偏灾州县，用普春祺。昨己酉岁，各省收成俱在八九分以上，虽直隶、江苏、安徽、河南、湖北五省，间有被水处所，合计各省尚不及二十分之一，已饬加意赈恤，是以新岁蠲缓之数甚稀。上天眷佑，嘉与亿兆，同荷福禔，惟当益励乾寅，以协敷锡保极之意耳。

秩秩：有顺序貌，“左右秩秩”。

乾乾：自强不息貌。

乾隆六十年

五福五代堂识望

箕畴九向兆祥言，皇祖书勋皇考尊。
历岁久经瞻潜邸[①]，践基重以署名园[②]。
钦承好德修身切，幸近考终归政繁。
五代孙欣年十二，逾三企望见来孙[③]。

① 皇祖御书“五福堂”以赐皇考，恭悬潜邸，即今雍和宫之后室也。

② 皇考践位后，于圆明园中复摹奎章，悬之是处。予于甲辰得见元孙，因即于是堂并宁寿宫之景福宫及避暑山庄，各增名“五福五代堂”匾额。仰惟诒谋笃庆，肇锡嘉祥。而予今岁在位六十年，幸符初愿，明岁即当归政，仰荷鸿禧，实为史册之所罕觏。既以自庆，更倍悚敬。

③ 元孙载锡年已十二，再逾三年，即可以得见来孙矣。

箕畴：指《尚书·洪范》之“九畴”。相传“九畴”为箕子所述，故名。

考终：考指寿命，人死的婉称，亦作寿终正寝。

嘉庆朝

嘉庆元年

五福五代堂题句【乾】

往还途路经千里，身体康强非饰言。
盼捷依然劳已虑[①]，筹农诚是沐天恩[②]。
乾隆并以宪书纪[③]，嘉庆兼之爱敬[④]尊。
诸愿都全合无愿，笑仍望九望来孙[⑤]。

① 跸途，接到福康安、和琳奏，大兵逼近贼巢，现又攻获平逆坳山梁，绕路进取平陇，逆首无难就擒。并毕沅、惠龄奏，分剿湖北邪教张正谟等亦可速行俘获。今又数日，依然盼望捷音，为之焦切。

② 自新年以来雨泽连绵，十分霑足，不但麦田益资长发，而秋禾皆已布种。天恩优渥，实为近年所罕睹。

③ 予践阼之初，焚香告天，若得蒙佑，在位六十年，即当传位嗣子皇帝。是以上年九月，以孟冬月吉，即须颁朔，先诏立皇太子。以今年丙辰元旦授玺后，即建元嘉庆，颁朔中外。其时，皇太子率王公大臣等具折吁请，仍用乾隆年号，统于一尊，爱敬之忱，实为恳挚。因念子臣至情，不能烃却，遂允所奏。凡普颁大卜之宪书，其帙后纪年，自当由嘉庆元年丙辰溯自乾隆二年丁巳，用昭授时大一统之正。

至备进遵照康熙六十一年时宪书之式，递年增载乾隆年号者，但止须百帙，以备宫庭及颁赐御前亲近大臣之用，此实旷古未有之盛事，俾阅者递年增衍，遂其欣悦之忱。然予自问初元默祝，不敢上同皇祖纪元以次递增之本志，仍不能不为之微歉耳。

④ 用《孝经》句意。

⑤ 予仰沐昊苍眷佑，为帝王中第一全人，曷敢复有奢望。即今自揣精神强健，距九旬不远，而元孙载锡，计其时年已十七，予或可得来孙之喜，更为伊古所稀有也。

嘉庆三年

五福堂敬述

五代即欣见六代[①]，德敷福备荷天恩。
堂开苞茂传先泽，记述燕游溯始源。
宏锡民仁利永赖，敬承父训念长存。
本支百世绵悠久，列圣垂禧裕后昆。

① 康熙间，圣祖仁皇帝书“五福堂”额赐世宗宪皇帝，恭摹悬于雍和宫、圆明园。至甲辰岁，皇父庆得元孙，于宁寿宫之景福宫书“五福五代堂”额，作记以纪。丁未，复书额悬于避署山庄勤政殿，作避署山庄五福五代堂记。今春，元孙载锡已成婚礼，即可见六代来孙。兹于御园瞻仰璿题，溯圣圣相传，延洪锡羡，诒燕无穷，弥于敛福敷福之义，寻绎无穷也。

后昆：后代子孙。

嘉庆十一年

五福堂

圣皇备五福，厚泽奕叶延。

颜堂申奥旨，基德斯得全。
小子叨渥贶，东室居髫年。
蒙养体育正，尺度无逾迁。
何期承大业，肯构凛继先。
昌胜感今昔，岁月如长川。
勉副付托念，勤敬亹迪前。
自求钦敛锡，兆庶宏敷宣①。

① 五福堂为皇祖建构，其额乃皇曾祖所赐名也。予诞生御园之天地一家春，承皇考命，育德于是堂之东室。逮六龄就傅，三天始别移居处。是予小子在保抱中，已蒙皇考钟爱，特异等伦。而此堂嘉名，肇锡祖德，燕诒垂统，笃祜之原，继绳有绪。予小子于初生之岁，即蒙赐居，未始非我皇考默识眷贻之意也。今绍承大业，敬惟付托之重，追思慈鉴之深，而敷锡为凝命之基，则予之仰报高厚者，即可于斯堂。顾名思义，溯往事而勉今日之仔肩矣。

奥旨：奥义，要旨。
渥贶：渥形容深厚，贶谓赐、赏赐。
蒙养：《周易》中有“蒙以养正，圣功也”，所以古人以之代称对儿童进行的初等教育。

嘉庆十三年

五福五代堂

高堂宏敞后湖滨，备福于昭大圣人。
绕膝曾元敷惠泽，传心政治洽蒸民。
愧无教化宣三德，渐觉居诸近五旬。
瞻额返躬敢奢望，惟祈天佑有年臻①。

① 斯堂为皇祖建构，皇曾祖赐名“五福堂”。皇子幼龄皆居此堂侧，予亦曾居

是堂之东，就傅时始移居处。逮我皇考甲辰得五代元孙载锡，增题额为“五福五代堂”。我皇考德全福备，事事享伊，古未有之隆，即此五代同堂亦属皇家之极盛。今予于四月二十一日初得皇孙，赐名奕纬，从此岐嶷成立，瓜瓞联绵。天家婚礼早谐，毓瑞钟祥，当可曾元叠见。倘邀天祖眷佑，获致期颐，则予至八旬之年，或亦得上继我皇考履绥之庆。予非敢预存奢望，惟有修身勤政，仰俟天庥，庶几大耋增筹，康强逢吉，云仍兆瑞，奕叶延厘，斯予所劼毖几康虔祈昭贶者也。

嘉庆十四年

五福五代堂自述

赐居髫岁后湖边，弹指流阴五十年。
继志承基沐厚德，安民图治重仔肩。
永思考妣瞻天上，欣见儿孙绕膝前。
大福从来备至圣，衷祈奕叶泽绵延。

奕叶：累世，代代。

嘉庆二十三年

五福五代堂

大德膺五福，五代见甲辰。
皇家麟趾集，同堂庆八旬。
予年及花甲，四子孙二人。
永荷纯佑命，繁衍瓜瓞申。

麟趾：《诗·国风·周南·麟之趾》有谓“麟之趾，振振公子”，后比喻子孙贤仁、昌盛。

瓜瓞：瓞，小瓜，形容子孙昌盛。

嘉庆二十四年

五福五代堂

五代见曾元，同堂麟趾繁。
恩晖昭奕祀，福德厚乾坤。
敬溯传心训，欣看绕膝孙。
愿符几百岁，妄想不须存。

奕祀：世世，代代。

嘉庆二十五年

五福五代堂

层楼东峙临碧汀，赐居斯地才五龄。
乌踆倏忽周花甲，不觉双鬓添星星。

乌踆：即所谓“乌踆兔走”，形容日月运行。

圣皇德厚备五福，藐躬何幸慈恩沐。
子孙绕膝已六人，尚待椒聊广似续。

藐躬：孱弱的躯体，对自己的谦称。

椒聊：《国风·唐风·椒聊》，古代《诗经》中的一首诗。椒，即花椒；聊，同“莍”，草木结成的一串串果实。此处亦形容子孙昌盛。

道光朝

道光五年

桃花春一溪晚坐

前朝微雨已清尘，更企甘霖降晚春。
映户桃花红半堕，缘溪草色绿初匀。
云遮远岫斜阳淡，烟敛平湖碧浪新。
凭槛临流悦心性，暄妍佳景乐天真。

咸丰朝

咸丰六年

九月十日，携皇长子载淳至湛静斋皇妣孝全成皇后御容前行礼，感述二首

初携幼子谒慈颜，沉痛难胜涕泪潸。
永荷仁恩昭鉴佑，慕思长此达桥山。

桥山：山名，在陕西黄陵县西北。相传黄帝死后葬于桥山，后作为咏帝陵之典。

陟屺十龄今廿六，谁知壮岁又增悲。

升香俨若音容在，喜见麟孙慰母思。

陟屺：《诗·国风·魏风·陟岵》载“陟彼屺兮，瞻望母兮”，后为思念母亲之典。

五福五代堂记

五福堂者，皇祖御笔赐皇考之匾额也。我皇考敬谨摹记奎章于雍和宫、圆明园，胥用此颜堂，以垂永世。

丙申年，予葺宁寿宫内之景福宫，以待归政后宴息娱老。景福者皇祖所定名，以侍养孝惠皇太后之所也。予曾为“五福颂”以书屏，而未以“五福”名堂者，盖引而未发抑亦有待也。兹蒙天贶予得元孙，五代同堂为今古希有之吉瑞，古之获此瑞者，或名其堂以芗其事。则予之所以名堂，正宜用此五福之名，且即景福宫之地，不必别有构作而重熙累庆。仍即皇祖、皇考垂裕后昆，贻万世无疆之庥也。若夫获福必归于好德，而好德尤在好其善。以敛锡厥庶民五章之中三致意焉，兹不复赘。

予子孙曾元读是记及堂中五福颂者，应敬思皇祖、皇考所以承天之福，必在于敬天爱民，勤政亲贤，毋忘旧章。予之所以心皇祖、皇考之心，朝乾夕惕不敢暇逸，以幸获五代同堂之庆。于万斯年恒保此福，奕叶云仍，可不勉乎？可不慎乎？

碧桐书院

碧桐书院，圆明园四十景之一。位于后湖东北角，是一处山水环抱的园中园。该园始建于雍正帝即位之前，旧称梧桐院。乾隆四年，更名为“碧桐书院”。该景区以梧桐为佳，整体建筑错落有致，由形态各异之庭院组成。主院居中，前后三进，正殿悬雍正帝御书“碧桐书院”匾。书院迤西岩石上，有一座正方形的“云岑亭”，“云岑”之匾悬于外檐，当为乾隆帝所书。

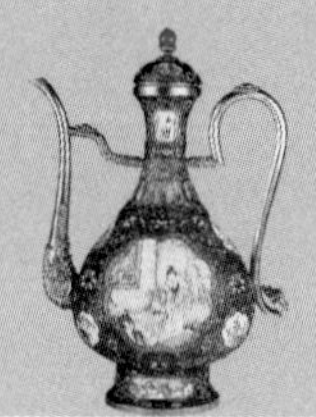

乾隆朝

乾隆九年

碧桐书院

前接平桥，环以带水。庭左右修梧数本，绿阴张盖，如置身清凉国土。每遇雨声疏滴，尤足动我诗情。

月转风回翠影翻，雨窗尤不厌清喧。
即声即色无声色，莫问倪家狮子园。

倪家狮子园：元代画家倪瓒所绘《狮子林图》，指苏州的狮子林。

慈云普护

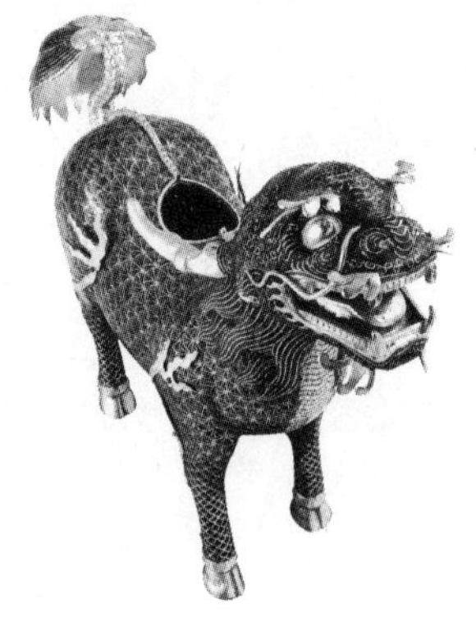

慈云普护，圆明园四十景之一，位于后湖北岸，为一处山水相间的寺庙园林。该景区东临碧桐书院，隔湖南望即是清帝寝宫九洲清晏。主殿为欢喜佛场，外悬“慈云普护”匾。上奉观音大士，下祀关圣帝君。东偏为龙王殿，祀圆明园昭福龙王，殿北山上有六角形钟楼。关帝殿额“昭明宇宙”，龙王殿额“如祈应祷”，皆雍正帝所书。龙王殿内额“功宣普润”，联曰：“正中德备乾符应，利济恩敷解泽流。”则为乾隆帝御题。时帝后常至寺内拈香拜佛，有首领太监充当僧人念经等事，至道光十九年（1839），奉旨与园内其他庙宇一并裁撤。

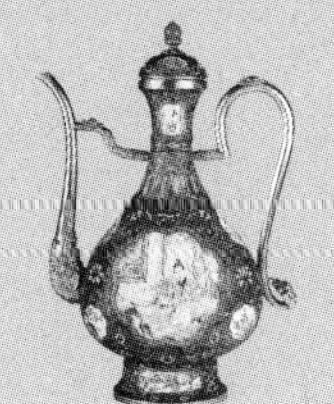

乾隆朝

乾隆九年

慈云普护　调寄菩萨蛮

一径界，重湖间，藤花垂架，鼠姑当风。有楼三层，刻漏钟表在焉。殿供观音大士，其旁为道士庐，宛然天台，石桥幽致，渡桥即为上下天光。

偎红倚绿帘栊好，莺声浏栗南塘晓。
高阁漏丁丁，春风多少情。
幽人醒午梦，树底浓阴重。
蒲上便和南，枞枞声色参。

帘栊：帘子，栊指竹帘上面一条条透明的帘缝。

浏栗：象声词。唐 刘禹锡《和浙西李大夫霜夜对月听小童吹觱篥歌》：“长江凝练树无风，浏栗一声霄汉中。”

和南：佛教语，佛门称稽首、敬礼为和南。

枞枞：景物众多貌。亦为象声词。

嘉庆朝

嘉庆元年

慈云普护瞻礼

环绕莲台下，皈依般若禅。
慈云布三界，法雨散诸天。
溉润敷多稼，醍醐沃福田。
杨枝祈遍洒，鉴此寸心虔。

般若：佛教语，意为“终极智慧”“辨识智慧”。

三界：佛教的空间观，包含欲界、色界、无色界。

法雨：喻佛法，佛教称佛法普度众生，如雨之润泽万物。

诸天：佛教语，指护法众天神。

醍醐：佛教用语，用纯酥油浇到头上，喻指灌输智慧，使人彻底觉悟。

福田：佛教以为供养布施，行善修德，能受福报，犹如播种田亩，有秋收之利，故称。

杨枝：即所谓“杨枝净水”。古代印度风俗，凡邀请宾朋先赠杨枝及香水等祝其健康，以表恳请之意，故修法时亦用以奉请菩萨。

嘉庆二年

慈云普护瞻礼

层阁临湖景象幽，瓣香虔谒为民求。
消魔敬愿大雄力，早释圣皇宵旰愁[①]。

① 湖北教匪刘之协等以左道煽惑愚民，经官兵剿捕，窜逸稽诛，致秦蜀匪徒间

有闻风窃发，并阑入豫境。统兵大臣等层层剿洗，在阱之兽，自无虞漏网。惟为时已久，皇父盼望献俘，露布宵旰，倍殷悬廑。惟仰冀大雄威力，速清魔障，以纾圣虑焦劳尔。

瓣香：佛教语。犹言一瓣香，意为焚香礼敬，以点燃的一炷香表达心中虔诚。

大雄：为佛陀的德号。意谓佛有大力，能伏四魔即五阴魔、烦恼魔、死魔、天子魔。

宵旰：宵衣旰食的略语。形容非常劳苦，勤于政事。

春暮深蒙施透澍，夏初又觉欠甘霖。
慈云法雨祈孚祝，父子同殷望岁心。

嘉庆三年

慈云普护

示慈应感神州遍，天竺海南迹总同。
紫竹香云飘物外，绿杨甘露滴虚空。
境随心转诸缘扰，想自因生六道通。
毕竟形骸归土木，现身说法警愚蒙。

天竺：印度之古称。

香云：美好的云气，祥云。

六道：指众生依据自己的善恶行为所得之业报，在生死轮回中所转生的场域，包括地狱道、饿鬼道、畜生道、人道、天道、阿修罗道。

上下天光

上下天光，圆明园四十景之一，建成于雍正四年（1726）。东邻慈云普护，南俯后湖，是一处临水园林。主建筑为临湖两层三楹敞阁，外悬乾隆帝御笔“上下天光”匾，联曰：“云水澄鲜，一帧波光开罨画；烟岚杳霭，四围山色浸分奁。”内悬道光帝御书“涵月楼”额。楼前有伸入湖中的平台和曲桥，两侧曲桥中间，各建有凉亭一座，西侧六方亭，额曰“饮和”，雍正帝御书；东侧六方亭，额曰“奇赏”，为乾隆帝御书。道光年间该景区变化较大，原楼前曲桥、亭榭，及楼北平安院等，似皆不存，而西侧临河则添建三间东向敞厅，名曰“心镜澄观”。

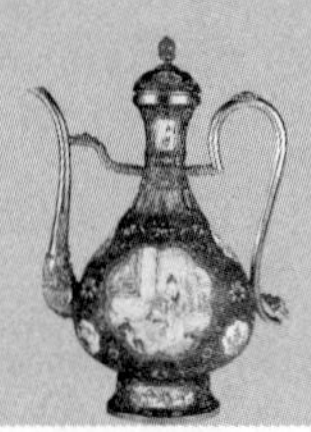

乾隆朝

乾隆九年

上下天光

垂虹架湖，蜿蜒百尺。修栏夹翼，中为广亭。縠纹倒影，滉漾楣槛间。凌空俯瞰，一碧万顷，不啻胸吞云梦。

上下天水一色，水天上下相连。
河伯夙朝玉阙，浑忘望若昔年。

河伯：中国古代神话中的黄河水神。
玉阙：传说中天帝、仙人所居的宫阙。
若：即海若，指古代神话中的海神。

嘉庆朝

嘉庆三年

上下天光

碧彻澄空敞，清光印水宽。

风回叠绿绮，日射漾金澜。

波阔虚奁展，尘消明镜观。

安心欲如是，鉴物得其端。

绿绮：原是古琴的通称。这里是形容绿色的水波像丝绸一样光滑。

奁：女子梳妆用的镜匣。

道光朝

道光七年

涵月楼对月即事

澄霁秋中碧落宽，波涵明镜浸光寒。

烟开岸角银千顷，风定湖心玉一盘。

偶凭高楼看月朗，还欣九曲庆澜安。

凯旋善后期长治，咨度筹边寸虑殚。

澄霁：谓天色清朗。

筹边：指平定新疆张格尔之乱。

涵月楼

平湖结冻未全坚，拂面寒飔冬孟天。

点点遥峰仍积雪，萧萧衰柳尚含烟。

日分湖影弥澄澈，风掣云容数变迁。

递嬗穷通参妙化，观民观我理堪研。

道光八年

涵月楼即景

高楼明暖喜春阳，一鉴澄清上下光。
午荫迟迟度危槛，和暄景象正舒长。

雨水节过暖不遥，山腰积雪未全消。
园中花事如相约，转瞬杨枝拂小桥。

涵月楼对月述怀

澄清玉宇逢三五,一鉴悬空映绮楼。
树影苍茫云影净，湖光皎洁月光浮。
丝纶宜慎期无悔，稼穑全登庆有秋。
瞻仰琼轮殷戒满，乂安率土荷天庥。

三五：农历每月十五日。此指该年八月十五中秋节。
丝纶：孔子有“王言如丝，其出如纶”之语，后以喻帝王诏书。
琼轮：指圆月。月光如玉，圆如车轮，故名。

道光九年

涵月楼

冰沼晶莹正映楼，烟林雾屿槛前收。
松根余雪深深见，岭际闲云片片浮。

不绘不雕欣朴素，随安随地足夷犹。

南窗静憩春光好，指日新波泛小鸥。

夷犹：犹豫，迟疑不前。

道光十年

涵月楼有会

高楼映冰沼，方寸更澄清。

性理含虚妙，人天戒满盈。

修身先慎独，应物务推诚。

尘滓期除涤，光辉仰月明。

性理：宋明程朱理学概念，以阐释义理，兼谈性命为主，故称性理。

人天：指六道轮回中的“人道”和“天道”。

道光十一年

涵月楼

高楼向暖盎春光，不待繁华砌下芳。

腊雪最欣留宿润，依檐松影飏苍苍。

莹莹冰沼映窗虚，试煮茶枪静有余。

指日清波含细縠，扁舟好趁晚风徐。

茶枪：未展的茶嫩芽。

涵月楼对雨喜成

连朝秋雨涤余炎，秋色秋容取次添。
乍觉林园生夕爽，最欣禾稼庆时霑。
平湖赢得珠千点，高阁留将月一镰。
泼墨云光知广被，待犁宿麦喜先占。

取次：次第、依次。

道光十二年

春日泛舟至涵月楼即景

冰湖雪后乍消融，问景层楼舟可通。
古柏修篁看远近，岚光云影辨西东。
新波乍泛宜轻棹，细縠斜分倩晚风。
日夕凭栏舒眺望，澄清奚待月涵空。

轻棹：指小船。

咸丰朝

咸丰五年

上下天光即景述感

远望高楼峙镜中，平湖放棹御微风。
天光上下云光合，波影东西雾影笼。
愁绾长杨尤得得，泪添秋雨更濛濛。
六如漫拟平生叹，回忆庚年倍怆衷。

六如：又称六喻，佛教把人间事物比喻为梦、幻、泡、影、露、电，故名。

泛舟至上下天光即景

御苑秋来似画图，晚凉好泛月波舻[①]。
扬舲清浅波生渚，倚槛澄华月满湖。
饶有轻飔天末起，可无佳咏静中娱。
疏林雨后山争出，粉本经营倩手摹。

① 船名。

扬舲：开船，亦作“扬灵”。
轻飔：指清凉的风。
天末：犹天边，天际。

咸丰六年

上下天光对雨

平湖骛望夏如秋，竟日滂沱洒未休。
烟色四围迷远岸，泉声万斛泻高楼。
云飞南浦情无极，帘卷西山句好酬。
千里阴晴虽有异，久征将士使予愁。

南浦：南面的水边。后泛指送别之地。

久征：指清廷自 1851 年始的镇压太平天国大起义。

杏花春馆

杏花春馆，圆明园四十景之一，居后湖西北隅，初名菜圃。雍正五年（1727）始挂御匾“杏花春馆”。乾隆前期，此地矮屋疏篱，环植文杏，前辟小圃，一派村野景象。乾隆二十年（1755），馆西北添建“春雨轩”，轩内悬“蕙气清荫”匾，联曰：“好是足山兼足水；自然宜画也宜诗。”后厦联曰：“生机对物观其妙；义府因心获所宁。”皆乾隆帝御书。轩南为“涧壑余清”宫门，门外南山上有“得树亭”。轩西南为“杏花村”，村南有雍正年间建立的“土地庙”。咸丰八年（1858），封其为春雨轩司土之神。轩东北为“镜水斋”，斋之东山上有六角“吟籁亭”。轩北有城关，关两面额曰“渊镜”与“屏岩”。轩西北为“抑斋”，又西为“翠微堂”，堂东北有六方亭，额曰“绿云酣”。咸丰十年（1860），圆明园惨遭罹难，春雨轩等殿宇尚存，但未能幸免于八国联军战乱。

雍正朝

沿湖游览至菜圃作

一行白鹭引舟行，十亩红蕖解笑迎。
叠涧湍流清俗念，平湖烟景动闲情。
竹藏茅舍疏篱绕，蝶聚瓜畦晚照明。
最是小园饶野致，菜花香里辘轳声。

红蕖：红荷花。

乾隆朝

乾隆九年

杏花春馆

由山亭逦迤而入，矮屋疏篱，东西参错。环植文杏，春深花发，烂然如霞。前辟小圃，杂莳蔬蓏，识野田村落景象。

霏香红雪韵空庭，肯让寒梅占胆瓶。
最爱花光传艺苑，每乘月令验农经。

为梁谩说仙人馆，载酒偏宜小隐亭。

夜半一犁春雨足，朝来吟屐树边停。

霏香：飘香，霏形容飘飞。

胆瓶：清代景德镇窑常见的一种瓶的式样，因器形如悬胆而得名。

月令：农历某个月的气候和物候。旧时干支历将一岁分为十二辰，亦称十二月令，以指导农业生产。

为梁：相传未央宫以文杏木为梁。

载酒：用车船等运载工具装酒随行，以便随时取饮。

一犁雨：古时指降雨量，即渗入地下达到一犁土深度的雨量称为“一犁雨”，多指春雨。

吟屐：诗人穿的木屐。《南史·谢灵运传》：“灵运寻山陟谷，必造幽峻，尝著木屐，上山则去其前齿，下山去其后齿。”

乾隆二十年

题春雨轩六韵

识喜闻元圣，为书号得禾。

春膏今岁庆，别殿落成歌。

后乐诚堪志，先忧竟若何。

名因当时易，趣爱此间多。

藻缋宁须亟，清闲每一过。

如斯愿振古，六幕永绥和。

元圣：指周公旦。

得禾：即“周公得禾”，后多用为吉庆祥瑞之典。

春膏：指春雨。

藻缋：彩色的绣文；文辞、文采。此处指题诗。

振古：远古、往昔。

六幕：即六合，指天地四方。

乾隆二十一年

春雨轩小坐因而成咏

去岁春雨好，轩成因名之。
今年春亦雨，清跸方东移。
归来已夏月，始佳后徯期。
侵寻亟待泽，霑足幸今兹。
砌葩鲜以馨，屏林华且滋。
所喜不在此，开畦绕前墀。
菜甲既勃生，麦穗方饱垂。
学圃岂鄙哉，验农亦因斯。
先是虽慰志，后来复愿时。

清跸：清道、开路。
侵寻：渐近，渐次发展。
菜甲：菜初生的叶芽。
学圃：学种蔬菜，后多用以为归隐之典。

镜水斋

形若菱花澄若空，妍媸不示自临中。
无于水监于民监，周诰分明验异同。

菱花：古代以铜为镜，映日则发光，影如菱花，因名“菱花镜”。
民监：监同“鉴”。以民众意愿为鉴戒。《尚书·酒诰》载“古人有言曰：

人无于水监，当于民监。”

乾隆二十二年

翠微堂

倚岩树古绿阴森，朴室悠然称道心。
开著近西窗远望，西山也见翠微深。

阴森：谓树木浓密成荫。
道心：“人心”的对称，指人天生的仁、义、礼、智、善之心。

乾隆二十三年

春雨轩

积素流光映彩灯，上元今岁景偏增。
若论春雪如春雨，便庆食升有四升[①]。

① 见《史记·天官书》。

春雨轩对雨六韵

开年咏甘雪，庆卜四升粮[①]。
继是频叨渥，惟兹更霈祥。
欣看积洼液，不碍倚楹凉。
作响低淋沥，飞空远渺茫。
烟凝柳欲暗，润逼土生香。

春雨异常早，慰钦亦异常。

① 近作有“若论春雪如春雨，便庆食升有四升”之句。

乾隆二十五年

春雨轩

雨歇园花总濯然，轻风暖日泮朝烟。
禽音带润飘林外，蝶影含香到埭边。
春色谁云无实相，轩名今识不虚传。
独予慰每兼忧切，夏长秋收敢定前。

濯然：形容干净的样子。
埭：以土壅水，土壩。

得树亭

倚树构亭称得树，树宾亭主是谁分。
安名立字诚何定，莫若忘机坐绿云。

忘机：即“鸥鸟忘机”，多用于描写超脱尘俗、倾心山水的田园隐逸生活。

乾隆二十六年

春雨轩

文轩号春雨，雨后恰才来。
谋目惟芳润，因心得静陪。

菜畦樊问处，杏埒董林材[①]。

为底多吟绪，霑膏实快哉。

① 是处昔名菜圃，即四十景中杏花春馆也。

镜水斋口号

铜鉴衣冠正，人鉴善恶知。

闲斋名镜水，清浊别于兹。

乾隆二十七年

戏题春雨轩

南方春雨欣逢少，北省幸歌春雨时。

谩道今年景顿置，倚楹犹是眄烟丝。

顿置：犹拐角。此处指风景变化。

眄：即眄视，斜着眼看。

乾隆二十九年

春雨轩对雨作

春雨名轩果是奇，自兹春雨每逢之。

最优渥者为今岁，未烂漫兮恰好时。

彻日彻宵还莫间，或疏或密总相宜。

凭栏却幸何修遇，喜共东郊农父知。

抑斋

青宫旧题额，懿戒儆怀吾。
书室每仍以，初心敢忘乎。
威仪审缜密，严正谨廉隅。
一再尊闻揆，惟增愧恧俱。

青宫：按五行东方属木，于色为青，故称太子所居为青宫。

懿戒：《诗·大雅》篇名，春秋卫武公作。既用于自警，又寓讽刺王室之意。懿，通“抑”。

廉隅：喻端方不苟的行为、品性。

恧：惭愧。

乾隆三十一年

春雨轩

文轩岂不佳，一年有数到。
率因雨知时，乃来观其妙。
是盖弗易得，艰致从吾好。
今朝霏细澍，烟中穷窈窕。
真树濯祥花，假山藏回峤。
轩傍开菜圃，疑是芝田墺。
所欣在兹乎，因近远可校。

芝田：传说中神仙种植芝草的田地。

乾隆三十二年

春雨轩

记得春巡值微雨，堂中遥忖景如何。
今朝倚槛凭烟意，为想农夫乐几多。

乾隆三十四年

春雨轩即事

春雨今年好，我适驻田盘。
清和亦屡霈，邂逅兹临轩。
砌土积蹄涔，檐风生峭寒。
所庆在农圃，讵惟赏林园。
夏长逮秋成，其遥心敢宽。

蹄涔：形容水量微小，如兽蹄迹中的积水一般。

乾隆三十七年

镜水斋

朴斋近临沼，上下总含空。
印月宁嫌冻，不波那碍风。
宜吟真是趣，付物只由公。

谁曰无于水，于民此正同。

题春雨轩

春雨殊艰致，今朝对此轩。
佳名信已副，飒景故堪论。
濯锦林花润，调琴瀑水翻。
数年幸一遇，那可去无言。

濯锦：亦即“贝锦”，织有贝形花纹之锦。

乾隆三十八年

题春雨轩

春霖三四值，优渥实兹番。
披冒聊游舫，因缘小憩轩。
沃心那知渴，润目解除烦。
不可无言纪，幸哉黏壁存。

冒：古同“帽”，有覆盖的意思。

乾隆四十八年

抑斋口号

伯玉使人于孔子，嘉其改过未能乎。

抑之六十余年者[①]，试问学臻抑也无。

① 予名此斋，盖六十余年矣。

伯玉：即周朝卫国贤人，姓蘧名瑗，字伯玉。与孔子为挚友。史载《论语·宪问》。

题春雨轩

春雨今年实最霑，可能无句向轩拈。

静宜昨往今应偿[①]，优渥恩深惕更兼。

含润花光红映砌，成阴树影绿侵帘。

铨曹引见暂称少，三百方经计弊廉[②]。

① 去声。昨三月廿七日雨，适以住香山未咏。

② 向例，京察人员于四月引见。今岁，命吏部于三月内，先将三品京堂带领引见。其钦派王大臣验看之四五品京堂，及各部院堂官保送一等人员，又年逾六十五岁之各部司员等，依次分日带领。事竣，较常年为早，是以迩日引见暂稀也。

铨曹：吏部别称。

乾隆五十一年

春雨轩志闷

都云春雨尚称时，我自西巡未揽知。

此际亟思继霑好，那能对景展双眉。

乾隆五十二年

春雨轩口号

迩日春云常作阴，副名霈复冀甘霖。
郊原润溽宜耕矣，而我仍怀不足心。

润溽：湿润。

春雨轩叠仲春口号韵

仲月已翘云作阴，侵寻首夏未霑霖。
五为期乃不詹六[①]，日甚惟增惭愧心。

① 此正言五日六日，非如诗解作五月六日也。

乾隆五十三年

春雨轩题句

季春雨滋虽六寸，被况不出百里遥。
其后继霑更逊彼[①]，日甚一日盼泽焦。
何幸天恩霈首夏，既优既渥连三朝。
麦资吐穗结实饱，半收或可酬民劳。
大田种者固勃长，未种者亦兴锄交。
数十年中希一遇，何修而遇厚贶叨。
自问增感复增惕，一念慰恐邻乎骄。

谓轩负名轩不觉，亦弗如我徒哓哓。

① 三月二十日得雨六寸，惜仅在百里之内。至四月二十以后连次得雨，统计又止三寸，更不逮矣。

哓哓：争辩不止的声音，“哓哓不休”。

乾隆五十四年

题翠微堂

翠微弗及顶，乃以真山言。
假山惟培塿，于堂何有焉。
然而开窗望，西山固目前。
岚霭缈青气，翠而微且妍。
菡郁揽真佳，得句宜其间。

培塿：小土丘。
菡郁：菡，盛貌。郁，茂盛。此处形容林木茂盛。

春雨轩

春雨真春雨，未曾即景哦。
因烦来每少，转虑致过多①。
可识君难矣，其如德薄何。
惟存恒畏满，或鲜至成讹。

① 今春雨泽霑足，现在正麦苗勃发之际，又虑过多，为君之难，此其最者。

乾隆五十五年

镜水斋

水裔斋名镜，镜斋都藉水。
水固擅其能，镜斋则所尔。
然而其所中，宾主又分矣。
斋宾镜实主，炽然殊彼此。
既思斋有实，镜乃虚名比。
于此名实间，炙毂辨难拟。
谁能去安排，忘言悟至理。

炙毂：毂，古时车上盛贮油膏的器具。毂烘热后流油润滑车轴，比喻言语流畅风趣。

乾隆五十六年

春雨轩迭己酉岁韵

庚[①]年似己[②]岁，春雨透重哦。
谁识景无替，亦愁晴过多[③]。
息风惟幸耳[④]，未雨竟如何。
不敢辞忧我，范箕守弗讹。

① 戌。

② 酉。

③ 去岁，二月下旬得雨后，三四月间连次得雨，俱未霑足。今岁，春泽虽优，然连日晚阴未雨，亦虑晴日过多，因循成旱。

④ 北方春夏之间，最忌多风。前日夜间起风，颇以为念。至昨日下午，幸而风息，望雨之情益觉悬切矣。

乾隆五十七年

春雨轩即事　是日雨

春雨空孤秋雨来①，夏霖幸渥大田培②。
八分补短只称五③，数月过忙倏似才。
默会忧欣付何者，静看风日岂殊哉。
报呈京兆云益麦④，回顾今年半信猜⑤。

① 今岁春间，以望泽心殷，是处未曾一至，殊觉有孤斯名。今日来此，虽属秋日，而恰遇雨，颇亦欣幸。

② 夏间，驻跸热河，旸雨应时，田禾畅茂。并节据留京王大臣奏报，京师叠被甘霖，故自京城以北口内外，农场纳稼，与翼可观。

③ 京北数县，秋收多有六七八分者，只因保定等四县收成仅二三分，截长补短，是以顺天府属牵算，仅称五分有余。

④ 今日，据顺天府尹奏，此次得雨二寸，农田正在翻犁耩种，于秋麦最为有益等语。

⑤ 秋麦播种后，尚赖冬雪滋培，及春夏雨膏叠沛，方可冀获稔收。刻下虽称种麦得雨有益，而回顾今年望雨情形，尚未敢遽自慰念也。

乾隆五十八年

坐春雨轩书事

春雨优霑五寸诚，所欣清晓未开晴。
前年名副游盘去①，昨岁孤名巡晋行②。

此日顾瞻额[③]幸慰，一时徙倚意犹萦。

夏初恐似辛亥况[④]，祈穑那纾片刻情。

① 前岁辛亥三月初六，正值巡幸盘山，途中得雨盈尺，京城及远近情形相同，渥被春膏，可谓副此轩名。

② 去岁，西巡五台，跸途往返仅得微雨，总未优渥，实为孤此嘉名。

③ 匾额也。

④ 前岁，自三月得有优膏之后，至四月廿一方续得透雨，中间已觉盼切。今岁春雨既渥，又冀夏初早得继泽，祈岁之心，真无时可释耳。

徙倚：徘徊，流连忘返。

乾隆五十九年

翠微堂

翠微本以言山耳，谁谓陆堂亦有之。

突兀庭枝未吐叶，循名正合是斯时。

春雨轩

溪上轩成春雨时，佳哉遂以与名之。

十年中不一二遇，万事如斯慎在斯。

乾隆六十年

镜水斋有会

斋前春水生，因绎镜之名。

动或波澜混，静方形色明。

寄言来照者，应识有为呈。

一语更称约，其端两在清。

春雨轩题句

韶春今岁渥甘优[①]，却是书轩未偶游。

告满六旬两陵谒[②]，孤兹百二片时遒。

昨看农景诚堪慰[③]，遥忆军情那解愁。

三逆成擒一封至，庶几立刻展眉头。

① 今春，甘膏频渥，迥异常年，颇与轩名相副。

② 向年春间至此，辄有题句。今岁，以予即位六十年，闰月恭谒两陵，用展告终之忱。至今方来此一游，顾瞻题额，已孤百二春光矣。

③ 昨以雩祭，自御园还宫，往返跸途历览农况，二麦业已吐穗，即大田亦葱茂盈畴，诚堪慰悦。惟盼楚南剿办苗匪，速擒首逆，佳音未免时为萦念。

三逆：此指乾嘉时期贵州、湖南等地的苗民起义领袖石柳邓等人。

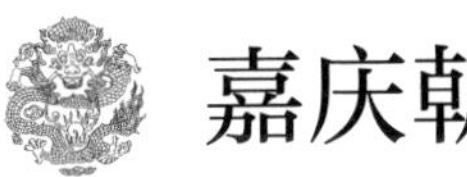

嘉庆朝

嘉庆元年

题春雨轩 是日花朝【乾】

春雨名轩忆昔年[①]，十艰一遇幸今然。

最欣有膏尺盈继[②]，奚碍无花岁两连[③]。

正旦甫过授与受，昊恩虔值禅原传④。

良时摛藻诚应喜，望即蒇功意尚悬。

① 轩落成于乾隆乙亥，是年春雨优霑，因以题额，并有句云“春膏今岁庆，别殿落成歌”，盖志喜也。

② 北地春雨最难优渥，综计六十年中不盼雨之春，十只两三遇耳。今岁正月初旬，得雨雪四寸，昨初八暨初十夜两次，又得雪三寸余，十四日继又得雨六寸余，合计已过盈尺，诚属罕觏。

③ 去岁二月逢闰，春气较迟，故花朝无花之作有云：“今年立春刚及月，寒勒花枝自常例。”今岁节候虽早，而春仲连得雪雨，气候尚寒，花亦未放，然叠沛春泽，大利农田，无花何碍乎？

④ 唐虞禅让，皆非一姓。夏商传子，后世因之。然躬亲授受，如唐宋之事，俱无足称，向屡吟咏及之。予躬膺昊贶，元旦授玺礼成，禅与传合为一义，洵千古未有之吉祥盛事。

摛藻：指铺张辞藻。

镜水斋杂言【乾】

循廊至侧斋，斋牖临清泚。

徐观旧额名，两字曰镜水。

水镜鉴人面，白发较增矣。

繄予近懒吟，归政理应尔。

兼之望捷切，兴乏句摛绮。

因悟一之忧，乃赢十之喜。

喜春雨片时，忧楚兵千里。

杂言多识愁，杜老先标旨。

清泚：清澈明净。

繄：语气词，相当于“唯”。

摛绮：摛，铺陈。绮；美丽，美妙。此指铺陈艳丽的辞藻。

再题春雨轩【乾】

花朝咏春雨，已是幸鲜遇。
暮春启跸初，又复逢嘉澍。
行途及谒陵，诸事全弗误。
往还观好麦，大田种以具。
是宜幸宽心，而何怦每屡。
诚缘望捷音，悬企生烦虑。
御苑抚韶光，兴懒吟佳句。
庶几凯报来，徘徊数南顾。

花朝：指“花朝节”“百花生日”。北方一般在农历二月十五日。

悬企：冀求，想念。

嘉庆二年

春雨轩【乾】

今年春雨渥霑频，或恰依旬或半旬。
沿路麦情都带润，满园花色正争新[①]。
去图闷散回仍闷，报得申威志略申[②]。
三处进兵五凶获[③]，愿闻一二报先陈。

① 今年逢闰，节晚花迟，季春望后，正见群芳烂漫。

② 前日宜绵等奏，攻克大团包、冉家垭口、姚家坝三处贼卡，扼其要害，贼势日就穷蹙，擒渠奏绩，指日可待。盼捷之心，为之益切。

③ 见前注。

春雨轩

去岁蒙优渥，今春又沐恩。
佳名符胜境，润景满文轩。
目览芳园丽，心殷多稼蕃。
爱民承训切，穑事起郊原。

嘉庆三年

春雨轩

名轩切应田功始，春雨如膏欣得逢。
帝轸民艰怀百室，天施渥泽惠三农。
关心最喜耕犁赖，寓目非缘图画供。
敬授人时初莅政，念征曰肃愿皆从。

田功：农事。
人时：指有关耕获的时令节气，亦指历法。

镜水斋

临水名斋水作镜，鉴己鉴人总持正。
至清不可蔽浮尘，大圆内澈修本性。
即境且为如是观，绿柳夭桃纷掩映。
凭槛俯照见须眉，风光上巳宜游咏。

春雨轩

春仲泽已霑，首夏荷深透。
幸沐上天恩，田功庶成就。
绥屡曷敢期，群生皆在宥。
还愿扫贼氛，升平颂眉寿。

眉寿：长寿。此处指乾隆帝。

春雨轩

春雨今年足，麦田已庆丰。
秋禾收更茂，上稔报欣同。
仰体圣心豫，全蒙天泽鸿。
轩名愿常副，敬授凛微衷。

嘉庆九年

春雨轩

农功春始待甘膏，感荷连番帝泽叨。
麦稔先占平野润，稼登庶慰下民劳。
园林擢秀欣常挹，畎亩含滋庆屡遭。
别馆清佳名副实，虚窗凭眺一拈毫。

擢秀：形容草木发荣滋长。

嘉庆十年

春雨轩

春雨胜珠玉，滋荣万宝多。

农祥沐霑渥，天泽溥阳和[1]。

润景敷林木，清芬满涧阿。

临轩衷感慰，延赏寄吟哦。

① 自仲春月朔得雪二寸余，嗣后阴晴间作，微雨三四次，颇堪接润。且天气和融，土膏苏动，百卉新萌，大田宿颖，俱已茁发勃兴。抚轩窗之暄景，思题额之副名。即事拈吟，延赏之情，不敢冀望之念矣。

农祥：指农事风调雨顺。

嘉庆十八年

春雨轩

石洞窈而深，松蹊映花圃。

水穿曲渚间，位置合画谱。

鹅鸭浴平湖，庭阴双鹤舞。

飞潜性自然，顺时游化宇。

郊原举趾初，滋沃益田土。

佳境愿屡逢，开轩对春雨[1]。

① 昨初十日，好雨应时，通宵竟日。正值发生之令，实为豫顺之征。兹临憩兹轩，庭卉含滋，池波新涨，映带柔莎碧藓，生意油然，恰与轩名相称。想见郊原春事荷锄秉耒者，接迹于翠塍清畎矣。惟三时农务方长，尚冀膏泽依旬，岁功告稔，庶副予旰宵之愿耳。

窈：幽深，幽静。

举趾：指举足而耕耘，开始从事农业活动。

嘉庆二十年

春雨轩

万汇沐广生，勾萌达寰宇。
地气待滋荣，最要三春雨。
皇衷切农时，双文题轩庑。
小子敬临民，瞻依目常睹。
膏泽愿普霑，百谷茁沃土。
昊天敷深慈，年稔除疾苦。

万汇：犹万物，万类。

勾萌：指草木芽苗，曲者为勾，直者为萌。

轩庑：高堂下的回廊。

嘉庆二十二年

春雨轩

难得三春泽，临轩愿副名。
如膏膏众汇，以雨雨群生。
五谷皆含醴，百花并向荣。
良畴始东作，继润助新耕。

东作：春耕。春位于东，岁始于春，方春耕作，是为“东作”。

嘉庆二十三年

春雨轩

万宝待甘泽，临轩倍切心。
滋培一犁雨，浃洽满田金。
愿沐春膏足，方连冬雪深。
农时衷敬授，尽我养民忱。

嘉庆二十四年

春雨轩

四时首三春，生物资甘雨。
上苍佑下民，屡丰遍寰宇。
东皋举趾初，勤劬众农父。
昨秋巡沈辽，稔获经目睹。
长途消尘埃，宿润积田土。
雪泽欣透滋，新膏愿霑普。

四时：指春、夏、秋、冬四季。

三春：指春季三个月，农历正月称孟春、二月称仲春、三月称季春。

东皋：水边向阳高地，亦泛指田园、原野。

沈辽：指去岁嘉庆帝东巡盛京，叩谒祖陵。

嘉庆二十五年

春雨轩

上天生品汇，四序愿调和。
春雨每愁缺，秋霖又患多。
盈宁吁苍昊，顺轨盼黄河。
民苦嗟无告，亟除庶政苛。

品汇：事物的品种类别。

四序：指春、夏、秋、冬四季。

盈宁：盈，满，多。宁，乃，竟。《诗·小雅·小弁》："心之忧矣，宁莫之知。"

苍昊：苍天。

咸丰朝

咸丰八年

春雨轩喜雨

湖畔高轩构，芳春恰副名。
花含初润足[①]，雨浥软尘轻。
四野敷时膏，一犁趁早耕。
潇潇欣入夜，望岁切予情。

① 时玉兰初放。

软尘：飞扬的尘土。

春雨轩记

轩在后湖西北隅，乾隆年间所建也。我皇考以春雨颜楣，重农省岁之圣心，贯六十年如一日也。盖京师地居上游，风日高燥。难得而可贵者，春雨也。宿麦初茁，新麦既耕，助以膏腴，待其成熟，必需春雨也。皇考御极绥万，屡丰春雨之作，见于圣制集中者，不可胜记。

予小子受玺以来，二十五载矣。每岁盼望春雨，实切惶惧。今遇庚辰之纪，适逢周甲之年，感沐上帝降康。三冬普霑盈尺瑞雪，元旦继以膏泽。仲春上旬、中旬，时雨深透，浃洽繁滋，诚未有之甘泽也。

国以民为本，民以食为天。足食必待年丰，年丰实资春雨。何修得此，益勉敬诚。虔愿多方，同沐春雨，岁登大有，户庆盈宁。仰副皇考题额之本念，垂泽后世之深衷。而予钦承堂构之寸忱，随时随地，曷敢少怠。系以铭曰：百谷嘉生，始基春雨。降自上苍，敷于下土。庶姓安和，孔修六府。寅荷鸿施，申锡多祐。

春雨轩司土神祠记

春雨轩西南隅有土地祠，每过之时拜叩焉。丙午秋，予坠马伤足。呻吟之际，默祈神佑。迨稍痊，即扶掖而至。不浃旬，疾忽若遗。去岁十月，因肝患引旧疾作，始则艰于转侧，继而动履需人。曾躬诣申愿，洎今虽未全瘳，已有舒和之象。

允宜特晋尊崇，以答神贶。谨诹吉备蔬果以祭封土地，为圆明园昭佑敷禧司土真君、土母为圆明园昭佑敷禧司土夫人。抚辰凝命，常蒙厚福于无穷。安土施仁，永享馨香于万世。敬述始末，勒诸贞珉。是为记。

坦坦荡荡

坦坦荡荡，圆明园四十景之一，居后湖西岸，是园中专供帝后饲养与观赏金鱼之处，俗称金鱼池。坦坦荡荡为门殿五楹，外悬“素心堂”匾，内额“清虚静泰”，联曰：“源头句咏朱夫子；池上居同白乐天。”殿后抱厦三间，内悬“坦坦荡荡”匾。门殿东为“半亩园”，西为“澹怀堂”，东北为“知鱼亭”，又东北为“萃景斋”，门殿西北为“双佳斋”。鱼池中心有敞榭五间，名“光风霁月”。“知鱼亭”与“双佳斋”额为雍正御书，其余皆为乾隆帝御笔。

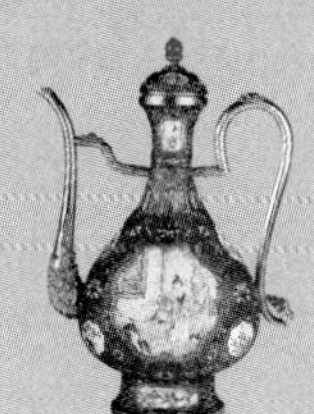

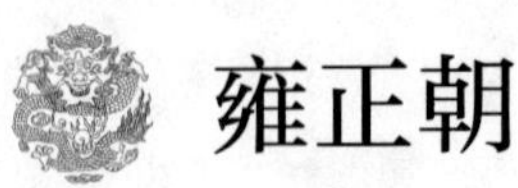

雍正朝

知鱼亭待月

传呼不用上林丞，傍水登临远郁蒸。
解渴漫调金掌露，清心胜饮玉壶冰。
知鱼亭畔观鱼跃，得月台前望月升。
烟敛碧池星汉皎，玉栏高处尽堪凭。

上林丞：官名，西汉设员八人，协助上林令管理上林苑，即皇家园林。

郁蒸：闷热。

金掌：汉武帝作铜人捧盘承露，和玉服食，意欲长生不老。承露仙人掌以铜为之，故称。

玉壶：玉制的壶。

乾隆朝

乾隆九年

坦坦荡荡

凿池为鱼乐国。池周舍下，锦鳞数千头，喁唼拨剌于荇风藻雨间，回环泳游，悠然自得。诗云：众维鱼矣，我知鱼乐，我蒿目乎斯民！

凿池观鱼乐，坦坦复荡荡。
泳游同一适，奚必江湖想。
却笑蒙庄痴，尔我辨是非。
有问如何答，鱼乐鱼自知。

蒙庄：即庄周，俗称庄子。因其为战国时蒙人，且曾为蒙漆园吏，故称。

乾隆十四年

秋日澹怀堂

玉宇畅霁光，松轩俯阒井。
山水既清佳，结构更宽整。
土阶每觉惭，绣柱无须逞。
神心适可达，纷营于以屏。
斐然翰墨香，谧尔希夷境。
岂惟容膝安，寄怀斯良永。

阒：空旷。
翰墨：笔墨，多借指诗文书画之类的东西。
希夷：虚寂玄妙的境界。
容膝：仅容两膝。形容居室狭小。

乾隆二十四年

题素心堂

山不在高水亦澄，秀兼山水趣偏胜。

静参倪笎禽鱼适，悦可襟怀翰墨凭。
征士爱他即景句，羲经得我素心朋。
虽然未敢耽闲逸，肯构恒斯励继绳。

倪笎：本真、本心。

征士：旧称隐士，朝廷征聘而不受职者称征士。

羲经：指《易经》，相传伏羲始作八卦，故名“羲经”。

肯构：即肯构肯堂。语出《尚书·大诰》，比喻子承父业。

乾隆二十五年

素心堂

书堂最为古，秋令又而今。
松竹自良友，缥缃实素心。
荷风清拂座，蕙露馥濡襟。
散步延幽赏，莎蛩三两吟。

缥缃：缥即淡青色的帛，缃指浅黄色的帛。古时常用以作书囊或书衣，后为书卷的代称。

莎蛩：古指蟋蟀。

乾隆二十六年

赋得坦坦荡荡

演漾披琳沼，豁庨敞网轩。
息躬喜疏朗，游目鲜嚣烦。

俯仰四临具，括包一理存。
无私参义府，顺应涤情源。
玩物宁堪贵，甄心略可论。
嘉兹君子德，倬彼圣人言。

演漾：指水波荡漾。
豁庨：房屋高深的样子。
网轩：装饰有网状雕刻的门窗。
甄心：审视内心的意思。

乾隆三十二年

题素心堂

古屋园中咫尺近，一年堂上几回临。
乍欣此日观佳景，都为宜时霈好霖。
香喷缥缃插架润，响调琴瑟挂檐斟。
在兹试问相应句，只有祈农是素心。

乾隆三十五年

题素心堂

翠跸返行辕，芳辰驻御园。
岂无花石赏，惟廑耙梨翻。
颇厌招风柳，安求树背萱。
当春多望雨，正合素心存。

萱：萱草。

题素心堂

素心我实有非无，却较泉明高尚殊[①]。
常畏民喦与天命，所师二典及三谟。
祈年曾弗间终始，食旰那遑惜劼劬。
设以怀人寓深意，亦其稀矣亦增吁。

① 陶渊明诗闻多素心人。

泉明：即陶渊明，唐高祖名李渊。唐人讳“渊”，故称渊明为泉明。
民喦：谓民心不齐，或说民情险恶。
劼劬：劼，谨慎，努力。劬，勤劳。

乾隆三十九年

素心堂有感

春意又依依，春堂坐载晖。
芸编披古道，梅缶护清馡。
静阅今和昔，难评是也非。
人同素心者，只觉迩来稀。

梅缶：指肚大口小的梅花瓦器。
清馡：清香。

乾隆四十二年

题素心堂

春初值几暇，流览憩溪堂。
悦目迟花柳，怡情足缥缃。
昔今漫介意，景物正含阳。
设以素心论，爱民斯不忘。

乾隆四十七年

素心堂漫题

人孰无素心，其人本不少。
孰知七十年，侵寻我已老。
讲学及咨政，鲜可同怀抱。
谓人弗如已，厥过复不小。
偶来坐堂中，摛笔难成藻。

摛笔难成藻：摛，铺陈。藻，华丽的文采。

乾隆五十年

素心堂

溪堂号素心，素心见于何。

敬天凛明旦，祈年祝时和。
爱民廑向隅，勤政励无颇。
斯为四大端，恒虞有错讹。
宵旰之弗遑，徒斯景物罗。
五十年光阴，阶前逝水过。

向隅：喻孤独失意或得不到机遇而失望。

无颇：谓持正不偏。

乾隆五十三年

萃景斋

闲斋额萃景，自因揽景佳。
佳景必在春，而春望雨皆。
桃李那在目，麰麦常存怀。
即今雨霑足，满志舒眉才。
复恐一念间，敬怠循环来。
五字以铭心，佳景原付斋。

麰麦：大麦。《孟子·告子上》：“今夫麰麦，播种而耰之。”

乾隆五十四年

素心堂有感并书以赐大学士嵇璜

素心含内外，有志亦须陈。

书史以修己，股肱用治民。
尊闻则何有[①]，作古已看频[②]。
孰不高年愿，高年鲜旧邻。

① 谓修己。
② 谓诸旧臣。

萃景斋题句

望霖之际喜鸠鸣，盼霁之时爱鹊噪[①]。
设或颠倒逢其会，则又颠倒殊其好。
可识人情本无定，万物那尽如愿报。
弗如愿斯怃然增，而其怃本由自召。
斋名萃景景萃斯，不若无欲观其徼。

① 鸠唤雨，鹊噪晴，农家用为占验。

乾隆五十九年

题素心堂

堂乃时偶为，心固素所蕴。
五十余年间，万几发无尽。
操之应识要，逐物私斯引。
所谓要为何，敬之一字允。
乾惕保始终，日跻以为准。

澹怀堂即事

临溪堂以澹怀名，循[①]责[②]之间意每怦。
朝盼夕希刚略慰，益谦损满又虞盈。
审斯方寸何能静，质以奉三那见诚。
有愧水哉澄镜面，不波或者近乎平。

① 名。
② 实。

嘉庆朝

嘉庆二年

坦坦荡荡

天怀存坦荡，与物鲜经营。
虚朗光风敞，圆灵霁月明。
熏陶非有染，因付本无成。
寥阔大公意，皎如宝鉴呈。

澹怀堂

虚中应庶物，宁静养天君。
镜朗见诸相，衡平息众纷。
清辉同渚月，浮翳扫山云。

斯得澹怀旨，堂名焕大文。

天君：指思维器官“心”，《荀子·正名》谓“心居中虚，以治五官，夫是之谓天君”。

诸相：一切事物的形相。

嘉庆三年

澹怀堂

君子坦荡荡，免使俗虑萦。
常令心源洁，养和育七情。
中道无偏倚，一泓止水清。
能此在澹泊，胶固终必倾。
云烟皆过眼，寓意不留停。
天怀乐冲漠，随安岂自营。
性海涤明镜，万象妍媸呈。
返观果洞澈，烛物斯空明。

七情：是指喜、怒、忧、思、悲、恐、惊。

冲漠：虚寂恬静。

坦坦荡荡

君子坦荡荡，天怀本至清。
无欲观其妙，笑彼空蝇营。
如镜光极朗，如水波最平。
虚己受众物，忠恕知群情。

涵养寸田茂，不使稂莠生。
学问代耘耨，礼义以犁耕。
精采自焕发，其本归存诚。

蝇营：苍蝇营营而来，比喻营小利不休的人。

稂莠：稂和莠，都是形状像禾苗却又妨害禾苗生长的杂草，喻指不成材或没出息之人。

澹怀堂

高堂俯洲渚，延览澹吾怀。
松籁翻平槛，泉声近曲阶。
凉飔多飒爽，寒日益清佳。
明志中须静，集虚随处谐。

嘉庆八年

澹怀堂

盘山堂额俯青岑，御苑堂前观渌水。
乐山乐水总澹怀，峙流动静各具美。
心境湛然物毕空，岂因目视本性徙。
身外之事余不知，以诚感物泯奇诡。

青岑：青翠的高峰，指青山。

渌水：水色清澈，或指清澈河水。

嘉庆十四年

澹怀堂

澹怀理庶事，体会自精详。
省己勤磨练，观人渐引长。
外浮终损失，内实现辉光。
因额偶题句，箴心守旧章。

嘉庆十五年

澹怀堂

境遇至繁除妄念，衷怀淡泊得群情。
曰仁曰义道无别，观我观人心务平。
故步宜寻勿荒废，灵源常浚倍澄清。
养身治事理非二，病患皆从贪欲生。

灵源：对水源的美称。亦指心灵。

嘉庆十六年

素心堂

几暇消长日，诗书契素心。
探原必竟委，学古勉居今。

精一危微贯，典谟诰诫寻。

内修果不懈，外诱讵能侵。

义路循行久，仁衷涵育深。

光辉渐充实，坐照庆咸临。

精一危微：即《尚书》所谓“人心惟危，道心惟微，惟精惟一，允执厥中”。

嘉庆十八年

澹怀堂

居敬而行简，养性毋纷烦。

观明先处晦，淡泊可治繁。

寰宇极广大，一人御黎元。

健行顺理义，仰法天何言。

物来任自照，镜朗消迹痕。

集虚践实境，思永常存存。

黎元：指百姓，即“黎民百姓”。

嘉庆二十三年

澹怀堂

抚字苍生振四维，虚怀莅政本无为。

心存澹泊屏萦系，气养清明合措施。

庶姓惟求得饱煖，人君不可好新奇。

思艰图易化浇俗，益勉守成素志持。

四维：即管仲在《管子》中提出礼、义、廉、耻，是管子思想的精髓。

嘉庆二十四年

素心堂

考命继大统，夙夜矢敬钦。

繁华性相远，实予之素心。

所本在经籍，有暇即探寻。

内省果不疚，外诱奚能侵。

守成除妄想，惕若天难谌。

君民情贯注，交泰孚惠深。

交泰：指君臣之间互相沟通，上下同心。

道光朝

道光三年

澹怀堂

韶光春正好，和煦喜时晴。

砌藓青初展，庭松荫更清。
静虚心自泰，冲澹意无营。
小憩乘几暇，芸编悦性情。

道光十年

澹怀室

虚室春光喜静便，苍苍松柏荫阶前。
冰湖一鉴含斜日，冻柳千条惹暮烟。
冲淡吾怀防俗念，观摩往迹鉴陈编。
盆梅座右清芬袭，古干新葩雪后天。

道光十一年

澹怀室对雨　二月二十九日

甘霖浥润暮春初，省识农家乐有余。
正及新耕播种候，占丰不为赏情舒。

浓云漠漠雨绵绵，冲澹襟怀足静便。
水碧山青相对处，满林密霭一溪烟。

道光十二年

澹怀室漫成

由来澹静念无违，尚有四十九之非。
慎始敬终心勿惑，去奢从俭道堪希。
风清竹下邀明月，雨霁松间待夕晖。
争奈岁华多烂漫，何时旋斡续遗徽。

四十九之非：《淮南子·原道训》：“蘧伯玉年五十而知四十九年非。”蘧伯玉，春秋时卫国人，到五十岁时，知道自己以前四十九年中的错误。后世用“知非”代称五十岁。道光帝生于乾隆四十七年（1782），此诗作时恰逢五十岁。

遗徽：死者生前美好的德行。

茹古涵今

茹古涵今，亦总称韶景轩，圆明园四十景之一。居坦坦荡荡之南，东临九州清晏，是园内藏书之所和研经读史之地。茹古涵今宫门七楹，门内前殿五楹，内额曰“茹古涵今”。其后殿为“韶景轩”，轩四面各五楹，分悬“喜接南薰”“清风北户”“景丽东皇”和“翠生西岭”匾。轩前东侧为茂育斋，西为竹香斋，又北为静通斋。其“茂育斋”与“静通斋”额系雍正帝书，余皆乾隆帝御笔。

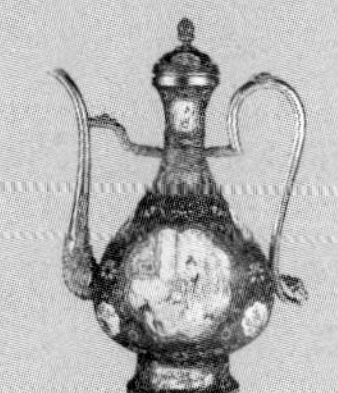

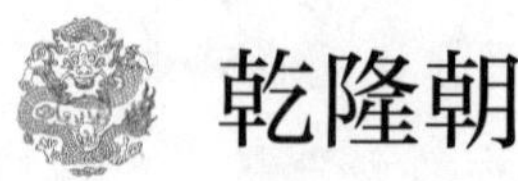

乾隆朝

乾隆九年

茹古涵今

长春仙馆之北，嘉树丛卉，生香蓊葧。缭以曲垣，缀以周廊。邃馆明窗，牙签万轴。漱芳润，撷菁华。不薄今人爱古人，少陵斯言，实获我心。

广厦全无薄暑凭，洒然心境玉壶冰。
时温旧学宁无说，欲去陈言尚未能。
鸟语花香生静悟，松风水月得佳朋。
今人不薄古人爱，我爱古人杜少陵。

玉壶冰：比喻人情操高尚，清白纯洁，常用作形容园居的审美心境。
今人句：语出杜甫《戏为六绝句》诗："不薄今人爱古人，清词丽句必为邻。"
杜少陵：即唐代诗人杜甫，字子美，自号少陵野老。

乾隆四十年

静通斋口号

天地贞元运大公，澄观理亦易为穷。
纷兹动植含春意，孰不权舆静以通。

贞元：古代以元亨利贞喻春夏秋冬，故贞元也借指时令的周而复始和天道人事的转换。权舆：起始，或谓新生、萌芽。

于韶景轩作歌

韶景轩故我题名，由来三十余年已。
曾未拈毫一经咏，斯亦荒略殊甚耳。
既而思之颇有说，日用不知系传旨。
莫不饮食孰知味，君子之道诚鲜矣。

乾隆四十一年

韶景轩

京畿齐甸历巡辕，望雨每为心郁烦。
雨足人归春过了，轩中韶景意恒存。

乾隆四十二年

韶景轩

书轩成已四十年，久矣题额曰韶景。
向弗频莅兹偶临，卅载春光付轩领。
喜新厌旧率人情，未能免俗吾应省。
宣毫江砚绨几陈，遂以摛词窗移影。
堂堂九十迅如斯，有为法究谁为永。

宣毫：指安徽宣城所产的毛笔。

江砚：产于东北松花石所制的砚台。

绨几：铺上绨锦的几案，古为天子专用。

静通斋

人情盖与止水同，澄之则清淆则浊。
淆为动而澄为静，动斯扰矣静斯觉。
楣端两字额静通，是义诚宜细研榷。
苟非物来而顺应，未足言通劳把捉。

把捉：执持、掌握。

乾隆五十四年

静通斋

濂溪太极说，圣人常主静。
通书更注之，明通理堪省。
内外交相养，无欲挈要领。
斋额仰奎文[①]，不敏愿勉黾。

① 斋额乃皇考所题也。

濂溪：湖南道县水名。宋理学家周敦颐世居溪上，自号濂溪。

太极说：即周敦颐撰写的哲学著作《太极图说》。

通书：亦为周敦颐著，与《太极图说》互为印证，其主要哲学概念是“诚”与“主静”。

乾隆五十九年

静通斋有会

静通岂谓廊相接，理具濂溪太极图。
中正及仁义以定，立人极合主斯夫。

嘉庆朝

嘉庆三年

韶景轩

万汇沐帝恩，御园韶景富。
山水含清晖，花柳开锦绣。
东郊始农功，稼穑祈繁茂。
圣人敬授时，青阳敷在宥。
寅承惠民衷，寰区锡仁寿。

青阳：即春天，《尔雅·释天》谓："春为青阳。"

在宥：即《庄子·在宥》。所谓"闻在宥天下，不闻治天下也"，后多用以赞美帝王的"仁政"及"德化"。

嘉庆二十五年

韶景轩

佳日临轩骀荡春，楣悬御额焕三辰。
庭心旭蔼筛林影，水面风来漾縠尘。
长养收藏咸运化，飞潜动植普怀新。
无涯韶景芳园布，敬授人时体昊仁。

骀荡：形容春天的景物使人心情舒畅。
三辰：即日、月、星。

韶景轩

九十春光韶景富，御园首夏尚清和。
连汀冉冉铺芳草，绕岸溶溶漾锦波。
才见柳丝垂茂密，又看花片舞婆娑。
春生夏长舒群汇，遍沐甘膏浃洽多。

九十春光：指春季三个月，共九十天。亦喻指春天的美好光景。

道光朝

道光三年

韶景轩

何处韶华富，高轩傍绿池。
名花分次第，新柳任低垂。
晴旭穿疏牖，和风透薄帷。
发生滋品汇，妙景季春时。

次第：按顺序，依次。

长春仙馆

长春仙馆，圆明园四十景之一，位于茹古涵今之南，正大光明殿以西，南邻园墙，山环水抱。该景区始建于雍正四年（1726），初名莲花馆，是弘历为皇子时的赐居之地。乾隆帝即位后，该馆为孝贤皇后宴息之所。年节伏腊亦奉皇太后暂居于此。嘉庆帝即位后的最初三年，曾被太上皇赐居于此。乾隆四十二年（1777）正月，孝圣皇太后亦殁于斯馆。其后，道咸时期，该景区仍为嫔妃居所。

长春仙馆宫门三间，正殿五楹，殿外悬“长春仙馆”匾，殿内联曰：“安舆欢洽宜春永；庆节诚依爱日长”，殿后为“绿荫轩”，西廊后为“丽景轩”。丽景轩西院南为“春好轩”“墨云池”，后为“随安室”。墨云池西院为“林虚桂静”，殿前为“含碧堂”，左为“古香斋”，其东楹有阁名“抑斋”。殿之西院为“藤影花丛”。院北有重檐四方亭，方亭之北，又有临溪六方亭，名曰“凭流”。上述殿额及楹联等，均为乾隆帝御书。

乾隆朝

乾隆六年

古香斋题壁

书屋诚清绝，翛然水石边。
时来听泉响，独坐爱岩悬。
日永人偏静，斋深爽更延。
忘言翻旧卷，仿佛话当年。

翛然：无拘无束、自由自在的样子。

乾隆九年

长春仙馆

循寿山口西入，屋宇深邃，重廊曲槛，逶迤相接。庭径有梧有石，堪供小憩。予旧时赐居也，今略加修饰，遇佳辰令节，迎奉皇太后，为膳寝之所。盖以长春志祝云！

常时问寝地，曩岁读书堂。
秘阁冬宜燠，虚亭夏亦凉。
欢心依日久，乐志愿春长。

阶下松龄祝，千秋奉寿康。

乾隆二十年

古香斋

到处书斋号古香，每因稽古自徬徨。
三谟二典分明在，扞格施行空望洋。

扞格：互相抵触。

乾隆二十四年

长春仙馆得句

朅思仙馆一临诸，芸几兰闺信洒如。
忧乐向来成底事，诗书无射合相于。
松间雅爱风延爽，竹里仍看月入虚。
廿四年前闲景概，只宜分付绿纱疏。

朅：句首助词。
兰闺：原指汉代后妃宫室，后泛指女子居室。
无射：不厌。

乾隆二十六年

题长春仙馆

旧室何来仙馆号，长春缘识圣人名。
敬思仁也今天下，偶忆闲哉昔玉京。
对景那能仍独乐，翻书惟是惭躬行。
宜晴宜雨农功协，花木今才一遣情。

玉京：道家传说中的仙阙，为三十二帝之都，在无为之天，诗中多喻仙境。

题含碧堂①

书屋倚沧池，盈窗漾绿漪。
水温冬不冻②，夏爽月来时。
静可澄观物，动常引构思。
卅年前所作，都大取于斯。

① 长春仙馆中，旧时书室也。
② 是处水温冬常不冻。

鸣玉溪

高水盈科自就下，泠泠韵出玉鸣溪。
问珩已致王孙诮，只有林泉无碍题。

玉鸣溪：形如溪水淙淙，声如碎玉。
珩：古代佩饰上的横玉，形状像磬。

乾隆三十一年

随安室 旧书室名，今每用之

随所遇皆安，廓如志欲宽。
当年原觉易，今日始知难。
一己励宵旰，万民筹馑寒。
泰然实艰致，敢惜寸心殚。

廓如：澄清貌。唐 陆龟蒙《奉和袭美因赠至一百四十言》：“夫子又继起，阴霾终廓如。”

随安室

此予昔日书室名也。于凡精舍，率以题额，亦不忘旧之意云尔。

书室额随安，毋忘养德端。
昔诚容膝易，今觉作君难。
尺宅寰区蕴，万年盘石完。
求斯不遑暇，逐景那寻欢。

尺宅：原指颜面。此处形容屋宇狭小。

乾隆三十二年

长春仙馆

长春昔日读书斋，迎养灯宵岁岁皆。

福并海山增宝帙，寿同松柏映瑶阶。

东风暖已落蓂叶，阳气升看茁草荄。

半月余过如一瞬，年来惜景每殷怀。

蓂叶：古代传说中的一种瑞草。

荄：草根。

随安室四咏　有序

随安室，青宫时书屋名也。盖所遇而安，昔时藉以淑己而已。今则四海之广，兆民之众，无不欲其随时随地而安，抑亦难矣。故凡宫禁园庭仍以是名之，触目警心，亦识其安之艰致云尔。

安土

处处随安室，都因安土成。

筑基期永固，肯构乃恢宏。

爱物易辞系，乐天礼义精。

重居堪絜矩，藉亦验民情。

安窗

安窗向朱鸟，作牖亦青龙。

春意阶前草，夏阴檐际松。

月光淡秋宇，雪色积冬峰。

揽景固无尽，辟明训独宗。

朱鸟：星宿名，二十八宿中南方七宿的总称。亦代指南方。

青龙：二十八宿中东方七宿的总称。按阴阳五行之五方配色，东方青色，故名“青龙”。

安琴

攫醳虽弗解，琴床缀景安。

短长量桐展，妥帖倚兰看。

驺忌言堪绎，泉明趣可观。

礼经著操缦，古道复应难[1]。

① 古之人于六艺皆所学，今则执一且不能，相去何甚远哉。

攫醳：谓弹琴时琴弦一张一弛。

驺忌：即“驺忌鼓琴”，驺忌是战国时代著名琴师，以鼓琴见齐威王而受到礼遇。

操缦：操弄琴弦。

安仁

固是随所遇，心安实在仁。

昔惟胞与切[1]，今更恫瘝亲。

履泰还防否，绥丰亦有贫。

于斯恒惕息，顺豫觉难臻。

① 张子曰：民吾同胞，物吾与也。夫谁不当存此量乎？

恫瘝：病痛、疾苦。此句意为把人民的疾苦作为自己的疾苦。

防否：防止坏的、恶的。

乾隆三十七年

长春仙馆叠旧作韵

乘春庆节侍思斋，半月灯筵度已皆。

清道又将返芝辇，前园[1]恒以奉萱阶。

闹余眼界豁尘境，静里心芽茁道荄。

爱日不知何所托，讵宁王谢互言怀。

① 畅春园在南，因谓之前园。

萱阶：或称萱堂，代称母亲的住处。此指乾隆帝生母孝圣皇太后。

爱日：本为珍惜时日之意，后借以美称子女侍奉父母的时日。

王谢：六朝望族王氏、谢氏的并称。亦借指名门贵族。

乾隆三十九年

抑斋

长春仙馆中，斋额沏青宫[①]。

到处兹数典，坐来惟恧躬。

业修德进未，昔日此人同。

只有抑然志，庶几如武公。

① 长春仙馆，予为皇子时所居也。颜书室曰抑斋，与重华宫西厢同。即位后，凡园亭行馆有可静憩观书者，率以“抑斋”为额。

恧：惭愧。躬：自身。

沏：书写。

乾隆四十一年

长春仙馆

恒此灯筵奉起居，忽然半月度驰如。

一朝又返前园御，万岁永期庆节予。

爱敬心惟共年长，芳菲景已报春舒。
书斋静坐怀今昔，拈笔忘言默会诸。

抑斋[①]

到处书斋名曰抑，此为旧室益殷吾。
外王内圣进修业，志则诚能抑也无。

① 在长春仙馆旧居。

乾隆四十三年

长春仙馆礼佛有感

园内赐居别一所，卌年庆节憩慈躬[①]。
昨春大故忽于此，今岁重来望已空。
未敢频兴神御屡[②]，因之洁治佛筵崇。
瓣香忏悔期消恨，翻惹填膺恨不穷。

① 长春仙馆，予昔蒙皇考赐居也。御极以后，每岁孟春奉圣母幸御园，即驻憩于此，行庆度节，至正月杪，始奉慈驾驻畅春园。

② 去春，圣母于此升遐。室宇庭阶，触处皆增伤感。第以列后无专奉神御之例，不敢于礼有所加，因于寝宫奉佛庄严，以时瓣香瞻礼，敬志哀慕。

乾隆四十四年

长春仙馆礼佛作

释服归来意如失，改余旧寝梵王宫[①]。

未安神御存心曲，原睹慈容泪眼中。

全异赐居坐春日[②]，顿成哀绪对秋风。

雨旸慰矣河工虑，却向何人诉此衷[③]。

① 向年新春，恭奉圣母至御园，以长春仙馆为寝宫。丁酉大事以后，即改寝宫为佛堂，以时瞻礼。恪遵家法，不敢奉神御也。

② 余幼时，蒙皇考赐居于此。抚今思昔，倍增怅惘。

③ 向时，每遇望雨盼晴奏闻，圣母必多方慰谕。今岁，各省雨旸时若，二麦均可丰收。惟豫省河工久未合龙，愁绪刻难自释，更无可申诉余怀者，亦无复有询慰之人，追念能无哀感乎?

释服：据丧服制度，居丧者将服丧期间的丧服除掉，以示居丧结束，恢复正常生活。

神御：此处谓孝圣宪皇后御容。

心曲：内心深处。

乾隆四十六年

抑斋

昔读武公诗，书斋因额之。

威仪德隅凛，敬慎远犹思。

饬己臻尚未，治人艰可知。

如云警既耄，将亦逮其时。

正月廿三日，圣母忌辰，于长春仙馆礼佛作

未敢居然奉神御[①]，无生藉演法王音。

那堪令节芳园里，大异向年晕扆临。

瞥眼不殊斯泣血，终身岂忘此椎心。

长春忽作长秋处，庭树萧萧伴怅吟。

① 长春仙馆，为御园灯筵恭奉圣母起居之所。自丁酉后，敬于旧址恭设佛堂，瞻礼伸慕。未敢供奉神御，致丰于前典也。

无生：佛教语，谓没有生灭、不生不灭。

法王：佛经中对释迦牟尼的尊称。

翚扆：翚，野鸡的五彩羽毛；扆，帝王座位后的屏风。此借指孝圣宪皇后。

乾隆四十八年

随安室叠癸巳旧作韵

旧室阅时到似新，随安意趣反躬亲。

几曾纯粹臻修己，惟是忧勤劳爱民。

讵敢旰宵懈无逸，由来学问在求仁。

长年只愿人如昔，却恐翻为日退人①。

① 癸巳旧作句云："室如刮目云相待，却自惭为犹昔人。"《近思录》载，程伊川曰："君子之学必日新。日新者日进也，不日新者必日退。"

乾隆五十二年

古香斋有感

到处书斋颜古香，取名六十一年长①。

几曾书史得真味，只觉昔今度幻光。

修己蓬心惟有愧，治人蒿目更无方。

对时又值春和候，汉诏勤民那可忘[②]。

① 予自雍正五年移住重华宫，即以东厢为古香斋。践阼后，凡御园山庄住处，无不以是为名，屈指六十一年矣。

② 汉文帝以方春和时下诏勤民，即周礼始和布令之意。兹每于岁前驰谕各督抚，咨询民隐，新正降旨施惠，亦犹西京遗意也。

蓬心：比喻知识浅薄、不能通达事理，亦常作自喻浅陋的谦词。

蒿目：即指“蒿目时艰”，形容对世事忧虑不安。

乾隆五十三年

随安室有会

予十七岁居重华宫时，曾颜书室曰“随安”，取随遇而安之义。即位后，于西苑及圆明园、长春园、清漪园、静宜园、汤泉、避暑山庄等处每以题额。今六十年以来随遇之义，益堪静验。

重华昔所额，阅六十年中。
到处题三字，惟时验一躬。
安居造以道，随物会其通。
更惬符名者，台湾兹定功。

台湾兹定功：指是年正月，清军平定台湾林爽文起义。

随安室

室曰随安岂易安，为君惟有识其难。
愁因得雨方略释，又恐邻骄敢自宽。

邻骄：是年，安南（今越南）内乱，西山起义军推翻黎氏王朝。

乾隆五十四年

含碧堂

溪堂临水此临冰，莫谓寻名弗相应。

一碧岂曾有两色，其间堪会动和凝。

乾隆五十六年

鸣玉溪

溪流有高下，潋瀸奏悠声。

往来清聆间，拟之以玉鸣。

冰湖本无知，戛击人谓呈。

偶因启静思，名号太纷生。

无过一水耳，屈指不尽称。

琴瑟言其响，瀑布言其形。

鸣玉则两兼，响与形合并。

似此炙毂辨，莫若忘言听。

潋瀸：指湍急的水流。

乾隆五十七年

古香斋口号

重华斋额洌东厢[①]，处处题斯志弗忘。

却是简编一披古，即惭言行有何香。

① 雍正五年，皇考命予居重华宫，因颜其东厢曰“古香斋”。践阼后，凡御园山庄佳处多以此名斋，以志弗忘。

简编：指书籍。

乾隆五十九年

含碧堂

岸裔溪堂在，溪冰犹冻中。

流澌仍待碧，薄凌渐呈融。

晰理始于象，看标可识衷。

额檐曰含者，其义蕴无穷。

流澌：即流水。

薄凌：凌即冰，薄薄的如平镜似的一层冰。

嘉庆朝

嘉庆元年

赐居长春仙馆恭纪

毓德钟祥地，年光六十过[①]。
赐居沐长庆，承泽应春和。
孔固征无极，斯干叶有那。
开韶多喜气，淑蔼播笙歌。

① 长春仙馆，为圆明园四十景之一。雍正年间，皇父曾蒙皇祖赐居。越今六十年，予亦承皇父恩赐居此，实深感庆。

节后随安室

潜邸额随安，素位存夙志。
福地近百年，何幸蒙恩赐。
宵旰廑寸衷，敬仰立言意。
我静任物来，憧憧思其义。
安而不忘危，保民凛天位。
随遇乐安和，黄屋姑且置。
庆节侍高年，康强福禄萃。
太上功德巍，梼昧愧难嗣。

素位：源自《礼记·中庸》“君子素其位而行，不愿乎其外”，意指安于所处的地位。

夙志：意谓平常素有的志向。

憧憧：心神不定的样子。

天位：帝位，王位。

黄屋：古代帝王专用的黄缯车盖。亦代称皇帝或帝王所居宫室。

梼昧：愚昧无知，多作自谦之辞。

含碧堂自警

众绿被陈根，含生遂长养。
孳蕃沐和甘，清幽辉万象。
迟日照琐窗，融融喜明朗。
暖气几席盈，阳和满方丈。
习静束身心，曷敢片时放。
我镜烛虚灵，物烟任劳攘。
九宇尽含宏，居高慎瞻仰。

陈根：逾年的草根。

孳蕃：滋生蕃衍。

迟日：指春日。《诗 · 豳风 · 七月》："春日迟迟。"

琐窗：亦作"琐牕"，镂刻有连琐图案的窗棂。

虚灵：指心灵。

劳攘：纷扰，混乱。

九宇：犹言九州。此指天下。

含宏：即含弘。包容博厚，光明正大。

绿荫轩

众绿满芳园，品汇含生意。
轩庭嘉树繁，清阴一亩地。
好鸟出谷来，枝头呼朋类。
物各乐其常，肖翘生机遂。

对境有所思，所思在农事。

冬雪虽优霑，春膏未蒙赐。

东作方届期，土润耕犁试。

溥荫九有民，丰收诚上瑞。

关心切旰宵，惕惕勤抚字。

仰瞻霄汉间，凝盼云容萃。

肖翘：指细小能飞之生物。

惕惕：惊恐不安心绪不宁的情状，戒惧。

古香斋听泉

叠石注流水，潺湲九曲通。

泉声来涧底，静籁到窗中。

玉练还疑雨，晶帘乍飏风。

钟期怀雅调，天末送飞鸿。

叠石：亦称“叠山”，用太湖石等堆叠假山，为我国造园艺术中独特的表现手法之一。

潺湲：形容河水慢慢流淌的样子。

晶帘：水晶帘，比喻帘子华贵。

钟期：即钟子期，春秋楚人，精于音律。

天末：天边，天际。

随安室对雨

夜半廉纤枕上听，晓来润景满中庭。

田宜既渥符农愿，占叶知时感昊灵。

韵戛流泉破溪绿，烟含芳草入帘青。

土融恰利新耕者，喜气应敷远近坰。

廉纤：形容细雨廉廉纤纤的样子。

坰：野外。

丽景轩有会

仲春喜得雨如膏，丽景天成不易遭。

润透平畴盈一尺，波添曲沼涨三篙。

桃蹊湿雾含朱靥，柳岸凝烟拓翠绦。

慰矣钦哉增感惕，力田终岁念民劳。

春好轩

四时春最佳，得雨春益好。

土膏既和融，耕作今年早。

足食小民安，稼穑为国宝。

润景畅园林，延揽舒怀抱。

卉木吐清芬，池塘茁新草。

咸若遂生机，发育蒙大造。

农事始基之，西成兆温饱。

开轩爱景光，芸编静探讨。

嘉名实副兹，敬感中心祷。

西成：喻秋季农作物之丰收。

鸣玉溪

层叠流泉穿石罅，纡回荡激漾清声。
耳根疏越和琴奏，涧底琤琤戛玉鸣。
练影月含增皎洁，縠纹风送印虚明。
钟期有志应同调，雅操还从静里生。

疏越：疏通瑟底之孔，使声音舒缓。后指乐声悠扬、隽永。唐 白居易《五弦弹》诗："正始之音其若何？朱弦疏越清庙歌。一弹一唱再三叹，曲淡节稀声不多。"

琤琤：玉石相击声。

縠纹：绉纱似的皱纹，常比喻水的波纹。

雅操：雅正的乐曲。

林虚桂静口号

春林发育含生意，桂树宜秋漫品题。
自是月中常茂密，广寒有路玉绳低。

玉绳：星名，位在北斗第五星玉衡之北。

墨池云

摹帖明窗下，云烟袅墨池。
毫端仙彩发，纸上露华滋。
砚静诗初就，瓯香心自怡。
风光修禊节，逸趣缅羲之。

修禊：古代民俗于农历三月上旬的巳日（三国魏以后始固定为三月初三）到水边嬉戏，以祓除不祥，称为修禊。亦称上巳节。

羲之：晋 王羲之《兰亭集序》：“暮春之初，会于会稽山阴之兰亭，修禊事也。”

含碧堂玉兰歌

芳时初届春三月，一夜东风花畅发。
森森玉树立阶庭，渥泽饱经生意勃。
瑶华拓影银凤栖，素月娟娟笼阁低。
姑射仙姿下贝阙，云裾霞珮纷轻绨。
后庭漫谱霓裳曲，羽衣三叠羯鼓促。
非欣花事畅今春，所喜今春甘雨足。

姑射仙姿：形容女子貌美如仙。

贝阙：用珠贝装饰的宫殿。形容建筑华丽。

轻绨：绨，光滑厚实的丝织品。

羯鼓：古代打击乐器，据说来源于羯族。羯鼓腰部细，两面用公羊皮蒙之，故称。

古香斋

虚窗对清溪，含风碧纹卷。
岸草益敷荣，余润分苔藓。
宴坐爱景光，天和颐性善。
澄心屏物烟，我镜虚明辨。
匡床接古香，乐志芸编展。

匡床：方正而安适的床。

鸣玉溪

溪声日东流，汩汩漱寒玉。
石濑束浅沙，清波几湾绿。
忘机玩水禽，傍棹鸥自浴。
叠叠縠纹连，因风浪花促。
欲听泉琴鸣，静俟新雨足。

石濑：水激石间而形成的急流。

含碧堂遣兴

一碧兰皋春泽含，夏初微觉欠和甘。
授时有渰群符愿，调幕何能自抱惭。
盼雨萦心怀广甸，看云极目注遥岚。
即祈优沛麦秋近，无厌人情望蜀贪。

有渰：浓云密布貌。

春好轩即事

今春甘泽连番锡，春好副名诗泐壁。
二麦虽蒙既足功，未雨侵寻两旬历。
迩日云起方酿阴，箕伯扬威力不敌。
伫盼离毕霈四郊，先靖终风退六鹢。
徊徨无计静俟恩，云汉翘瞻增怵惕。

二麦：大麦、小麦，两种不同的麦类植物。

箕伯：古代神话中的司风之神，亦称风伯、风师。

离毕：语出《诗·小雅·渐渐之石》“月离于毕，俾滂沱矣”，指月亮附于毕星，是天将降雨的征兆。

六鹢：即“六鹢退飞”，鹢又作鹝，水鸟名。六鹢遇迅风而退飞，古人指为凶灾之兆。

随安室遣兴书怀

随遇自安和，圣人夙额语。
涵养六十年，无逸以作所。
小子凛敬承，堂构庆爰处。
睿藻仰楣间，求安慎当宁。
勤民初切怀，春膏蒙锡与。
二麦已畅生，芃芃群出土。
侵寻首夏时，兼旬未得雨。
稍霑即放晴，风伯每相阻。
德薄而位尊，负荷责诚巨。
呜呼其雨乎，臣心刻延伫。

芃芃：茂盛的样子。

古香斋遣兴

书室十笏地，古香旧额名。
座对碧峰静，窗俯幽泉清。
乔松阴满砌，耳接寒涛声。
插架惟册府，寓目忘俗情。
迩日颇望泽，宵旰百虑萦。

甘膏沐东作，万宝期西成。
屡祷未感格，忧惧心时并。
再三恐致渎，敬俟天锡祯。

册府：同“策府”，古时帝王藏置书册之所。

祯：吉祥。

五月五日含碧堂作

一雨虽敷欠深透，圣心仍望继甘霖。
罢陈竞渡还行赏，后乐先忧垂教深[①]。
蒲艾悬楣观物候，堆盘角黍饫芳甘。
即祈大沛纾宸虑，润浃虚堂碧遍含。

① 每岁端阳，例以龙舟酬节，间逢渴泽之时，即罢此戏。昨初二日，虽得雨四寸有余，尚须继澍，方庆全丰。皇父望岁望泽之意弥殷，届节仍命罢竞渡。一诚昭格，以待神膏。至臣下节赏，仍荷优颁，盖先忧后乐无往，非圣人垂教所在也。

蒲艾：菖蒲与艾草。

随安室对雨

云气结浓阴，霏微入土深。
繁滋初布泽，畅透愿为霖。
漫卜丰登兆，先纾宵旰心。
渺躬增敬惕，省岁寸衷钦。

春泽诚深透，夏初欠渥优。
幸兹上旬雨，稍解寸心愁。

抚字期无忝，筹农望有收。

随安瞻额语，知足仰贻谋。

绿荫轩即事

今春好雨繁，生意酣众绿。

嘉荫满轩前，卉木清芬足。

入夏泽偶愆，仲月仍连属。

长养恰及时，深幸甘膏沐。

繁滋沃黍禾，余润及花竹。

省岁谷用成，寸心怀甸服。

兵销百室盈，年登万宝熟。

捷音即日来，苗格功成速。

谆训戒满盈，敬俟天锡福。

甸服：古制甸、侯、宾、要、荒五服之一。此借指农民起义的鄂、湘、黔等地。

秋日长春仙馆

羽卫言从塞上归，南窗趁暖坐晴晖。

松张绿盖全舒荫，菊有黄华乍吐菲。

桂影婆娑留月幌，芸香馥郁散书帏。

漫云几暇多清兴，穑事初成届授衣。

月幌：月光照耀的帷幔。南朝宋 谢惠连《雪赋》：“夜幽静而多怀，风触楹而转响，月承幌而通晖。”

书帏：书斋、书舍。

授衣：古代农历九月备制冬衣，称授衣。

春好轩歌

御园福地庆长春，松栋云楣仰睿藻。

那居仙馆沐深恩，欲阐仁心额春好。

元为善长品汇舒，肖翘胞与遍怀保。

穑事始春生气敷，畅达蕃庑及庶草。

六十余年化育功，敬承敛锡尽予道。

太和洋溢被万方，繁衍箕畴荷苍昊。

那居：那，安闲、舒适，谓安居。

蕃庑：茂盛，旺盛。

庶草：百草、众草。

鸣玉溪泛舟曲

秋水澄清远天接，一色苍茫波万叠。

白苹红蓼印虚明，试放兰桡吟兴惬。

幽泉漱石戛清音，鸣玉溪边秋已深。

潦净烟敛荷全卸，溯洄遥渚有会心。

兰桡：指兰舟。桡即桨，用兰木制的船桨称兰桡，或谓小舟的美称。

随安室有会

书室额随安，仙馆诚福地。

顾名悦天和，境遇皆顺意。

圆镜湛然明，物来随所治。
蒙恩赐新居，斯干肯构义[①]。
兢业存寸衷，固守金瓯器。
顾畏凛渊冰，勤思安处置。
仰窥圣化深，薄德慎厥位。
朝夕聆训言，四端心敬志[②]。

① 随安室之名，皇父书额，予蒙恩赐居此室。每绎斯干之诗，知竹苞松茂之朴雅。予惟日凛敬承，以期副堂构之义。

② 皇父敬天法祖，勤政爱民，日举四端，以示训勉。子臣仰体慈怀，朝夕服膺，永矢遵守。

金瓯：比喻疆土完固，亦用以指国土。

四端：即仁、义、礼、智四种伦理观念。

古香斋

潜邸额书斋，芸编四壁排。
窗临老松下，座对小溪涯。
爱处承深泽，思艰凛寸怀[①]。
几余探册府，殷鉴古香谐。

① 斋额皇父所书，为仙馆之册府。顾学于古训，尤贵身体力行，思艰图易。予幸承堂构，寸衷倍深敬凛。

嘉庆二年

新春长春仙馆

福地庆长春，况值新春律。

承恩乐攸宁，景仰随安室①。

清心鉴物来，思艰自宥密。

黄屋念茅茨，民隐欲详悉。

升平贺上元，御苑灯光溢。

联情惠外藩，皇仁奕祀述②。

那居叶斯干，开韶万事吉。

① 仙馆内随安室，向为皇父寝兴之地。予蒙赐居于此，敬体命名之义，所蕴无穷。

② 皇父新正驻跸御园，时值上元，循例酬节。凡朝正外藩及年班入觐之蒙古、新疆番目，俱叠施宴赉，与观烟火。柔远之典，奕祀所当敬守。

宥密：宥指宽，密指宁；喻宽仁安静之政。

茅茨：茅草、芦苇覆盖的屋顶。此指贫苦百姓。

斯干：《小雅·斯干》是古代《诗经》中的一首诗，原是祝贺周朝贵族宫室落成，此借指大清王朝的兴旺。

随安室叠丙辰韵

随遇心得安，养和调气志。

承训戒满盈，守谦蒙昊赐。

仙馆咏斯干，日瞻题额意①。

我静物自来，发仁止乎义。

成见岂预存，思不出其位。

知难非空言，勤求安处置。

久道被万方，元会共球萃。

四端体圣心，钦哉示后嗣。

① 皇父以随安题室，义蕴渊微。盖安以存心言，随以应事言。惟心体湛然，斯能泛应曲当。皇父宸襟若镜，从无成见。而敕几审务，直如烛照，数计无不一一，

惬乎其所当然。礼云："安安而能迁。"安安即安之谓，能迁即随之谓，其时义大矣哉。予敬承堂构，敢弗绎思。

久道：长期倡导。明 钱谦益《尚宝司少卿袁可立授奉直大夫制》："我皇祖化成久道，遐不作人。"

元会：古代帝王元旦朝见群臣。

绿荫轩

春光敷上林，陈根荫众绿。
滋培畅发生，昨冬雪优沃。
青阳肇东郊，土牛例从俗。
占丰验芒神，早兆仓箱足。
所期雨应时，层霄降珠玉。
叠润利初耕，穑事方连属。
轩名愿副兹，溥博和甘浴。

土牛：古代于农历十二月出土牛以送寒气，后于立春时造土牛以劝农耕，象征春耕之始。

芒神：即句芒，古代传说中主管农事的神。

仓箱：盛粮食的工具。比喻丰收。

连属：连接，连续。

藤影花丛

藤影当春拓，花丛待雨催。
庭前多胜赏，砌右得清陪。
印月枝微布，临风蕊渐开。
即欣生气满，艳丽遍亭台。

含碧堂

韶华和蔼御园覃，静验虚堂碧欲含。
冰澌成澌池破绿，柳初弄影沼拖蓝。
麦田佳雪滋培厚，花坞光风次第探。
东作始青萦念切，愿敷霡霂沃根酣。

霡霂：小雨。《诗·小雅·信南山》："益之以霡霂，既优既渥。"

戏题林虚桂静

天上传根月殿，禁林涵育浓醇。
曾种广寒不老，移来仙馆长春。

禁林：禁苑。

春好轩题句

今春春好副佳名，喜信连番达帝京。
辰沅苗蛮欣尽格，郧襄稂莠庆将平①。
羽林振旅邀新赏，乡勇归农正始耕。
对育又思旸雨顺，孜孜保泰凛持盈。

① 湘南苗境清平之后，各苗皆顺风归化，郧襄教匪，翦除殆尽。惟待擒逆首刘之协、姚之富、林之华等，咸抵于法，即奏蒇功。俾兵丁归伍，乡勇归农，同迓春祺也。

郧襄：郧，即郧县，在湖北。襄，古州名，亦在湖北。
羽林：即羽林军，古代禁军的名称。此借指八旗兵。

丽景轩

韶华富丽布亭台，廿四番风渐欲来。

岭缀祥霙时玉荫，水含绮旭晓冰开。

阳坡已觉柔莎织，暖坞无须羯鼓催。

更喜郊原多润泽，绿盈宿麦畅栽培。

廿四番风：应二十四候花期而来的风。古人认为风应花期而来，故称信。

祥霙：雪的别称。

古香斋

插架芸编富，瞻依俨过庭。

古香求雅正，圣学示仪型①。

① 皇父服古而不泥古，言则为经，行则为法，实集古圣之大成。予瞻望弗及，惟当强勉景行，期于古训有获云尔。

宝训期无忝，分阴验不停。

功夫在强勉，图治必明经。

分阴：阴，即日影，借指时间；分阴，谓短暂的时间。

绿荫轩感赋

上苑依然韶景敷，观花泪眼转模糊。

只鸥傍岸盟难结，独鹤当轩骨益癯。

冉冉浮筠绿节挺，苍苍古柏翠云扶。

闲庭嘉荫仍铺遍，昨岁今春事迥殊。

鸣玉溪

溶漾春波蹙细纹，溪含棹影浪花分。
金鳞晃朗迎朝旭，碧藻萦纡印锦云。
新涨如愁增叠叠，微风似縠转沄沄。
坐游天上怀畿甸，候届力田农事勤。

畿甸：指京师外围，即直隶省（今河北省）一带。

春好轩

春好自题额，今春颇不佳。
悼亡难置念，望雨又萦怀。
蜀寇尚稽讨，楚氛未靖霾[①]。
洗兵先灭贼，继润遍根荄。

① 川省达州匪徒滋事，宜绵等已由秦入蜀，屡奏歼贼多名。郧襄教匪逆首，亦穷蹙入山。官军四面环攻，自无虞漏网，但为时已久，尚稽蒇功。奏凯喜音，日殷盼望。

悼亡难置念：指二月初七日，皇后喜塔腊氏卒。
根荄：植物的根，比喻事物的根本、根源。

随安室对雨志喜　三月初一日

好春蒙尺泽，畎亩届新耕。
霡霂一犁足，珠玑万斛倾。
滂沱润根柢，浃洽畅勾萌。
竟日连宵沛，感恩本寸诚。

三月雨收麦，占符吉朔期。
天颜瞻有喜，帝泽沐无涯。
多稼兆成熟，芳郊实透滋。
人时钦敬授，省岁训恭寅[①]。

① 皇父省岁念征，至诚昭格。每祈泽应期，即以持满为诫。兹沐天庥溥泽，敬承彝训，益矢虔恭。

坐对中心喜，虚堂碧遍含。
恩膏霑冀北，润景似江南。
汩汩阶泉泛，淙淙檐溜酣。
为霖真既足，还愿溥和甘。

御园清景遍，月额荷繁滋。
远岫烟笼髻，平湖雾漾漪。
柳蹊迷弱缕，桃坞湿芳蕤。
谢泽仍祈继，寸衷绥屡期。

含碧堂玉兰歌

蔼蔼艳阳节候暖，堂下玉兰开渐满。
和风甘雨应昌期，每岁向荣发仙馆。
白毫光彻天葩盈，玉塔层叠如琢琼。
梨云掩映雕栏侧，银辉一片印晶莹。
长春福地栽培久，八十余年帝泽厚。
树人树木同绎思，小子深惧神器守[①]。
长春馆，五福堂，韶华佳丽四照光[②]。

此花常作寿者相，千秋万岁扬芬芳。

① 国家至计，首在任人。作养栽培，一树百获。此孟氏以乔木比世臣也。抚兹嘉树，每一绎思，不胜棫朴梓材之望。

② 长春仙馆含碧堂及五福堂，皆有玉兰树。予幼时曾赐居五福堂。

白毫光：“白毫光相”的省称，指佛陀眉间白毫放出的清净之光。

天葩：自然秀丽的花。

神器：比喻帝位、政权。

随安室有感

往岁归来笑语频，肆筵举案敬如宾。
入宫不见成长别，有梦难逢本宿因。
去燕萦怀添寂寞，飞花溅泪助酸辛。
随安未造安心境，独旦谁怜失偶人。

宿因：佛教语。前世的因缘。

节序推迁过禁烟，北邙又见起新阡。
影遮奁几昏昏镜，尘满琴囊寸寸弦。
业积多生增眷恋，天名离恨惹牵缠。
舜华偶现随春去，万缕情丝柳陌绵。

禁烟：寒食节。

北邙：山名，即邙山，泛指墓地。

新阡：新筑的墓道。

舜华：舜，木名，又名木槿花；华，同“花”。

绿荫轩遣闷作

伊人长往漫招寻，绿荫阶墀春渐深。
海阔难逢千岁鹤，轩空罢抚五弦琴。
冥冥烟雾巫峰暗，寂寂珮环洛浦沈。
所幸连番霑既足，时和稍慰悼亡心。

洛浦：洛水之浦，亦代指洛神。

鸣玉溪泛舟曲

数番甘雨今春足，鸣玉溪头叠层绿。
沦涟新涨漾锦云，畅好拏舟曲池曲。
高柳阴成面面遮，柔莎相衬裙腰斜。
和风轻敛渚烟净，清光直接长天涯。
鸣桡缓入桃花坞，点点绯英向人舞。
乱飘水面引游鱼，几许余芬争拾取。
飞花飞絮遍芳津，旋转终为陌上尘。
达观随遇舟不系，波心岸角皆前因。

沦涟：指水上微波，波纹。
拏舟：撑船。

绿荫轩

绿荫多花柳，旷观亦足佳。
曲屏遮别院，方沼对闲阶。

抚序又长夏，消愁遣闷怀。

颇知吟兴懒，笔砚强安排。

含碧堂遣兴

春月泽诚渥，时巡淑景延。

新耕趁宿润，宿麦茁新阡。

目慰望丰岁，心欣卜有年。

愿奢悔自足，志满惧招愆。

甘雨三旬阙，终风五日连。

应祈施透澍，含碧遍堂前。

初夏随安室

序临首夏正清和，岁月催迁踏踏歌。

一室图书鉴兴废，三春花柳渐蹉跎。

时萦劲旅除邪慝，又盼甘霖助麦禾。

未得安闲如昔日，几余古籍暂研磨。

邪慝：邪恶，邪恶的人。

古香斋观书听泉

插架芸编挹古香，窗明几净展缥缃。

泉音清越阶前接，松吹萧森户外扬。

汩汩源深怀探讨，泠泠韵逸耳参详。

观书解悟观澜旨，易理洗心妙退藏。

缣缃：指书册。

观澜：源于《孟子·尽心上》："观水有术，必观其澜。"寓意为尽心知命，追本溯源的君子志道思想。

绿荫轩

静坐高轩畅远襟，达观齐物理堪寻。
鸟啼花落忘春夏，水逝云行自古今。
柳受轻风青缕漾，麦含新雨绿畴深。
暂时延览多佳致，缓步竹西到碧浔。

碧浔：绿水边。

凭流亭

亭子凭流俯碧澜，翼然独立小巑岏。
日浮锦浪翻轻縠，风叠清漪皱素纨。
燕卷晴丝萦曲槛，蝶拖落蕊过回栏。
润敷仙馆宜初夏，天水空明镜里看。

巑岏：高拔险峻的样子。

含碧堂晚眺

高堂纳景印空明，一带青山云外横。
霞影迷离暝雾重，林光掩映晚峰平。
坐观真幻参元化，旷览古今远世情。
对育独欣多稼茂，敬祈万宝遍丰盈。

元化：指天地，造化。

凭流亭放舟

绿水绕回廊，萧斋相掩映。
三篙涨清波，临风漫游咏。
百顷接天光，澄洁如对镜。
拏舟过前汀，坐晤心神净。

绿荫轩

柳影波光印绮寮，轩前绿荫景方饶。
风轻叠縠翻清浪，日暖烘烟漾嫩条。
草展芳茵到沙渚，林铺密幄过溪桥。
千章翠幔已成矣，罨画庭阶永夏迢。

绮寮：装饰华丽的窗子。

林虚桂静玩月

灿灿玉镜辉，皎皎广寒阙。
坐对觉生凉，清光逼毛发。
住世偶遇缘，万古一轮月。
摩荡益晶莹，与日互出没。
晦朔弦望分，旋转无休歇。
丽天瞻夜明，秉阴象发越。
久玩漏已深，素彩回丛樾。

桂华渐销沈，恐致吴刚掘。
只影照虚帷，仰空频咄咄。

玉镜：玉制镜子，光洁明亮，喻指明月。

绿荫轩感赋

绿荫轩前夏木稠，绕檐好鸟听啁啾。
峰成幻相云留影，浪叠虚缘水住沤。
麦渐可期慰寸悃，花空兢秀厌双眸。
茫茫大地汝何往，碧海仙山象外求。

古香斋读书听泉

乐性宜经史，嘉言往圣存。
讨论知浅陋，疏沦得渊源。
游艺诗书府，安心道义门。
几余探古籍，敷政此根原。

观水喻勤学，盈科迅不停。
溅溪波荡漾，激石韵清泠。
汀角苹分绿，池边苔绽青。
更宜新雨足，雅操静中听。

季秋朔日长春仙馆

仙馆诚福地，四时庆长春。

蒙泽思肯构，心殷德日新。
松竹永苞茂，云楣结朴淳。
古香蕴高远，图史席上珍。
随安乐本性，颐志涵天真①。
父恩衷时凛，艰哉图治醇。
保邦有典则，知人而安民。
顾惟梼昧质，强勉副训谆。
敬述守子职，素位在恭寅。

① 古香斋、随安室，皆皇父在潜邸读书之地。今蒙赐居，曷胜欣感。

梼昧：愚昧无知。两晋 郭璞《尔雅·序》：“璞不揆梼昧，少而习焉。”

古香斋观书

潜邸游观地，亲承渥泽洋。
经书道高厚，诗礼训深长。
缃帙包嘉行，芸编蕴古香。
就将期益德，圣教衍光昌。

缃帙：古人多用浅黄色丝帛包书，因以为书卷的代称。

就将：谓每日有所成就，每月有所进步。语出《诗经》：“日就月将，学有缉熙于光明。”

鸣玉溪泛舟

秋水遥连远渚清，长天一色印空明。
菰蒲影寂闲汀敞，荷芰香铺旧盖擎。

云净林边风送爽，泉疏涧底石传声。
琮琤玉戛挐舟听，还拟前溪访菊英。

菰蒲：菰和蒲为浅水植物，生长水泽地区，故用以代称水泽边地。

荷芰：出水的荷，指荷叶或荷花。

绿荫轩感赋

轩庭绿荫寂，总觉景萧疏。
虚砌蛩余响，密林叶渐无。
看云去遥岭，面水只枯蒲。
即境难销想，萦心漫自娱。
琴弦悬壁断，雁影落霞孤。
倏忽季秋月，舜华隔阆壶。

枯蒲：枯干的蒲草。

阆壶：阆，蓬阆，蓬莱阆苑。壶，借指海上三神山。此处指仙境。

春好轩

三秋福地总长春，蕃衍都蒙大造仁。
茂育黄华松是伴，萧森翠竹月为邻。
丹枫烂漫绘崖角，碧沼澄清拍岸漘。
缓步轩庭过略彴，挐舟重欲问前津。

丹枫：经霜泛红的枫叶。

岸漘：漘，水边。此指岸边。

略彴：小石桥或小木桥。

古香斋

插架图书遍，观摩愧未能。
嘉言心敬法，庭训日亲承。
父泽叨深厚，君难凛继绳。
寸衷归尺度，戒慎益兢兢。

鸣玉溪晚泛

天水苍茫夕照连，拏舟前浦赤栏边。
烟消苹渚波尤阔，霜点枫林色益鲜。
枯柳摇金飘细缕，小溪鸣玉漱寒泉。
雅游总觉秋容好，回首银钩已上弦。

银沟：比喻弯月。

晚秋随安室

仲夏莅山庄，遇闰时最久。
秋末归御园，满院黄华有。
书室坐随安，父泽欣敬受。
观文淑身心，古籍味醇厚。

随安室敬述

潜邸额随安，所安唯素位。
御极乐随安，求安在政治。

久道淳化敷，巩固金瓯置。

小子愧德微，兢业承后嗣。

过庭凛训深，肯构切寸志。

仰楣佩五衷，随处皆乐地。

尤愿庶民安，八表群光被。

此心岂易符，一诚祈昊赐。

八表：八方之外，又称八荒，指极远的地方。

嘉庆三年

人日长春仙馆

祈年典蒇行春跸，始青方协三阳律。

御园仙馆值初韶，旭蔼风和遇人日。

悉新滋味浃群生，元气纷纶普洋溢。

九寓苍黎愿乂安，深霑圣泽咸逢吉。

顽愚格衷归正途，胁从痴迷扫孽疾[①]。

共游寿国尽长生，凿井耕田鼓腹逸。

① 昨据鄂辉、冯光熊等奏，黔苗余匪尚有未净，俱已剿洗，其有畏威投服者，悉皆妥为抚恤。至教匪，据明亮等奏，现于广元、梁山、大竹、营山、渠县一带，痛加截杀。栈道疏通，无阻行旅。此辈皆胁从之贼，然怙恶不悛，如闹蛾赴烛，自取扑灭，指日尘消，廓清蜀境，延企伫之。

祈年：春祀田祖，祈求丰年，清帝每年正月于祈年殿祀天祈谷。

三阳：指春天的开始，古人以农历冬至日为一阳生，十二月为二阳生，正月为三阳开泰。

人日：指农历正月初七日。

绿荫轩

众绿入春荫，陈根候雪培。
皇仁随处溥，昊泽及时来。
感召因缘合，发生品汇该。
寸忱常祝愿，玉蕊缀亭台。

随安室诗仿鲍明远体

一心凛恭寅，承训思郅治。
二字仰随安，物理斯赅备。
三楹芭茂居，寝兴诚福地。
四时无不宜，长春蕴精粹。
五位建极年[①]，继述遵先志。
六合庆敉宁，绝域置官吏。
七德告武成，化行若奔骥。
八征岁序调，绥屡禾双穗。
九旬衍春晖，福厚由德积。
十全益求安，持盈寸衷志[②]。

① 随安室在长春仙馆，为皇父蒙皇祖赐居时所题。皇父以二十五岁登极，得天之数，乘乾出治，德协潜飞。随遇而安之义，所苞蕴者深矣。

② 皇父德大功崇，福寿无量，而旰宵训政，巨细无遗，亹亹孜孜，无刻不以保泰持盈为念。予祗承提命，履厚席丰，谨当服膺法守。

敉宁：安定。

绝域：形容极其遥远的地方。

丽景轩歌

韶华九十敷春籥，太和翔洽皇仁博。
无边丽景展芳园，卉木滋荣正东作。
青阳斡运启三农，又继昨年千万钟。
锡福要荒庆绥屡，念征旸雨愿皆从。
行庆元夕惠藩国，奕祀钦承为法则。
伫看露布络绎来，大武绩赢咏七德。

春籥：春月；春夜的月色。

要荒：古代王畿以外极远的地方，即要服和荒服。

大武：又称“武”，西周乐曲名，为六乐之一，属武舞。

七德：指武功的七种德行。即禁暴、戢兵、保大、定功、安民、和众、丰财，后以称颂武功。

春好轩

四序首春溥帝仁，长春福地春更好。
郊原向暖土膏融，预识今年东作早。
沐泽那居茀禄宜，檐楣随处瞻天藻。
授时深愿韶景和，兵戢农兴罢征讨[①]。

① 入春来，田畴虽不虞干燥，惟近京雪泽未霑，西南亦时有捷章，而教匪逆渠未获。今已节交惊蛰，东作方兴，伫盼凶渠就缚，俾兵皆归伍，而民各安农。抚序巡檐，不胜殷缱。

土膏：中国古代指土壤内肥润的物质，也称膏油。

茀禄：茀通“福”，福禄。

天藻：天子所写的文字、文章。

古香斋

芸编遍插架，潜邸日游观。
斋朗宜春煦，窗明纳景宽。
诗书探最奥，堂构念其难。
夙凛趋庭训，已安求益安。

绿荫轩

韶华溥荫轩庭足，砌下依稀见新绿。
今春节候速常年，尤企农兴甘雨沃。

圣人调御协气舒，勤政孜孜日训予。
太和旁达化愚蠢，欣看驿奏擒凶渠[①]。

① 教匪屡肆诡窜，以冀延残喘。现在勒保已授四川总督，专办该省逆匪。明亮、德楞泰等，分路剿捕陕境之贼。地方绅士多有感戴，皇父深仁厚泽，各奋义忿，纠集乡勇以应官兵者，悉俘逆首。捷章当即至也。

含碧堂

青阳转律年前早，碧透虚堂生意含。
遍沐天慈随地洽，群霑帝泽与春覃。
草初破块原浮绿，冰欲成澌水漾蓝。
亟愿驰来吉祥信，尽俘首逆靖西南[①]。

① 剿捕教匪之官军，不为不多。各路统兵诸臣，分投兜剿，诚能声势连络，共矢忠勤，自可克期奏绩。日来已入春和，想人励同仇，必将逆首齐王氏、姚之富、徐添德、高均德、王廷诏、李全、王三槐、冉文俦、罗其清、张汉潮、陈崇德、林亮功、覃加耀等悉数俘擒，以安闾里。引睇西南，迅望捷音即至。

藤影花丛口号

藤影临风牵旧碧，花丛映日拓新红。
卷舒卉木原无意，旋转生成总化工。

化工：指自然的造化者，或指自然形成的工巧。

鸣玉溪泛舟

向暖轻冰即渐消，恰乘几暇试兰桡。
薄凌戛击清音续，浅浪潆洄碧影迢。
韶律回波识鱼乐，春风入柳觉莺调。
含生普验阳和布，遍览芳园淑景饶。

潆洄：指水回旋。

藤影花丛　殿名在长春仙馆西院

文轩仰题额，四字景该全。
藤影到春密，花丛映日鲜。
绿墙阴合匝，照座馥清妍。
植物邀宸赏，滋培近百年。

合匝：周绕、笼罩。

含碧堂即目

春过夏始碧全含，凭眺虚堂众绿酣。

风度柳汀丝漾翠，烟开泉峡浪拖蓝。
石依古干翻高籁，波滴遥空蘸远岚。
坐玩流光领佳妙，所欣泽透沐和甘。

流光：流动、闪烁的光彩。

凭流　亭名

小亭出山麓，徙倚凭清流。
波皱风叠绮，浪影相沈浮。
落花铺水面，荡漾随鱼游。
鱼有溯洄乐，花无离别愁。
齐物观其妙，烟云去不留。

春好轩

小轩额春好，奕祀祝长春。
久戴生成泽，深蒙化育仁。
萦心在民社，肯构仰君亲。
继述诚非易，敬勤旧典循。

奕祀：世世、代代。

古香斋题句

斋额本潜邸，古香契圣心。
琅函得领要，宝笈久披寻。

子集文澜阔，经书道味深。
研磨抽寸茧，探讨惜分阴。
帝学瞻时敏，臣愚训日钦。
恩晖欣煦育，沐泽感微忱。

琅函：书匣的美称。

时敏：敏指奋勉，谓时时奋勉。

夏日随安室

日长几暇体随安，两字宸衷示大端。
实际要从虚处悟，动时还作静中观。
李桃灿烂春风漾，松柏高森腊雪寒。
境遇繁华心淡泊，物来顺应识须宽。

季秋长春仙馆

仙馆四时总长春，草木黄落漫兴感。
生长收藏迭运行，阴阳亭育舒旷览。
塞苑言归驻御园，菊吐新芳会心澹。
尚余邪孽未全消，我庆师贞贼习坎。

亭育：养育、培育。

师贞：咏治军有方。

习坎：指进入险境。

春好轩

四时总长春，福地蒙恩久。

名轩始丙辰，渥泽身敬受。
薄德每自惭，主鬯治九有。
淳化未周敷，愚民聚邪薮。
奔逃二载余，遇险铤而走。
天心默转旋，绥靖除小丑。
敉宁慰父衷，仁寿培基厚。
善长德为元，生育阳和首。
春长圣开先，春好予承后。
钦感昊眷深，金瓯奕祀守。

主鬯：古人称太子为主鬯。唐 韩愈《顺宗实录三》：“付尔以承祧之重，励尔以主鬯之勤。”

九有：亦作九囿，即九州。此指天下。

随安室敬志

御笔随处额随安，仙馆室楣诚肇始。
承恩赐居庆斯干，举头两字日仰止。
寸田培植务虚灵，主静不因外诱徙。
湛然澄澈若镜悬，自照无欺光印彼。
敬聆庭训勉继思，此心时欲归于是。
尘区至广民最繁，万几纷来只一耳。
如绳有端水有源，一事清而万几理。
肯堂构每念不忘，高深父泽衷钦纪。

尘区：犹尘世，尘界。

泛舟过鸣玉溪

清浪涵云迥，空明净远天。
才过白苹渚，重泛木兰船。
弄影排征雁，横霞落野鸢。
波光四五尺，鼓棹俯沦涟。

古香斋

圣学无涯涘，书斋额古香。
缉熙存宥密，图治体缣缃。
继统弥兢业，传心凛就将。
趋庭日承诲，䌷绎寸衷蘉。

缉熙：缉，通辑。和乐、光明意。
䌷绎：理出头绪。
蘉：勉力，努力。

含碧堂

澄澈堂前水，秋晴叠浪含。
长天同一色，远岭罨层岚。
荷芰香全杳，蓼苹影尚酣。
拏舟过桥北，清景恰新探。

罨：覆盖。
蓼苹：指一年生或多年生草本植物，生长在水边或水中。

引筠轩歌

猗猗修竹昕夕共，岂欲吹箫引鸾凤。
心爱绿筠凌雪霜，选择嘉生隙地种。
檀栾清荫贯四时，森森劲节无偏攲。
不改柯复不易叶，立志大端斯箴规。
新轩位置欣清雅，爰抒紫颖旧额写。
得新忆旧孰主宾，新旧相参境非假。
渭川千亩漫在胸，几暇娱心作静供。
秋风飒飒来三径，墙外声流百尺松。

猗猗：美盛的样子。

绿筠：绿竹。南朝梁 江淹《灵丘竹赋》：“于是绿筠绕岫，翠篁绵岭。”

檀栾：秀美貌。诗文中多用以形容竹。亦借指竹。

紫颖：紫色之兔毛，为制笔原料。此指毛笔。

渭川千亩：《史记·货殖列传》：“齐鲁千亩桑麻，渭川千亩竹。”形容竹之繁茂。

三径：意谓归隐者的家园或是院子里的小路。

初冬随安室

南窗向暖坐随安，蓬户于茅念始寒。
位处九重万人仰，知临四海寸心殚。
简编披览行非易，堂构瞻依继最难。
秋往冬回默调化，黄棉广被庶民欢。

蓬户：即“蓬门”，简陋的屋舍。借指贫苦的百姓。

黄棉：大然彩色棉中的黄色棉和霜黄棉的总称。

嘉庆六年

长春仙馆作

福地春长住，沐恩忆昔时。
承欢绵国庆，聆训固邦基。
堂构仍如在，溪山自永垂。
流泉哀逝者，风木起悲思。
凤尾竹尤嫩，龙鳞松益奇。
终身慕无尽，诚敬感鸿慈。

随安室感旧

仙馆右室额随安，皇考潜邸寝兴处。
嘉庆丙辰特赐居，方期永久承恩顾。
未得遂心祝九旬，渺漠高空望龙驭。
敬遵慈训勉守成，保民莅政大本固。

龙驭：帝王车驾之美称，皇帝之死讳称龙驭上宾。

古香斋

芸编蕴古香，圣泽沐深长。
日凛考恩厚，时探学海洋。
明心遵典籍，图治本缣缃。
潜邸游观处，瞻临念肯堂[①]。

① 长春仙馆为高宗纯皇帝潜邸游观之所，丙辰传位后，又蒙赐居于此，顾瞻堂构，敬慕尤深。

引筠轩

三年未晤此君面，喜见绿筠逢故人。

能共老松不改色，岂同庶卉独怀新。

饱经风雪长竿健，久历冰霜劲节真。

引向书窗作清伴，篔筜披拂及佳辰。

庶卉：众草，群花。

篔筜：竹名。一种皮薄、围大、节长、竿高的大竹子，多生于水边。

随安室忆昔作

四时首春生众汇，元为善长用体仁。

仙馆昔年毓德所，小子何幸蒙恩纶。

瞻依悲感考慈洽，流光三载飞乌踆。

永怀遗惠勉继述，积哀深慕诗难伸。

乌踆：即乌踆兔走，意思是指日月运行。

嘉庆七年

含碧堂前池冰欲泮七言即景

三阳地底回和律，新水沦涟泮旧冰。

映日晶莹消冱冻，因风团结暂坚凝。

冲凌小艇环前浦，负浪游鱼陟几层。

聚则为冰散则水，观斯即可悟传灯。

沍冻：谓天寒地冻。

传灯：禅宗传法的别称。因佛教认为佛法如灯，能照破幽暗，故以灯喻佛法。

丽景轩口号

由来多丽属青阳，嵁嵁群生万汇昌。

卉木川原成锦绣，佳哉大块焕文章。

嵁嵁：丰厚的样子。

随安室感旧

皇考额随安，承恩居仙馆。

回思迹已陈，三载经寒暖。

偶来增感伤，永慕抒吟管。

鸿慈实难酬，丕基勉绍缵。

嘉庆八年

长春仙馆咏玉兰

东皇发育庶汇杂，夭桃秾李觉纷沓。

独诏花神出新奇，地涌玲珑白玉塔。

层层团结素毫光，朵朵披拂无尽香。

搓粉凝酥难比拟，银世界中现法王。

恍如洛浦霓裳展，琼枝绰约和风转。

凌波冉冉绝纤尘，云璈遥答伽陵演。
仙馆回忆三春深，日对此花舒咏吟。
今则乘暇始来看，花神应识予素心。

夭桃秾李：形容草木茂盛。

披拂：吹拂，飘动。

洛浦：洛水之浦，指代洛神。

云璈：即云林之璈，神话故事中的仙人上元夫人曾弹奏过得乐器，代指仙乐。

长春仙馆感赋

三年昕夕侍先皇，训政承恩念弗忘。
渺漠云山增感恋，萧疏风木益悲伤。
长春遗泽存仙馆，永慕萦心望帝乡。
深愧未酬我考志，兵销俗美兆民康。

昕夕：朝朝暮暮，终日。

帝乡：一般指帝王所居之地，即京都。此处指乾隆裕陵。

引筠轩

轩额引筠昔岁题，琅玕新种碧篁齐。
临风潇洒思君子，戛击清音曲径西。

培植修篁数十竿，含烟沐雨态檀栾。
小窗静对生佳致，境易时移未改观。

嘉庆九年

长春仙馆

春冠四时常不息，生机普飞潜动植。
岁逢甲子又周回，如环转运万万亿。
仙馆长春宝额题，凛承堂构求世德。
仰慕考恩竭寸衷，俯育子民尽君职[①]。

① 长春仙馆，为昔年皇考园居潜邸楣额，即当时所题也。嗣于丙辰授玺后，命予居此。芋宁协吉，苞茂贻庥，所以裕燕翼之恩者，至为周渥。当此顾瞻栋宇，敬缅前徽，惟有益励仔肩，勤求治理，以勉副肯堂式榖之义。

春好轩

长春福地颜春好，满苑韶华景富饶。
柳线悠扬萦雾细，榆钱荡漾逐风飘。
清溪暖浪翻轻縠，远峤明霞灿薄绡。
淑气融和生品汇，四郊二麦茁新苗。

柳线：柳条细长下垂如线，故名。

随安室晚坐

七戒三斋古籍崇，虔修祀典宿深宫。
阶临绿竹依窗翠，坐对朱榴映槛红。
鼎小缓斟将熟茗，帘疏不碍欲来风。
静观物候多蕃庑，长夏收秋盼岁丰[①]。

① 秋穑告丰，必资于南讹之长养。此授时者，胥赖于平秩也。兹当北陆司至，将有事于泰折。谨守节欲定心之义，以举精祀。惟祈富媪广生，锡蕃祉而兆康年，以无间遐迩焉。

七戒：仙道禁忌，指祭炼坛醮的七种禁忌，指饮酒、食五辛等。

三斋：佛教名称，指每年正月、五月、九月，劝诫人们慎行、守戒，以修善根。

随安室敬述

随遇而安无滞碍，常瞻书室圣人题。
危微大旨中惟执，臧否殊途性不齐。
世态纷如风里絮，俗情薄似雨余霋。
持心正则群相感，勉化愚蒙旧典稽[①]。

① 君心正，则百官万民莫敢不正。经正，则民无邪慝矣。此所以为一日克己，天下归仁也。尧舜安仁执中，而天下从之。汤武勉仁躬行，而不仁者远。帝王之道，风俗之源，其揆一也。予敢不勉勉孳孳，以期化愚蒙，而求安人安民之要乎？

危微大旨：即《古文尚书·大禹谟》中载："人心惟危，道心惟微，惟精唯一，允执厥中"。意为治国之道。

霋：云开雨止。

引[illegible]轩

众木经霜即摇落，猗猗翠竹不知秋。
捎云劲节三霄上，滴露清心十亩修。
日引月长仙馆永，鸾鸣凤哕晚飔浮。
应偕寿友论高致，静悟贞姿逸兴留。

三霄：高空。

日引月长：引，延伸；长，增加。天天伸展，月月增长，形容事物长期不断增长扩大。

嘉庆十年

长春仙馆

忆昔承恩地，寸衷切肯堂。
山溪仍秀丽，花木渐芬芳。
圣日清辉迥，考慈遗泽长。
竭忱勉图治，继述缵前章[①]。

① 长春仙馆，在御园之西南，沿鸣玉溪别为一区。当年皇考潜邸时，曾居之。予于受玺后，承命居此。兹每岁驻跸园居，时来莅止，视事传餐，所以不忘遗泽，勉述前章，于肯堂式穀之念，庶益勤于靡既焉。

林虚桂静观玉兰

春园花事畅东皇，玉树亭亭袅淡妆。
素萼纷敷摇雪影，银葩层叠逗清香。
临风散馥烟笼艳，入夜含辉月有光。
梅韵兰心同雅致，坚持洁白傲群芳。

东皇：指司春之神。

长春仙馆述志

训政虔祈岁月延，承欢膝下仅三年。
龙髯兜率瞻高远，凤律春秋几转旋。

永念音容勉缵绪，常存勤敬继开先。

壁诗皆纪鸿恩句，滴泪成吟心憾然。

龙髯：龙须，此指乾隆皇帝。

兜率：梵语，犹言天官。

风律：指音律。

古香斋

稽古探载籍，长存翰墨香。

一人孚政治，千圣著文章。

念典勤遵训，传心切肯堂。

趋庭未领略，窥管勉推详。

肯堂：典出“肯构肯堂”。用来比喻子承父业。

嘉庆十一年

随安室有感

书室嘉名皇考额，三年训政赐爰居。

七春改岁嗟何速，九帙称觞恨已虚[①]。

缓度和风开北牖，仍依暖旭坐南疏。

景光未易事殊昔，敕政安民责重予。

① 室在长春仙馆，额题乃皇考潜邸时所书。逮丙辰授玺，予亦承命居此。回忆藐躬独蒙殊眷，敬聆训政，惟冀合天下之欢，为期颐之祝，乃此愿未符。室仍犹昔，而安民敕政，任重仔肩。每一莅兹，觉感慕之情，有积久弥深者尔。

嘉庆十二年

长春仙馆感赋

那居三载沐恩厚，怆别音容岁月深。
继述总虞难负荷，旰宵惟勉矢诚钦。
永思福地青宫肇，莫报春晖赤子心[①]。
回忆趋庭聆训诲，率由循轨守衷忱。

① 福地那居，青宫肇起。是地，乃我皇考潜邸所居，皇祖所赐也。予蒙厚恩付畀，授玺辰元，皇考亦以是重葺赐居。每当临莅园林，恭随训政，趋庭三载，朝夕憩兹。今追惟昔况，岁序如流，而继承感慕之忱，转以积久弥深恳挚矣。

青宫：喻太子所居之宫。

长春仙馆述怀

仙馆居三载，身承未有恩[①]。
音容嗟莫睹，日月迅高奔。
攸芋钦堂构，诒谋及子孙。
回思亲训政，凄怆慕长存。

① 予于丙辰年寅承大宝，随侍御园，奉命居此。盖仙馆亦我皇考龙潜旧邸也。维时视膳寝门，亲依黼座，训予以政务纲条，备赅巨细。今追思恩眷之深，积久弥萦衷曲，拈毫即境，永志慕忱。

攸芋：即“君子攸芋”。攸，所，芋通宇，居住意。

嘉庆十三年

长春仙馆忆昔自述

那居仙馆承恩旨，盛事躬逢奕祀传。

舞彩称觞期万寿，近光聆训仅三年[①]。

① 福地那居，上承堂构。当年中心窃冀，长侍亿载春晖，乃恭聆慈训者只及三年。今每当莅止御园，时一临憩，觉感慕之忱与仔肩之念，转与岁时俱积。拈吟纪序，触绪萦怀。

手泽：原指手汗，后喻指先人的遗著或遗物。

心源精一道敷典，手泽辉煌壁焕笺。

旧迹瞻依增感慕，衷殷任重勉仔肩。

嘉庆十四年

长春仙馆感述

那居承考泽，仙馆近清浔。

三载训言切，千春雨露深。

永怀终世慕，敢忽片时钦。

落叶随风卷，十年嘉树阴。

浔：水边、江边。

随安室敬题

圣人崇实学，精一体随安。
物性以诚格，民生自我观。
量同沧海阔，心与太虚宽。
仰止高深奥，管窥志勉殚。

管窥：即“管中窥豹，可见一斑”。意为从观察到的一小部分，可推测事物的全貌。

林虚桂静

霜点寒林叶半黄，虚笼云影逗曦光。
团圞金粟桂飘馥，攒族粉针菊缀芳。
静体化机相代谢，潜修本性慎行藏。
居安弥谨戒盈满，贞固庶几衍泽长。

团圞：借指月宫。清 洪昇《长生殿 · 闻乐》：“七宝团圞，周三万六千年内；一轮皎洁，满一千二百里中。”

金粟：桂花的别名。因其色黄如金，花小如粟，故称。

贞固：守持正道，坚定不移。

庶几：表示希望或推测。《孟子 · 公孙丑下》：“王庶几改之，予日望之！”

嘉庆十五年

随安室敬述

随安蕴心源，以虚得其实。
两字奥旨深，圣人额书室。

体验持寸衷，致诚归慎密。
不为万事先，察理辨得失。
淡泊处烦嚣，就绪皆静谧。
天文勉敬承，身度而声律。

敬题古香斋

圣集鸿文蕴古香，典谟奥旨尽包藏。
传心勉继先猷法，绍统诚希昔帝王。
修业立身原有本，趋庭闻训锡无疆。
执中图治期平允，大宝寅承敢怠忘。

典谟：《尚书》中《尧典》《舜典》和《大禹谟》《皋陶谟》《益稷》的并称。《书序》："典谟训诰誓命之文凡百篇，所以恢弘至道，示人主以轨范也。"

长春仙馆感述

回忆十年前，仙馆承恩赐。
昕夕聆训言，感荷铭衷志。
一人御万方，殚怀勤抚字。
音容久睽违，艰哉勉图治。
民俗鲜淳和，吏习尚浮议。
宝命惟敬循，守成期不匮。

浮议：没有根据的议论。
宝命：对天命的美称。

长春仙馆有感

忆昔承考恩，同心居仙馆。
侍膳偕问安，贤声著宫壶。
欢乐仅一年，寿命何其短。
倏度十三春，难期华表返。
琴音久绝弦，寂寥空凤幰。
童孙绕膝前，抚摩增悽惋。

宫壶：原指记时的宫漏。此处借指内宫。
华表：古代立于宫殿、城垣或陵墓前的石柱。也作“华表鹤”，比喻久别之人。
凤幰：幰，车上的帷幔。此指嘉庆帝孝淑睿皇后曾乘坐的车子。

嘉庆十六年

长春仙馆感述

三年聆训诲，爱日沐和暄。
自古超凡典，从来未有恩。
渊深寸心洽，法度万年存。
慈孝以诚贯，一言示子孙。

嘉庆十八年

长春仙馆

忆昔居仙馆，三年沐考慈。

心传常敬体，庭训永昭垂。

守位期无忝，临民用有为。

岁增慕益切，风木总凄其。

无忝：不玷辱，不羞愧。

风木：典出《韩诗外传》："树欲静而风不止，子欲养而亲不待也。"后遂以"风木"比喻父母亡故，不及奉养。

嘉庆十九年

古香斋

昔日趋庭地，服膺圣学洋。

治民循典则，牖世焕文章。

缃帙传心法，芸编蕴古香。

家珍诚富有，奥义未参详。

趋庭：为承受父教的代称。

牖世：牖，通诱，诱导。世，人世，当代。

长春仙馆感述

仙馆居三载，日聆考训深。

未能一身率，每受众邪侵。

负荷期无忝，操持在养心。

顽民时梗化，德薄愧君临①。

① 是处为皇考赐居。予自授玺后，日侍慈颜，钦承训政。事无巨细，悉禀睿谟。予小子夙夜孜孜，以无忝负荷是勖。乃因藐躬德薄，未能率履无愆，致有顽民

梗化之事。兹焉偶莅，追忆贻谋，良深愧恧。予惟有操持不懈，不敢以时际艰难，或忘聪听之义耳。

长春仙馆感述

三年训政居仙馆，永感考恩敬引伸。
自愧未能善继述，邪民接踵扰良民。

蒸黎失教倍顽愚，日涉迷津远正途。
无德挽回竭心力，转旋虔吁昊慈敷。

蒸黎：百姓、黎民。

授宝鸿施感寸忱，时艰臣怠积忧心。
畴咨弗懈勉官吏，经正民兴邪不侵。

嘉庆二十一年

长春仙馆敬述

嘉庆元年受玺初，长春福地赐移居。
冬温夏清时娱志，旰食宵衣日惕予。
追忆恩慈仰堂构，懋修政治在经书。
凛承庭训首勤敬，无逸有常雅化舒。

清：凉。

嘉庆二十二年

长春仙馆感述

考恩逾往代，福地住三年。

即境思弥切，感慈慕永牵。

寸怀言莫罄，厚泽笔难宣。

继述殚心力，旰宵敬勉旃。

嘉庆二十三年

引筠轩看竹

此君手植廿年前，绿荫阶除半亩连。

劲节葱茏风戛韵，浮筠淡雅月笼烟。

高枝拂槛欣苞茂，低箨生孙颂实坚。

看汝捎云度墙角，笑余双鬓已苍然。

箨：竹笋外层一片一片的壳。

嘉庆二十四年

长春仙馆

福地居三载，日聆庭训亲。

一身承渥泽，万纪衍长春。

松竹永苞茂，云烟迭旧新。
随安度岁月，周甲始开旬。

周甲：干支纪年。一甲子为六十年，周甲即六十周年。

开旬：开始新的十年。嘉庆帝生于乾隆二十五年（1760），嘉庆二十四年（1819），其已年届六旬。

引筠轩

手值绿筠三五柯，托根得地满墙阿。
廿年雨露久滋溉，引出孙枝绕屋多。

长春仙馆

圣化长春宇宙延，承恩怆忆廿年前。
六旬已届务时敏，三德未敷勉日宣。
尚俭存心思启后，守成澄虑亹绳先。
常怀庭训期无忝，素志肯因境遇迁。

亹：形容勤勉不倦。

随安室

圣额室随安，宫庭时敬观。
宅心静方彻，莅政久知难。
自用群情窒，虚怀众理殚。
大公无适莫，君德慎形端。

长春仙馆忆昔作

三载居仙馆，问安日过庭。
沐恩迈隆古，嗣统守常经。
为政期无忝，安民勉践形。
音容廿年隔，双鬓已星星。

践形：语出《孟子·尽心上》“形色，天性也；惟圣人然后可以践形。”意谓道德实践。

嘉庆二十五年

长春仙馆

三年住仙馆，旷古衍无疆。
久沐春晖渥，永思圣泽长。
隆仪诚焕赫，盛典实周详。
可一未能再，予心谨守常。

长春仙馆

考慈笔难述，承命住长春。
岁序度廿载，居诸越六旬[①]。
感恩仰霄汉，修己治黎民。
敢望勋华盛，惟期纲纪循。
时怀年未美，渴盼俗还淳。

旧学仍勤习，研磨勉日新。

① 曩蒙皇考恩慈，赐居此地，夙夜亲承训政。春晖永照，巩祚绵长。敬绎嘉名，所以垂裕藐躬者，命意至为深远。今馆宇依然，回忆初居福地时，已逾廿载。而延禧周甲，纯固康强，日理万几，不殊曩昔，皆我皇考有以佑启而申锡之也。抚岁序之常新，缅韶华之茂驻。感念渥恩，勤思治术，敢不力图自勉乎？

长春仙馆颂

天地大德，四时首春。圣人潜邸，毓德养纯。随安（室名）境顺，古香（斋名）道循。继统立极，廿五居尊（叶）。敬天法祖，勤政爱民。六十余载，帝德日新。鸿称太上，训政频频。顾予小子，被泽醲醇。赐居福地，肯构钦遵。竹苞松茂，斯干诗陈。问安侍膳，定省昏晨。承欢膝下，孝养君亲。以政为政，以心为心（叶）。康强逢吉，福寿骈臻。九帙百岁，暨亿兆旬。辉煌仙馆，视此颂言（叶）。

随安室铭

天何言哉，斡旋四时。圣人无为，日理万几。五星七政，默运潜移。百寮庶尹，各凛所司。众志既合，孔修纲维。有猷有守，无隐无欺。素位定志，义取诸随。因物付物，心安则施。返观洞照，咸得其宜。室建仙馆，皇父题楣。擘窠三字，龙蟠凤仪。敬瞻堂构，虔凛丕基。勉随继述，思安虑危。传心训政，蹈矩循规。苞茂永庆，深沐恩慈。铭中戴德，念兹在兹。

万方安和

万方安和，圆明园四十景之一。居后湖西侧，东邻杏花春馆，西南湖外为山高水长。该景区建于雍正五年（1727），主体坐落于湖中，形如卍字，旧称万字房。“万方安和”为南面正室额，东西内室额曰“对溪山”“佳气迎人”；万字房中宇额曰“四方宁静”；西面诸室额曰“观妙音”“枕流漱石”“洞天深处”；东面诸室额曰“安然”“一炉香”“碧溪一带”“山水清音”；北面诸室额曰“涤尘心”“神洲三岛”“高山流水”，皆雍正帝御书。又南面西厦额曰“凝神”“静寄”；东面额曰“澄观”。正中联曰：“四海升平承帝眷，万几兢业亮天工。”皆乾隆帝御书。万字房东北有“平安院”，以桥相通，湖南岸有重檐十字大亭一座。万方安和殿，造型独特，冬暖夏凉，四时皆宜居住。故雍正帝特喜在此园居，乾隆时期亦是园中游憩寝宫之一。

雍正朝

万方安和轩秋日作

霜飚飒飒度枫林，红叶如花碧水浔。
每感金行成物品，常推道念格人心。
翱翔彼鸟呼群乐，含哺吾民鼓腹吟。
四野喜看农事毕，聿修百职政维今。

金行：指秋天。

道念：修道的信念。

鼓腹：形容太平盛世，或指饱食无事。

聿修：发扬光大。

乾隆朝

乾隆九年

万方安和

水心架构，形作卍字。略彴相通，遥望彼岸，奇花缬若绮绣。每高秋月夜，沆瀣澄空，圆灵在镜。此百尺地，宁非佛胸涌出宝光耶！

作室轩而豁，当年志若何[①]。

万方归覆冒，一意愿安和。

触景怀承器，瞻题仰偃波。

九年遗泽在，四海尚讴歌。

① 是地冬燠夏爽，四序皆宜，亦皇考所喜居也。

覆冒：笼罩、覆盖的意思。即君临天下，八方归顺。

九年：即雍正帝故去已九年。

乾隆二十九年

万方安和九咏　有序

圆明园西首，于湖上筑室作卍字形，万方安和其总名也，为四十景之一。回廊面面，各标胜概。曲折向背，辄复不同。就四言标榜者，得景凡九，皆我皇考御笔也。其二三言者，尚不在此数。夫室一区耳，而为景不可胜计，岂诚点缀之擅天巧哉，于以见圣人之会心无穷，又以见圣人之制度有节。是予小子所当敬法也，各成近体，以志遐思。

万方安和

肯构见于墙，安和愿万方。

十三年宵旰，千百载金汤。

卓尔吾由末，瞠乎敢不蘉。

明堂设稽古，左个在青阳[①]。

① 是额悬于卍字东南方，为向阳正室，即以此统名之。

十三年：即雍正帝在位十三年。

金汤：即“金城汤池”的省称，形容城守坚固。此处形容大清王朝固若金汤。

卓尔句：颜渊曾谓："即竭吾才，如有所立卓尔。虽欲从之，末由也已。"卓尔，形容高大、超群的样子。末由，指没有办法达到。

明堂：古代帝王宣明政教，举行典礼等活动的地方。

稽古：考察古代的事迹，以总结经验，明辨是非。

左个：亦作"左箇"，正堂左侧之侧室。《吕氏春秋》载"天子居青阳左个"，高诱注："青阳者，明堂也。"

佳气迎人

向西旋转北，步近室之中。

东接函关气，南来虞舜风。

迎人仰霁色，爱物体渊衷。

夫子得于五，温良象独崇。

东接句：源自"青牛度关"，借指有道之人降临或祥瑞来临。

南来句：相传虞舜弹五弦琴唱《南风歌》，意为南风可解民困。

霁色：温和的脸色。

渊衷：渊深的胸怀。多用来称颂帝王。

四方宁静

四面尽通廊，中间正且方。

周旋皆中矩，镇静似持纲。

忆昔求安志，于今岂敢忘。

要惟祈岁稔，民庶共平康。

碧溪一带

东向俯长溪，溪烟入牖低。

气蒸银沆瀣，界是碧玻璃。

秋月芦花渚，春风柳线隄。

于何识常住，翘首睇璇题。

沆瀣：亦称“沆瀣浆”，即宵露、夜间之水气。

璇题：亦作“琁题”。玉饰的椽头。唐 白居易《劝酒》诗：“东邻起楼高百尺，璇题照日光相射。”

山水清音

山峙水常流，清音乐志投。
籁从风处峭，响自石边遒。
搏戛宁须藉，宫商得概不。
崇情契仁知，然岂忘先忧。

神洲三岛

室中亦有楼，仙榜揭神洲。
云自栋梁写，风从窗户流。
箫曾闻子晋，袖可挹浮邱。
那似刘家帝，空劳海上舟。

子晋：周灵王太子晋，传说成仙，即好吹笙。常以此典咏仙人，或咏笙乐。

浮邱：即浮邱公，上古仙人，王子晋控鹤升仙的引导者，二人同在嵩山修道。

刘家帝：即汉武帝。

高山流水

疏泉还叠石，位置俨天然。
境与尘凡隔，景供轩榭全。
崇高标岭岫，流动带沦涟。
那数期牙奏，心存解愠弦。

尘凡：指凡间、人世间。

期牙：指春秋战国时俞伯牙与钟子期的故事。

枕流漱石

枕漱高人操，因差转得奇。
洗流耳雅合，砺石齿偏宜。
易象占肥遁，诗风咏乐饥。
渴贤别有托，驹谷缱殷思。

肥遁：指隐退。

乐饥：充饥，疗饥。出自《诗·陈风·衡门》。

驹谷：指散放在山谷中的马。语出《诗·小雅·白驹》："皎皎白驹，在彼空谷。"

洞天深处

武夷穷九曲，方识洞天佳。
仿佛虹桥架，依稀毛竹排。
益深斯致远，惟静与为谐。
欲会凝神抱，缘澄出治怀。

嘉庆朝

嘉庆元年

万方安和敬述

殿成卐字水中央，宪庙心殷抚万方。
和气致祥咸富庶，安居乐业顺纲常。

无偏无党皇猷大，不识不知帝力忘。
德薄位尊惭负荷，仰瞻霄汉祇彷徨。

皇猷：帝王的谋略或教化。
帝力：帝王的功德。

嘉庆二年

万方安和四首

肯构切衷怀，敬勤蕴方寸。
宪皇四字垂，人君之素愿。
六十有二年，乘乾德刚健。
小子日趋庭，聆训策愚钝[①]。
抚民期乂安，饱暖鲜穷困。
农事又将兴，春风普吹万。

① 皇父久道化成，而法天行健，犹日孜孜，自强不息。从初元至今六十二年，有如一日。予日承训政，只仰健德于乘乾，籍绎正功以出震。

文轩屏华饰，宛在水中央。
轻冰映春旭，玉镜腾华光。
灵沼辟当日，游咏濠濮乡。
卍字巧相属，曲折连回廊。
檐楣悬宝翰，奕祀瞻辉煌。
圆镜烛九有，坐照包万方[①]。

① 世宗宪皇帝，承圣祖六十余年休养生息之运，惟虑时俗或习恬嬉，劳来匡直，辅翼之余，又从而振德。揭敬天、法祖、勤政、亲贤四端于殿楹，励精图治，

宵旰不遑。十三年纲纪肃清，中外宁谧，显承启佑，既丕冒万方，并垂型万祀。

灵沼：池沼的美称。

濠濮：古代二水名。比喻悠然自得的会心或情趣。典出南朝宋 刘义庆《世说新语·言语》："会心处不必在远，翳然林水，便自有濠濮间想也。"

御园韶景富，行庆应履端。
共球集王会，瞻就皆名汗。
圣人久道化，浃洽中心欢。
又喜苗匪靖，劲旅摧凶残。
稂莠既尽划，育物咸从宽[①]。
昭鉴沐祖德，名副万方安。

① 苗蛮格化，邪教息氛。凡安集抚驭善后事宜，一一皆裁自宸衷，归于万全。可久容民畜，众无不乐，乾坤之宽大矣。

竹苞松茂咏，斯干叶有那。
堂构永爰处，张老诚善歌。
庭松阅百载，轮囷嘉荫多。
感泽心惕若，履薄临峻坡。
凛训曷敢忽，戒满思盈科。
寸心何所愿，愿万方安和[①]。

① 世宗宪皇帝书"万方安和"，悬之禁扁，垂示奕世。我皇父既钦承绍衣，德业有光。孙臣袭庆蒙庥，觐扬光烈。惟凛持盛满，守位以仁，冀薄海永安，庶肯堂弗替尔。

张老：春秋晋大夫张孟之别称。献文子筑室成，张老因其华侈，歌以讽之。

万方安和敬述

室接回廊成卍字，檐辉宝额宪皇传。
仁山智水真如契，松栋云楣胜概全。
泽普万方同浃洽，愿敷奕祀永绵延。
心殷肯构承先志，民庶安和遍八埏。

浃洽：普遍沾润。
八埏：指八方的极点、边际。

嘉庆三年

万方安和

主器抚万方，安和诚所愿。
能此实艰哉，君难切要论。
檐额仰祖书，永为后世劝。
吏治民自宁，皇心守成宪。
小子凛敬承，瞻临愧鲁钝。

君难：即“为君难”，出自《论语·子路》篇。雍正即位后曾御书“为君难”匾额悬于勤政殿。

万方安和歌

大君抚世统万方，尽欲安和诚不易。
宪皇心愿勉后人，六十余年父继志。

小子敬承益励精，仰瞻堂构勤图治。
甸侯要荒遍蒸黎，怀保照临凛天位。
日聆训诲启愚衷，兢业持盈固宗器。
寰宇敉宁祈昊恩，化莠安良群生遂。
共戴帝泽实高深，以天下养诸福备。

甸侯要荒：即周朝时甸侯宾要荒的五服制，以王都为中心，按其与王朝的关系及远近划分为不同区域。此处指天下。

宗器：古代宗庙祭祀所用的器物，此为王室国家的代称。

万方安和

宪祖垂檐额，万方愿永安。
中和立人极，表正必形端。

人极：指为人的最高准则。

嘉庆六年

万方安和歌

宪皇四字奕祀贻，普愿万方咸皞熙。
十三年中如一日，励精图治巩国基。
皇考继述永效法，爱民勤政犹孜孜。
安求安兮治求治，太和洋溢霑恩施。
小子敬承遗训切，曷敢弗勉心恭寅。
翘瞻殿额欲实践，迩遐绥靖祈昊慈。

迩遐：犹遐迩，意指远近。

嘉庆八年

万方安和六韵

君临何所愿，所愿万方安。
欲识闾阎苦，应知稼穑难。
保民悯孤独，察吏去贪残。
居敬而行简，有容务克宽。
身虽常饱暖，心若已饥寒。
继述承先志，诚求夙夜殚。

嘉庆九年

万方安和

敬绎颜堂额，寸衷亹守成。
传心思继绪，凛训勉持盈。
图治庶官协，安民泰运亨。
承先勤肯构，海宇永升平[①]。

① 斯处为皇祖所构室宇，规制作卍字式，宝额亦当时所题。盖园林居室，而九寓之广，庶事之赜，孜孜图治之意，已咸寓其中。后之人居者之逸，敢忌作者之劳。是予之仰瞻堂构，而时殷绍闻式榖者，庶几于持盈保泰之道有合乎。

持盈：即持盈保泰。盈，盛满；泰，平安。旧指在富贵极盛时要小心谨慎，以保持原来的状态。

万方安和

仰额承先志，为君心力殚。
万方咸抚育，三省幸平安[①]。
化俗绥群庶，移风勉众官。
持盈守遗训，曷敢忘艰难。

① 安亿兆于万方，和玉烛于四气，大君体天出治之本也。前此，偏隅微祲，幸就涤除，正以义者，悉可育以仁矣。同我太平，庶副予敕几御宇之志耳。

嘉庆十年

万方安和

敬绎宪皇题额，治功愿溥万方。
庶民成俗化被，力田逢年事臧。
大法昭垂奕世，小子率由旧章。
肯构思艰图易，继述勉迪前光[①]。

① 额为皇祖御题，义至深远。予小子率循彝训，期与万方黎庶永庆安和。今岁，各省年岁丰稔者多，河工获奏安澜。京师甫交冬序，即得透雪。寅承眷佑，益励继绳。

嘉庆十一年

万方安和

敬瞻祖题额，如愿凛其难。
兆姓益繁庶，一人图治安。

化期同格被，心切已饥寒。

考志未能继，敬诚宵旰殚[①]。

① 敷天率土，俾之乐乐利利，于变时雍斯，即万方安和之谓乎。欲遂斯愿，良非易易。然凛其难而勉此愿，则可；畏其难而弛此愿，不可也。盖天人感召之理，民物托命之原，系于一人之宥密。故曰：恫瘝在抱，已溺已饥，民吾同胞物吾与也。凡此咨嗟儆惕，皆期副万方安和之愿耳。然则当年颜楣之意义，取于规而非取于颂，可敬绎而知圣人之情矣。予继体图治，亦惟视前人垂诫，而兢兢业业，必敬必诚，深惧不克遂其愿，不敢一日弛其愿。日颂此四言，即以括无逸之奥旨焉。

兆姓：万民、百姓。

嘉庆十四年

万方安和敬述

宪皇饬纲纪，立政安万方。

庶官兴礼让，民气胥淳良。

我考承大业，久道益炽昌。

太和弥宇宙，遗泽垂无疆。

渺躬勉绍述，宵旰敢怠遑。

勤敬为本务，凛训思迪光。

渺躬：渺，同眇、藐，小意。躬，帝后自称之词。明 吾丘瑞《运甓记·官诰荣封》："朕以眇躬，谬应大宝。"

嘉庆十五年

万方安和

宪皇饬纲纪，海寓沐安和。

祖考传心久，子孙承泽多。

常钦肯堂构，岂在矢游歌。

奎藻辉芸榜，万年叶有那。

海寓：即海宇。犹海内、宇内。

奎藻：帝王的诗文书画。此指雍正、乾隆的题字、匾额。

芸榜：芸，草名，即“芸香”。放置书内，可以驱蠹避虫，故书籍可称“芸帙”“芸编”。榜，旧指文告、匾额。

万方安和敬述

继志承基凛宵旰，寸衷渴愿万方安。

民喦可畏治从欲，天命难谌理不刊。

自愧一身常饱暖，深怜庶姓半饥寒。

寰区何日同和豫，祖额仰瞻敬念殚。

民喦：谓民心不齐，或谓民情险恶。

和豫：安乐、安康。

嘉庆十六年

万方安和敬述

御极十三载，圣心宵旰殚。

总由一诚贯，从此万方安。

硃谕琅函焕，鸿猷实录刊。

孙臣勉效法，继述凛其难。

琅函：书匣的美称。

鸿猷：鸿业、大业。

嘉庆十九年

万方安和敬述

祖泽积寰宇，孙臣失政多。

官疲皆锢疾，民玩堕沈疴。

莅治终难化，呼天问奈何。

万方实广大，无德溥安和。

嘉庆二十年

万方安和敬述

祖德垂悠久，孙臣凛继绳。

士民万方布，休戚一人承。

勤敬常无懈，安和庶可征。

大廷亲授宝，惕若涉渊冰。

嘉庆二十二年

万方安和敬述

世宗功德焕重光，兆庶安和被万方。
启后寅承泽有永，自天申锡福无疆。
内修外靖协平顺，官正民恬饬纪纲。
兢业仔肩难负荷，仰瞻圣藻益惭惶。

嘉庆二十三年

万方安和

宪皇御寰宇，万方普安和。
殿额副实政，至今受益多。
殚心肯堂构，临民去烦苛。
法祖自强勉，德薄虞舛讹。

虞舛讹：虞，忧虑。舛讹，谬误，差错。

嘉庆二十四年

万方安和

皇祖题额自励志，十有三载群生遂。
皇考临御久道昭，仁至义尽升平致。

藐躬德薄统万方，安民和众诚不易。
修己省愆责在予，尽忠补过期官吏。
常怀致君而泽民，切勿尸禄而保位。
旅进旅退眼前荣，笑骂讥评身后累。
恐辜慈训渐怠荒，交泰同心理庶事。
咸有一德竭谋猷，念切存诚屏虚伪。
迁就观望实大疵，怠玩因循必废坠。
自强不息体乾元，肯堂敬绍长言志①。

① 我皇祖世宗宪皇帝，于御园寝兴之所，题额曰“万方安和”。所以勖勤夙夜，绥乂寰区者，树义至为宏远。故临御十三年，宙合敉宁，群生乐利。薄海内外，咸登衽席之安。我皇考高宗纯皇帝，继体承庥。六十余年久道化成，式臻累洽重熙之盛。予嗣膺大统，宵旰敬勤，深恐六合而遥，或有一夫不获，上负祖考燕贻之重。自亲政以来，日慎一日，迄今二十余载，片念未尝少弛。顾惕厉本诸一人，襄赞实资众职。古人臣，进思尽忠，退思补过，惟以致君泽民为务。用能懋著勋猷，垂声史册。若徒持禄保位，苟慕宠荣，观望因循，置国计民生于度外。纵复侥幸目前，工于文饰。而异日之讥评姗笑者，清议终不可掩也。予深维健行不息之义，年臻耳顺，孜孜求治，无敢怠荒。所望在廷诸臣，各矢棐忱，力除玩习，佐予懋勉之修，永绍显承之绪。庶几安民和众，赖及万方。瞻言堂构，敕命时几，为君难、为臣不易，愿与股肱心膂，交儆于无穷焉耳。

旅进旅退：旅谓众人，谓与众人共进退。比喻缺乏独立见解，随众从俗。
乾元：形容天子之大德，亦代指帝王。
肯堂：即肯构肯堂，出自《尚书·大诰》。指修缮房屋，用来比喻子承父业。

嘉庆二十五年

万方安和

渺躬承考命，立极统万方。

幅员大无外，庶民分城乡。
习俗随所染，邪正判否臧。
制宜因其地，劝惩别莠良。
官吏多怠玩，为政乖典常。
安和难副愿，瞻额增惭惶。

万方安和

一心涵众义，一人御万方。
凛承考付托，图治资贤良。
庶姓习俗异，安和普顺常。
祖额衷敬仰，勉筹衍泽长[①]。

① 万方安和，为皇祖御题楣额。当日法宫出治，暨讫寰区。中外乂安，群方和会。厚德深仁，至今沦浃海隅，垂庥奕祀。予仰承祖考眷诒付托之重，抚兹方夏。凡所以谐辑群黎，绥来远迩，衍教养之泽于无穷者，正非易易。仰瞻堂构，弥用懔然。

道光朝

道光四年

万方安和

宪祖垂裳睿虑殚，殿楹淳朴倚回栏。
形成卐字非工巧，意寓千方致久安。

竹涧风微音更静，松屏雪霁景无阑。

宅中乾惕期和顺，实行虚心敢畏难。

垂裳：即“垂裳而治”，以称颂帝王无为而治。此指雍正皇帝治理天下。

乾惕：语出《周易·乾》：“君子终日乾乾，夕惕若厉，无咎。”意即君子要自强不息，又要存心警惕，才能顺利发展。

道光五年

万方安和

湖山呈妙景，苍翠暮烟含。

作室期绥万，临民凛奉三。

常怀拯饥溺，勿忘戒肥甘。

曾祖贻谋远，钦承圣泽覃。

饥溺：比喻生活痛苦。

肥甘：指肥美的食品。

武陵春色

武陵春色，圆明园四十景之一，居万方安和东北，建成于雍正四年（1726），是一处仿陶渊明《桃花源记》意境的园中园。旧总名为“桃花坞”。弘历（乾隆帝）年少时，曾赐居于此，名曰“乐善堂”。乾隆九年（1744），改其名曰“武陵春色”。该景区东南部以叠石为胜，乘舟沿溪而上，穿越桃花洞，可进入“世外桃源”。洞内有雍正帝御笔“壶中天”额，石洞之南为乾隆帝御书“武陵春色”匾；此处有清潭一池，池周散置亭轩，池北轩为“壶中日月长”，东为“天然佳妙”，其南厦为“洞天日月多佳景”。武陵春色之西为“全璧堂”，堂东南有亭，名“小隐栖迟”；堂北为五楹正殿“天君泰然”；殿后由山口入桃花坞景区，东为“清秀亭”，西为“清会亭”，北为雍正帝御笔“桃花坞”殿；坞之西室为“清水濯缨”，又西稍北为“桃源深处”；坞东为“绾春轩”，轩东北为“品诗堂”。乾隆中叶，北部桃源深处曾经全面修缮。嘉庆时期，中部偏西院内，复添建恒春堂，为帝后观戏庆节之所。

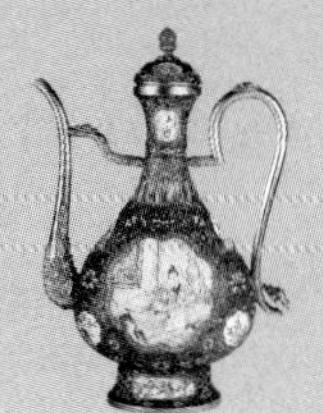

雍正朝

桃花坞即景

禁园宜雨复宜晴，别馆春深枕簟清。
数片落花惊午梦，一声渔唱惹闲情。
暂移榻向松间坐，恰听禽来竹里鸣。
惟有东风知我意，满池新绿浪纹生。

桃源深处

溪外每闻犬吠，林间日听莺声。
漫问武陵何处，且来此地移情。

武陵：本是郡名，后特指世外桃源。

乾隆朝

乾隆九年

武陵春色

循溪流而北，复谷环抱。山桃万株，参错林麓间。落英缤纷，浮出水面，或朝曦夕阳，光炫绮树，酣雪烘霞，莫可名状。

复岫回环一水通，春深片片贴波红。
钞锣溪不离繁囿，只在轻烟淡霭中。

钞锣溪：武陵山腹地桃花源附近的溪流名。
繁囿：繁茂的园囿。

乾隆三十五年

桃花坞

武陵春色，圆明园四十景之一也，又名桃花坞。雍正初年间赐居于此，后始移居长春仙馆，今经四十余年，因略修葺并题以句。

山桃开最早，江国拟梅花。
韵亦含风细，影原照水斜。
遐怀武陵曲，浓叠赤城霞。
缅想赐居日，流阴暗自嗟。

江国：一般指江南。
赤城：红色城墙，指帝王宫城。

戏题品诗堂

四十年前此乐闲，倚吟清课绿窗间。
偶然旧集重披捡，只合从头一例删。

清课：原指佛教日修之课。后用以指清雅的功课。

绾春轩题垂杨柳

一树垂杨阴满院，芸帷棐几称吟凭。
不堪对雪道韫拟，何必当年张绪曾。
栉栉云中凉月漏，蒙蒙晓际澹烟凝。
青丝窣地几千尺，绾得春光许尔能。

棐几：棐，树名。此指用棐木做的书桌。

道韫：即“道韫咏雪”。东晋政治家谢安侄女谢道韫有“未若柳絮因风起”之句，后人用以咏雪、咏柳絮之典。

张绪：南朝齐武帝的益州刺史，其为郡官时，曾献蜀柳数株。武帝叹曰：“此杨柳风流可爱，似张绪当年时。”

栉栉：形容排列得特别紧密。

绾春轩口号

百尺垂丝绿影铺，敞轩逭暑坐斯须。
忽然拟向长条问，流水春光绾得无。

斯须：须臾，片刻，一会儿。

乾隆三十九年

桃花坞即事

赐居西北御园[①]隈，葺治乘闲偶一来。
少小情怀昔悠矣，惕乾朝夕此殷哉。
绿铺砌草步如毯，白绽山桃讶似梅。

本是坞名拟吴下[②]，便疑雪海亦苏台。

① 是处为予十四五六岁时所居之地。

② 苏州阊门内有桃花坞，其地传为唐寅故居，今为市文房之所，不以桃著。此虽袭用其名，而桃花之盛颇堪核实也。

品诗堂口号

此曾敬业此摛词，旧集今翻拟弃遗。

岂不虑为失故步，大都结习合忘之。

乾隆四十一年

题桃花坞

年前立春已半月，气早昌昌生意勃。

孟月甫届下之浣，即见山桃花欲发。

虽以闰月定四时，盈缩长短原人为。

人为实不出天定，万物菀枯各自知。

闻之金阊亦有此，唐寅辈逞材华美[①]。

四度南巡阙访曾，流水行云而已矣。

① 苏州阊门内有桃花坞，其地有桃花庵，即唐寅旧居。

浣：唐代定制，官吏十天休息沐浴一次，每月分为上浣、中浣、下浣，即后来上中下旬的别称。

菀：茂盛。

金阊：苏州有金门、阊门两城门，故以“金阊”别称苏州。

品诗堂

昔日书堂到以闲，吟风弄月忆其间。
品诗设欲循名者，先合从吾旧集删。

绾春轩

书轩亦绝胜，棐几傥来凭[1]。
旧学温何有，新知契几曾。
砌花红雨过，庭树绿阴增。
春意去杳矣，问谁绾得能。

① 是处在桃花坞中，为青年时书室。

品诗堂

品诗诗实有权舆，三字箴当慎守诸。
设使无关性情正，纵工辞藻亦虚车。

虚车：空车。此指诗文等华丽空洞，言之无物。

乾隆四十七年

品诗堂

五十年前此书堂，依然插架霏芸香。
一岁之中偶一至，至亦随去何其忙。
书堂未免主人笑，刮目以待仍故调。

品诗品己品人乎，只增白发星星髦。

绾春轩口号

柳色微黄未作丝，春光春意已如斯。
举头偶见檐前额，欲问将何以绾之。

乾隆五十年

品诗堂

吾无所好好为诗，亦弗知诗为何品。
古论诗者有恒言，或得贫贱或坎壈。
二者于我原独无，则我诗不入品审。
四集三万余首成[①]，躁人辞多知过甚。

① 御制诗初集四千一百余首，二集八千四百余首，三集一万一千七百余首，兹四集编至癸卯年止九千七百余首，合计共三万四千余首。

坎壈：喻困顿、不顺利。
躁人辞多：《周易》有“吉人之辞寡，躁人之辞多”句，形容性情急躁之人言辞必然多。

乾隆五十二年

品诗堂

品诗非谓品诗阶[①]，触目知为诗品皆[②]。

岂似三唐分甲乙，由来万物入情怀。

大都乐在臣民泰，亦每优于旸雨乖。

四集吟成三万首[3]，辞多那免躁人侪。

① 谓品其等级也。

② 谓触目会心，皆供诗之品料也。

③ 御制诗已刻者，自丙辰编至癸卯共四集，凡三万四千余首，其自甲辰至丙午三年中，又约得二千余首矣。

三唐：旧时对唐诗及唐文学史的分期，即初唐、盛唐、晚唐。

乾隆五十三年

题绾春轩

偶来绾春轩，遂绎绾之义。

或以注曰统，或以训为系。

其解虽不同，总具惜之意。

绾韵复同挽，放翁诗曾寄[1]。

居然先获心，协此额轩志。

小憩仲月初，韶光未昌炽。

风拂柳丝丝，大似循名试。

善解坤初爻，履霜坚冰至。

① 陆游诗惜春，直欲挽春回。

坤初爻：坤卦六爻，初爻即初六。"履霜，坚冰至。"

履霜句：比喻从事物的征兆可以预知其后果的严重。

品诗堂

幼时书室此栖迟，六十余年未废斯。
题额仰看却失笑，一经入品总非诗。

栖迟：游息。

嘉庆朝

嘉庆元年

武陵春色

曲涧逶迤漾碧流，绯桃夹岸引轻舟。
仙寰终作世间相，胜景雅宜天上游。
柳拂和风鸣好鸟，波翻暖旭浴晴鸥。
虽欣畿甸含春泽，更望甘膏遍九州。

品诗堂

言志始三百，无邪孔训深。
讨源崇圣教，协律入琴音。
典则歌能达，风花句漫斟。
词坛推李杜，后学耐探寻。

三百：指中国最早的诗歌总集《诗经》。该书收录了自西周至春秋中叶的305首诗歌，又称“诗三百”。

桃花坞

一溪晴碧引行舟，胜境真如天上游。
红叶纷敷若桃靥，仙寰岁月不知秋。

魏晋以来又千载，熙朝景运正中天。
贤才登仕无遗弃，漫作柴桑寓意传。

熙朝：旧指盛明之世，此处则称颂大清王朝。

柴桑：诗人陶渊明，又名潜，浔阳柴桑（今江西九江）人。后因以代指陶渊明。

嘉庆二年

壶中天歌

山环水抱径窈窕，洞壑嵚崎忽昏晓。
披萝沿磴下平坡，仰观俯察天地小。
佛语须弥一芥藏，壶中仙术传长房。
法心平等容众物，虚受由来不可量。
暖敷上苑消寒凛，深幸春膏兆年稔。
趁闲几暇偶豫游，夹岸绯桃又成锦。
清时无复避世人，渔父奚劳重问津。
寻幽小住兴尽返，花开花谢忘冬春。

嵚崎：亦作嵚奇，险峻、不平。

披萝：即“披萝带荔”，语本《九歌·山鬼》“若有人兮山之阿，披薜荔兮带女萝”。

渔父：屈原《楚辞·渔父》中的人物。亦喻隐居者。

桃花坞

山桃先众卉，向暖满崖开。
灿锦朝晖飏，霏香夜雨培。
霞蒸迷远坞，云蔚叠平台。
盛世咸安乐，无人避地来。

品诗堂

髫年三百夙尊闻，一语无邪仰孔文。
咏叹兴观性涵养，泰然宁静悦天君。

游咏都忘俗虑侵，风云月露耐披寻。
品题岂似书窗课，解愠还思播舜琴。

舜琴：代称五弦琴，相传为舜所创始，故称。

绾春轩

春光欲去诗堪绾，丽景回思镜影浮。
花谢花开无了歇，良时讵肯暂淹留。

桃才破萼花飞锦，柳又飘绵絮化萍。

莫谓韶华留未得，应知节序迅无停。

嘉庆三年

桃花坞口号

春信年前已拓萌，伫看庶汇遍滋荣。
光风廿四徐徐转，一坞桃花似笑迎。

廿四：指农历的二十四节气。

桃花坞

御园四季总长春，奚必桃开始问津。
缓放轻桡过锦坞，水天一色净无尘。

嘉庆十七年

题恒春堂

福地开先大圣人，圆明万古庆恒春。
溪崖卉木含真意，生长收藏本至仁。
浦漾晴波风缓叠，庭多佳树荫常新。
卷阿游咏承前泽，敷锡时思及兆民。

卷阿：《大雅·卷阿》，即中国古代《诗经》中的一首诗。

恒春堂

御园都福境，亿载庆恒春。
皎日影辉牖，明霞光映津。
林留枫锦艳，阶恋菊香新。
朗洁黄绵暖，迟迟画漏伸。

嘉庆十八年

恒春堂

御园胜境万年承，燕喜韶春庆有恒。
柳岸碧萦波澹沲，莎阶青接石崚嶒。
风摇渚影前溪叠，旭丽林光远岫凝。
花信几番舒卉木，阳和茂对景清澄。

澹沲：湖波荡漾貌。

莎阶：亦称“莎砌”，长满莎草的台阶。

崚嶒：形容山高峻重叠。杜甫《望月》诗：“西岳崚嶒竦处尊，诸峰罗列似儿孙。”

嘉庆十九年

恒春堂

天运四时首立春，道昭恒久亿年循。
栽培难遍多罹困，生齿日繁咸患贫。

政务怠荒皆巧宦，纲常沦弃半愚民。
穷源探本一人咎，启佑予衷德化申。

巧宦：指善于钻营谄媚而不干实事的官吏。

恒春堂

仲春展拓季春连，百廿韶华宇宙宣。
愿我蒸民同悦豫，邪消化被去萦牵。

蒸民：众民、百姓。

善者宜安恶者惩，莠民罹法实哀矜。
止仁正己理充足，相济无偏政有恒。

恒春堂

天运四时信可征，玉衡旋斡亿年仍。
居仁由义事功备，长养收藏岁有恒。

玉衡：北斗七星的第五星，或指我国古代一种测天的仪器，即“璇玑玉衡”。

身居九五悯饥贫，深恧未能布泽匀。
直省幸多收获处，黄绵煦妪小阳春。

九五：旧指帝王的尊位。

恧：惭愧。

煦妪：温暖、抚育。

小阳春：秋季即将结束、严冬来临之前出现的回暖天气。时值每年农历十月，而十月又为阳月，故名。

嘉庆二十年

恒春堂

恒久本乾健，生春元德昭。
璿玑转珠斗，太蔟协新韶。
卉木和风扇，亭台薄雪消。
年康民志固，庶可化漓浇。

太蔟：古乐十二律的第三律。
漓浇：犹浇漓。指社会风气浮薄不厚。

恒春堂

周回四序始于春，恒久纯常德日新。
天健刚强体不息，民情浇薄愿还淳。
臣衷自昔应存敬，君道从来在止仁。
求治用人最切要，何时可望政平均①。

① 人主法天行政，原欲使四海乂安，共享春台之乐。而其切要，在于用人。近因江南、山东两省，吏治废弛，库帑亏短至数百万之多。本应照例严惩，姑念人数较多，仅从薄罚，亦君道止仁之义也。然予谆谆求治，夙夜不遑。何时返朴还淳，得遂予平均之愿哉。

恒春堂

万古运行恒久德，元冥律应小阳春。
生生不息至刚健，宇宙咸昭大造仁。

元冥：玄冥，亦代称太空。

大造：指天地，大自然。明 李东阳《殿试读卷东阁次都宪屠公韵》：“文章妙极寰区选，陶冶同归大造仁。”

君道从来敬体乾，健行毋怠治功宣。
心存保赤格顽钝，爱育群黎为政先。

嘉庆二十一年

恒春堂

韶光九十物华凝，遇闰芳春倍觉恒。
柳岸摇风青万缕，花阶映日锦千层。
泛舟容与过前浦，观麦连延接远塍。
颐性养和偶游豫，心祈寰宇庆三登。

三登：谷物一年三熟，常用以咏谷物丰收。

恒春堂

良月司时灏气凝，小阳春景畅临凭。
安民调化心无逸，纳稼于茅事有恒。
爱日辉庭呴煦燠，嘉禾积野乐丰登。
逢年感沐同遐迩，瑞雪仍希应念征。

于茅：语出《诗·豳风·七月》：“昼尔于茅。”意为及时播种五谷。
爱日：珍惜时日，爱惜光阴。《吕氏春秋·上农》：“敬时爱日，至老不休。”

嘉庆二十二年

恒春堂

元者善之长，四时始孟春。
有恒德贞固，不改运鸿钧。
天道惟生物，君心在止仁。
旰宵无妄想，养正对臣民。

元者句：语出《易经》。意为君子行仁，方能做人之长。

嘉庆二十三年

恒春堂

贞下起元始，万年春有恒。
阳和舒煦妪，品汇化坚凝。
原野将生麦，池塘欲泮冰。
降甘继冬泽，润物叶休征。

贞下起元始：《易经·乾卦》君子四德：元、亨、利、贞。元为首。
休征：指吉祥的征兆。

恒春堂

贞下起元岁有恒，化工四德互相承。
含青几叠新莎展，漾绿一湾浅浪凝。

目极晴霞衬韶景，心期时雨叶休征。
京畿去夏逢荒歉，益盼年康农事登。

嘉庆二十四年

恒春堂

韶华和煦庆芳春，天施地生庶汇新。
恒久有常培大造，贞元不息斡鸿钧。
光风转蕙敷轻毯，暖旭辉池叠麴尘。
摇曳垂杨舒弱缕，渐看绿染万丝匀。

鸿钧：即“洪钧”，指天。亦曰“大钧”。

麴尘：淡黄色。唐 白居易《山石榴寄元九》诗：“千芳万叶一时新，嫩紫殷红鲜麴尘。”

嘉庆二十五年

恒春堂

岁首雁臣集，绥怀典有恒。
四和敷四极，三素兆三登。
中外胥宁静，邦家凛继绳。
开韶上元近，依例命观灯。

四和：古谓太阳运行四方所达到的极限之处。

三素：即“三素云”，道教谓人身紫白黄三种元气，此借指各种云气。

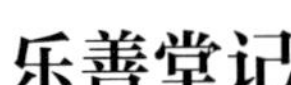

乐善堂记

凡人之性未尝不善，仁义礼智全备于我，所谓得天地之正气而为人也。然有智愚贤不肖之分者，气拘之，私诱之，遂日以蔽锢而昏昧，有能复其性者鲜矣。人能自强不息，以复性为功，己有善念，扩而充之，人有善事，喜而从之，则本性呈露而有馨香之德矣。是故明德之馨，胜于黍稷芝兰，鲍鱼与之俱化，未有乐善而不能修德者也。

予有书屋数间，清爽幽静，山水之趣，琴鹤之玩，时呈于前。菜圃数畦，桃花满林，堪以寓目。颜之曰“乐善堂”者，盖取大舜乐取于人以为善之意也。夫孝弟仁义乃所谓善也，人能孝以养亲，弟以敬长，仁以恤下，义以事上，乐而行之，时时无怠，则能因物付物，以事处事，而完所性之本体矣。是故大舜圣人也，犹存虚受之心，闻一善言若决江河。

汉明帝尝问东平王：“在国何事最乐？”王曰：“为善最乐。”予虽不敏，然赖皇父之明训，师友之切磋，于大舜之善与人同，虽有志而未逮，而东平王之为善最乐，则不敢不勉焉。是为记。

山高水长

山高水长，圆明园四十景之一。位于圆明园西南隅，后拥连冈，前带河流，中央地势平衍。时为外藩朝正赐宴及平时侍卫较射之所，每岁灯节则陈火戏于此。山高水长楼，为西向卷棚歇山楼九间，建于雍正四年（1726），旧称引见楼。外悬乾隆帝御书“山高水长”匾，内额：“居安莫忘武”“神威佑庇”。楼后有院，设南北配殿各三间，清帝后来此，皆由后湖乘游船至楼东十字亭码头，从后院入楼，后妃在楼上观赏火戏。楼前有骑射用的斜向马道，楼西北筑有靶挡一道，俗称土墙。楼东南山环里，有十三个南北排列的院落，为举办烟火盛会等活动的保障服务处，无额，俗称十三所。

山高水长火戏，实为皇家元宵灯节盛会，内容包括摔跤、马术、杂技、民乐、舞灯、各民族歌舞及烟火等多项表演。乾隆时期，例从正月十三日放灯，至燕九（十九日）收灯，亦称“七宵灯宴”。

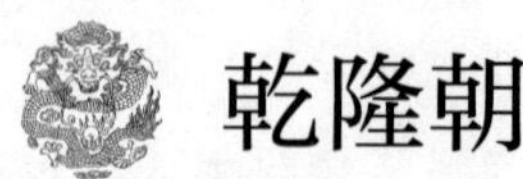

乾隆朝

乾隆九年

山高水长

在园之西南隅，地势平衍，构重楼数楹。每一临瞰，远岫堆鬟，近郊错绣，旷如也。为外藩朝正锡宴，陈鱼龙角抵之所。平时宿卫士，于此较射。

重构枕平川，湖山万景全。
时观君子德，式命上宾筵。
湛露今推惠，彤弓古尚贤。
更殷三接晋，内外一家连。

湛露：《诗·小雅》篇名，记王宴乐诸侯。后喻君主之恩泽。

彤弓：朱漆弓。《诗·小雅》篇名，为天子赐有功诸侯弓矢时用的乐歌。

三接：出自《周易·晋卦》。意谓帝王一日三次接见，后喻帝王礼遇宠臣之典。

乾隆三十四年

上元前二日锡宴外藩即席得句

仰流鳞集贺元正，锡宴欣逢雪后晴。

大幕穹窿庆云拥，西山迤逦玉屏横。

鐻鍝君长旧臣列[①]，氎毦衣冠侍子伻[②]。

正是远来近悦候，却教南顾缱遐情[③]。

① 都尔伯特今亦有出痘者来京贺正，与旧藩无异。

② 哈萨克阿卜尔比斯汗遣其子卓尔齐来京，特命入宴。

③ 缅匪弗靖，待之一岁。彼无投诚之信，此无赦罪之理。将筹大举，用系远怀。

鳞集仰流：鳞集，指很多鱼集在一起，仰流谓仰首向上，比喻四方之人仰慕朝廷德威而纷纷来朝。

穹窿：物体中间高而四周下垂的样子。此指大蒙古包，亦称大幄次。

鐻鍝：穿耳而垂带金银耳环，为古代少数民族的装饰。

氎毦：一种有曲纹的毛织品。此指西北少数民族的服饰。

伻：使者。

乾隆三十五年

还御园恭问皇太后安遂奉观烟火

轻舆速为问安回，依例今朝烟火开[①]。

西苑恰欣承庆始[②]，南郊甫是受釐来。

碧空几望月流朗，银野余膏雪积皑。

却对春阴仍冀泽，笑予知足几曾哉。

① 每岁以正月十三日放烟火为始，至十九日收灯。

② 山高水长楼在园西，其外苑囿宽敞，宜陈火戏。

受釐：汉代祭天地时，皇帝派人祭祀或郡国祭祀后把剩余的肉送回皇上，以示受福。

乾隆三十九年

上元前赐宴外藩即席成什

穹窿黄幕宝灯垂，锡宴诸藩取习知[①]。
广席遍巡金凿落，遥山犹积玉参差。
行时阳气资生始，施惠需云受福宜。
物象人情胥浃洽，际兹惟益励勤寅。

① 穹庐毡幕，每于园西敞处张以赐宴外藩，亦向例也。

穹窿：物体中间隆起而四周下垂的样子。此指宴赏外藩的大帐篷。
凿落：湘楚地人称酒器为凿落，代称“酒”。

乾隆五十二年

新正设武帐宴新旧外藩

三接无妨锡宴稠，贵山况复觐遥骍[①]。
恰当御苑新正暇，共喜西山积素留。
乐奏和平宫徵叶[②]，礼娴中外肃雍酬。
穹窿日午千人帐，应有颜家不信流[③]。

① 每岁年班，蒙古、回部、藩部等到京，向例岁底于大内之抚辰殿，新正于瀛台之紫光阁锡宴。今年以新袭哈萨克王汗和卓遣其弟阿哈岱来觐，因复于御园之山高水长设大幄次，筵宴新旧外藩，以示加惠远人至意。

② 凡筵宴，以次奏中和韶乐及丹陛清乐。乙巳秋，以俗工止知五六工尺上等字为音，不知即古乐之宫商角徵羽也。因命于乐章内一律骈注宫商角徵羽，及五六工尺上等字，令乐工肄之，亦引俗入雅之意耳。

③ 颜之推家训，江南不信有千人毡帐云云，言少所见也。兹所设武帐，中央穹窿径七丈余，中设御座，旁设宴席，故戏及之。

土墙

苑西五尺墙，筑土卌年矣。

昔习虎神枪，每尝临莅此。①

木兰毙於菟，不一盖已屡。

土墙久不试，数典忍忘尔。

得新毋弃旧，可以通诸理。

① 习枪苑中，远筑土墙，以遮枪子，恐伤人也。

木兰：指清帝木兰秋狝。

於菟：於读作“wū”，古代楚人称虎为於菟，后为老虎的别称。

乾隆五十五年

节前御园赐宴席中得句

庆典今年值八旬，祚春华宴那辞频。

联茵瀛嶂陈五国①，武帐穹窿容百人。

异数特宣首介近，分班各赐手卮亲。

一家中外真和浃，俶祉胥蒙大造仁。

① 每岁节前宴亲王、郡王、蒙古诸藩、大学士等，召至御案前赐酒。今岁八旬大庆，朝鲜、安南、琉球、暹罗、廓尔喀五国遣使朝正庆祝。是日，预宴其各国正使，亦手卮以赐，示惠胪欢，恩意交浃，洵为史册所罕觏。

陈：安放、陈列意。

俶祉：俶，作；祉，福。

大造：指天地，大自然。明 李东阳《殿试读卷东阁次都宪屠公韵》：“文章妙极寰区选，陶冶同归大造仁。”

嘉庆朝

嘉庆二年

山高水长

山水钟灵秀，还孚仁智心。
清波泛长渚，叠嶂现高岑。
崱屴云开岫，溟濛烟羃林。
澄澄明百里，臬臬耸千寻。
荡漾汀洲远，萦纡洞壑深。
雅游乘胜日，素节九秋临。

崱屴：高大峻险貌。
胜日：指亲友相聚或风光美好的日子。
九秋：指秋天。唐 杜甫《月》诗："斟酌姮娥寡，天寒奈九秋。"

嘉庆三年

御园山高水长楼前锡宴外藩有作【乾】

阁宴今番移御苑[①]，撰辰锡祉取良佳[②]。
历年行赏岂宜汰，抚远待恩应令皆。
翠幕张春观听熟[③]，红灯近节景光谐。
悉擒凶首企露布[④]，延望西南未惬怀。

① 御园山高水长楼前地面宽敞，每岁于此设灯火赏节，至新正锡赉外藩，例于

紫光阁筵宴。今岁初六日临幸御园，为期较早数日，前无暇于紫光阁锡宴，遂于御园举行此典。

② 锡宴颁赏，为新韶令典，用敷恩赉，不可阙也。

③ 每岁上元节前后，俾外藩属国预观烟火，且避暑山庄锡宴藩部于万树园，设幄成礼。兹移紫光阁筵宴于此，列幕联茵，皆众蒙古所熟习，倍形欢忭。

④ 时尚未至。

露布：古指不封口的文书，奏章等。

恭和圣制御园山高水长锡宴外藩作元韵

圣德怀柔临万国，开韶锡宴吉辰佳。

梯航奉朔朝正会，山海来王沐泽皆。

春布园林风乍转，雪敷畿甸麦方谐。

应期尤愿喜音至，俘逆仰纾太上怀。

梯航：梯指登山，航指航海，谓翻山越海，经历险远的道路。

朝正：也称“贺正”“元会”，指大臣在新年向皇帝拜贺。

新正十一日，恭随皇父赐宴外藩即席成什

东藩（高丽）南服（琉球）尽来宾，漠北（诸蒙古喀尔喀）海西（青海回部）正朔遵。

戴德观光盈上国，怀柔锡宴启中旬。

乐宣太簇三阳顺，歌奏庆隆众舞陈①。

父子共钦昊苍泽，更祈瑞雪布韶春②。

① 宴时，例设中和韶乐舞庆隆舞，并陈蒙古回部金川及各番部乐，并奏杂伎。

② 连日同云时作，为风所散。近京诸郡据报，均经得雪，而京城尚未普霑，伫望瑶霙即霈，俾雪色灯光同辉，韶节庆兆农祥也。

太簇：古乐十二律之第三律，与正月相配。

嘉庆七年

御山高水长黄幄，筵宴外藩即席成什

紫光御苑赐筵同，序近上元律转东。
德洽要荒百年久，情联中外一诚通。
怀柔永守先言大，绥远时敷惠泽隆。
黄幄高张陈彩仗，回思侍座懴予衷[①]。

① 紫光阁筵宴外藩，自丙辰以来，皆蒙恩侍座。己未后，不举行者三年。今岁，因谒裕陵，是以移至山高水长。回忆音容，不禁怆然志感。

嘉庆八年

山高水长筵宴外藩

久沐先皇抚育恩，年年朝贡效屏藩。
进觞漫拟甘泉飨，入觐应同王会繁。
柔远敷慈典久著，来宾抒敬意诚惇。
开韶燕喜联中外，黄幄幔城展御园。

嘉庆十年

山高水长筵宴外藩即席成什

岁首联吟职贡图，御园令节集鐻鍝。
巍峨黄幄嘉筵启，焕发青阳湛露濡。
位列九宾奏丝竹，珍调六膳盛庖厨。
怀柔示惠承先泽，浃洽欢言诚意孚[①]。

① 朝正各外藩于年前至京时，已与恩宴赏赍。复令同至圆明园山高水长，预观上元烟火。兹试灯将届，复设黄幄锡宴，怀柔示惠，亦我皇考数十年常行之典也。诸外藩渥荷仁施，来庭诚款，久成中外一家。予率典踵行，罔或有阙者，亦惟仰体前经，以慰群情趋向尔。

职贡：清时藩属或外国对于朝廷按时的贡纳。

鐻鍝：穿耳而垂带金银耳环，为古代少数民族的装饰。此借指外藩部落首领。

九宾：我国古代外交上最为隆重的礼节。九宾之设，说法不一，此处泛指各少数民族之王公贵族及外国使臣。

六膳：旧指马、牛、羊、豕、犬、鸡。

嘉庆十三年

新春御园山高水长筵宴外藩、回部及高丽、琉球、暹罗使臣即席成什

旧藩新附集穹庐，继德守成任在予。
二万要荒置候尉，三千礼乐合车书。
中山向化承恩永，东海来宾开国初[①]。
锡宴御园循考先，雪晴春甸物华舒。

① 朝鲜本礼乐之邦，自我朝开国以来，臣服最为恭顺，每遇朝正元会，岁入班联。至琉球、暹罗，亦系定鼎时早经款附，琛赆输诚。本年皆轮应朝觐之期，该使臣等频邀宴赉。兹复命宣至御园，预列爻闾，锡以节燕。盖天朝怀远之规，宜从优渥。且俾知予之抚御遐方，悉本先朝德意也。

嘉庆十五年

山高水长锡宴外藩即事

车书王会庆攸同，久戴高皇渥泽隆。
深沐国恩廓无外，永怀考训凛持中。
勉图敷化寰瀛被，岂诩盈庭玉帛充。
抚字守成循宪典，未能陬澨播仁风。

车书：借指制度划一，天下一统。
陬澨：僻远处，犹言天涯海角。

嘉庆十七年

山高水长筵宴外藩

卿云绮旭蔼穹庐，列座群藩诚敬舒。
怀德畏威承化育，输心矢志会车书。
居安益勉升平久，守业毋忘开创初。
致此弥昭考泽厚，思艰图易每殷予。

卿云：亦称“卿霭”，一种彩云，古以为喜庆、吉祥之气。

嘉庆二十二年

山高水长锡宴外藩即席成什

穹庐巍焕御园张，设席敷祵同紫光。
长享升平天泽浩，永昭带砺考恩洋。
雁臣云集遵成宪，凤纪春和布艳阳。
二万新疆奉正朔，怀柔绥德抚殊方。

带砺：语出《史记·高祖功臣侯者年表》，“封爵之誓曰：‘使河如带，泰山若砺，国以永宁，爰及苗裔。’”比喻时间久远，任何动荡也绝不变心。

雁臣：指入京朝觐，至春始还的北方少数民族首领。

凤纪：同“凤历”，代称岁历，含有历数正朔之意。

嘉庆二十四年

山高水长筵宴外藩及各国使臣，即席成什

御园循典建穹庐，锡宴诸藩孟月初。
会极来王怀德化，向风贺岁聚车书。
优霑春泽欣全沃，普积琼霙庆有余。
永念考恩四表被，敷仁柔远志殷予。

琼霙：琼，泛指美玉。霙，雪花。此处形容洁白如玉的雪。

四表：指四方极远之地，亦泛指天下。

嘉庆二十五年

山高水长锡宴外藩即席成什

巍焕十全圣武扬，天西二万辟新疆。
怀柔以德洽心膂，蒙业而安绍典常。
旧属新藩咸有秩，内宁外静慎无荒。
来宾岁首沿成宪，春宴宏开黄幄张。

心膂：犹言股肱，喻称亲信得力的人。
蒙业：接受、继承产业。

道光朝

道光四年

上元日御山高水长作

苑西楼喜对西峰，落木长松荫几重。
皎皎灯光让星月，层层火戏幻鱼龙。
时临只为千方惠，乐备非因一昔供。
锡赉海南承祖德，共球万国若朝宗[①]。

① 本年缅甸朝贡。

火戏：放烟火的游艺。

月地云居

月地云居，总称清净地，圆明园四十景之一，居山高水长之北，武陵春色正西，是一处寺庙园林。该景区初名“仙香苑”，雍正八年（1730），改名“乐志山庄”，亦称“乐志山村”，为雍正帝的寝居之一。乾隆即位后，改为供奉乃父神御之所，名“安佑宫”。待该区北部旷地另建祖祠安佑宫后，此地改为佛寺。乾隆九年（1744），在原五楹“大觉真源”殿，悬御书“月地云居”匾。山门三楹，额曰“清净地”。前殿四面各宽五楹，外悬“妙证无声”匾，内额“阿弥陀佛”。后殿为后楼，上下各七间，外悬“莲花法藏”匾。楼东别院为“戒定慧”。月地云居东院为“法源楼”，又东院为“静室”。上述佛寺匾额，皆为乾隆帝御书。乾嘉时期，清净地喇嘛念经办道场十分频繁。乾隆帝园居时，每月初一、十五，及四月初八前后，皆至清净地行礼拈香。乾隆四十五年（1780），六世班禅来京祝寿时，亦承恩暂住法源楼。

乾隆朝

乾隆九年

月地云居 调寄清平乐

琳宫一区，背山临流，松色翠密，与红墙相映。结楞严坛、大悲坛其中。鱼鲸齐喝，风幡交动。才过补特迦山，又入室罗筏城。永明寿所谓宴坐水月道场，大作梦中佛事也。

大千乾闼，指上无真月。觉海沤中头出没，是即那罗延窟。何分西土东天，倩他装点名园。借使瞿昙重现，未肯参伊死禅。

大千：即“大千世界”，指广大无边的世界。

乾闼：指幻化的城郭，即海市蜃楼。

指上无真月：是佛家虚幻的说法。余靖诗：“指月犹为幻，玩云应强名。”

觉海：佛教语，指领悟了佛道所达到的一种境界。

头出没：指达到“觉海”非一蹴而就，而须反复努力。

那罗延窟：即金刚窟，在须弥山南。

瞿昙：旧时因释迦牟尼姓瞿昙，故常以之代称。

乾隆三十四年

静室

诸动本乎静，耽静即动时。
寂寂物尽忘，憧憧朋从思。
静固我所愿，其如酬万几。
应而有不纷，澄而非无为。
哲人方能是，企焉吾将希。

憧憧：往来不绝貌。

乾隆三十五年

静室口号

去不移时来不频，莲幮木座绝涓尘。
金仙无事如如坐，似此真称静室人。

幮：古代一种像橱的长方形帐子。陆游《杂诗》：“老翁高枕葛幮里。”

涓尘：细水与微尘，喻微小的事物。

金仙：指佛。唐 李白《与元丹丘方城寺谈玄作》：“郎悟前后际，始知金仙妙。”此处系乾隆自称。

嘉庆朝

嘉庆二十二年

静室

心静事不淆，枢机蕴一室。
养正勿偏攲，内省涵宥密。
储才佐邦家，用舍戒轻率。
官民果相亲，上下咸安谧。
此愿岂能孚，予衷勉求实。
交泰普大廷，治功渐详悉。

宥密：谓存心仁厚宁静。

交泰：指天地之气和祥，万物通泰。亦指君臣沟通，上下同心。

鸿慈永祜

鸿慈永祜，亦称安佑宫，圆明园四十景之一。位于月地云居正北，为清帝御园祖祠。其建成于乾隆八年，系仿景山寿皇殿之制，为园内规格最高、体量最大的一组建筑。宫门外有牌坊一座，南面额曰“鸿慈永祜”，北面额为“燕翼长诒”。循山口入，西向小院内有“致孚殿”，为清帝祭祖时更衣之所，殿内刊刻乾隆七年御笔雍正帝《圆明园记》和乾隆帝《圆明园后记》。过月河桥往北，有三座牌坊环列，南曰“羹墙忾慕”“云日瞻依”；东曰“勋华式焕”“谟烈重光”；西曰“德配清宁”“功隆作述”。入五楹宫门内，有重檐正殿九楹，即安佑宫，上覆黄色琉璃瓦。宫前月台两侧，对称设有配殿、碑亭、铜鹿、铜鹤、鼎炉等。大殿内初供康雍二帝“圣容”，后相继供奉乾隆、嘉庆、道光三帝画像。中龛供康熙帝，额曰“音容俨在”；左龛供雍正帝，额曰“陟降在兹”；右龛供乾隆帝，额曰“慕申尊养”；左二龛供嘉庆帝，额曰“仁敷九有”；右二龛供道光帝，额曰“道参化育”。龛前皆设有供桌。作为御园祖祠，清帝不仅岁时朔望瞻礼，且凡皇帝幸园、离园之日，本人寿诞及先皇诞辰、忌日等，亦皆恭至此宫，叩拜行礼。

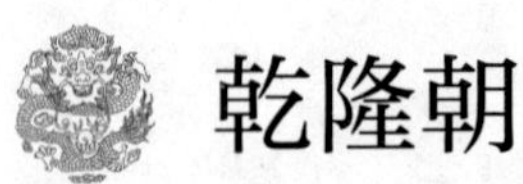

乾隆朝

乾隆九年

鸿慈永祜

苑西北，地最爽垲。爰建殿寝，敬奉皇祖、皇考神御，以申罔极之怀。堂庑崇闳，中唐有侐。朔望展礼，僾忾见闻。周垣乔松偃盖，郁翠干霄，望之起敬起爱。

原庙衣冠古昔沿，天兴神御至今传。
有承秩秩斯为美，对越昭昭俨在天。
春露秋霜兴感切，瞻云就日致孚乾。
式思曩昔含饴泽，敢缺因时献果虔。
实实閟宫龙接宇，深深元寝凤翔筵。
羹墙如见依灵囿，朔望来斋比奉先。
扣器黄金仍两序，泠箫白玉备宫悬。
万年佑启垂谟烈，继序兢兢矢勉旃。

原庙：古帝王祭祀祖先的祠庙。

天兴、神御：二者都是敬奉祖先的古殿名。

閟宫：古称神庙为閟宫。又泛指祠堂。

羹墙：追念前辈，仰慕圣贤。

灵囿：古代帝王苑囿名。对苑囿的美称。

比奉先：顺治时，宫中建奉先殿，每月朔望恭祭。乾隆在此将安佑宫比作奉先殿。

扣器：用金属加固和装饰器物口沿的，称为扣器。

乾隆二十四年

清明日拜谒安佑宫

昨岁寿皇思莫穷，今年寒食御园中。
亲支率领谒安佑，驹影推迁信幻空。
已觉烟含隄柳绿，谁怜风妒坞桃红。
东西瞻眺二陵邈，不隔精诚一念通。

寿皇：即景山寿皇殿，为明清两代帝王停灵、存放遗像和祭祖之所。乾隆二十三年清明节，帝诣寿皇殿行礼。

东西：指清东陵、清西陵。

乾隆二十五年

清明日安佑宫行礼

东陵回待谒西陵，冷节偏逢感不胜。
神御拜瞻思色笑，宗藩陪叩视尝烝[①]。
冷淘槐叶诗传好，春雨杏花绘比能。
敢向园亭酬景物，对时惟是凛绳承。

① 近支诸王及皇子等并随行礼。

冷节：即寒食节，在清明前一二日。

冷淘槐叶：即槐叶冷淘。唐代一种夏天消暑的凉食，“以槐叶汁和面为之”。

乾隆四十二年

安佑宫瞻礼　有序

圣母升遐，皇祖、皇考前应有告哀之礼。第廿九日，奉移皇妣梓宫，不能复至寿皇殿展谒。圆明园之安佑宫，亦皇祖、皇考神御所在，与寿皇殿无异。谨于二月朔，易素服，恭诣申告，至情所感。哀痛无文，敬述一篇，以摅悲绪。

匍匐瞻神御，告哀徒抢呼。
怙无犹赖恃，双痛孰怜孤。
尊养皆虚矣，遭逢有是乎。
毁称不灭性，勤政敢疏吾。

怙恃：父母的代称，“无父何怙，无母何恃”。

乾隆五十五年

恭遇皇考忌辰，安佑宫行礼有作

历年秋狝木兰，此日率于行宫南望展拜。今年园居得于安佑宫行礼，即境回思，益深悲怆。

园居恰值忌辰日，追忆呼天即地临。
五十五番遗诏读，倏如一瞬迅光阴。

嘉庆朝

嘉庆六年

孟夏四日，诣圆明园安佑宫皇考圣容前拈香行礼敬纪

清明拜叩卅余年，怆睹慈容西室悬[①]。
永佑[②]寿皇[③]典仍旧[④]，祖功宗德考承先。
三朝遗泽悲弓剑，九叩微忱谒几筵。
物阜民安祈赐佑，敬承大业凛仔肩。

① 安佑宫，向曾供奉圣祖仁皇帝、世宗宪皇帝圣容。每遇清明节，恭随皇考行礼，岁以为常。今已度二十七月，敬奉皇考圣容，悬于西室展拜，实深悲慕。

② 寺。

③ 殿。

④ 城内寿皇殿，及避暑山庄永佑寺后楼，皆恭奉皇考圣容于西室。

弓剑：传说黄帝葬桥山，山崩棺空，仅存剑、鞋。后以“弓剑”为对已逝帝王的哀思。

几筵：犹几席，出自《周礼 · 春官》。乃祭祀的席位，后亦因称灵座。

嘉庆八年

清明日，敬诣安佑宫行礼感述

珠邱泣拜方旬日，又届清明慕益萦。
原庙升香抒素悃，宝城敷土命儿行[①]。

禁烟序感时何速，濡露心哀岁屡更。

寸草春晖难仰报，勉酬付托竭真诚。

① 命皇次子绵宁恭诣裕陵，代行敷土礼。

珠邱：喻清代皇陵所在之地。

嘉庆十九年

清明日安佑宫瞻礼泣述

鼎成十六年，孺慕与岁积。

春露复秋霜，亲谒珠邱地。

去秋至蓟西，忽逢大变异。

宗庙关系深，定乱亟旋跸。

挥涕望裕陵，抒虔伸痛思。

我考怜儿愚，内外昭荫庇[①]。

三月贼全除，民安靖戎事。

欲展谢恩仪，又恐劳车骑。

庶姓力役繁，比户多憔悴。

仰体爱民心，竭诚勉抚字。

清明瞻圣容，九叩霑双泪。

魂梦恋云山，述哀五言记[②]。

① 去岁，展谒西陵，未至裕陵。原定于木兰旋跸时，敬诣珠邱，泣申孺慕。不意九月中，回至蓟西，突有大逆肆扰禁城之事。时距桥山，仅隔两程，然往返稍濡时日。京师为宗社重地，定乱靖民，势不容缓。不得已，遥向东北虔叩，默展悲忱。即日回銮，于十九日抵京。维时逆首业经就缚，宫禁贼党搜捕肃清，人心大定。京南齐、豫勾结匪徒，先经命将前往，以次剿平。其大股屯据滑县，至腊月内，全数

扫除。此皆皇考牖启藐躬，不啻隐垂指示，用能迅除妖孽，内外均安也。

② 自邪匪底定之后，复有陕省莠民，乘机窃发。幸滑县先已克平，命疆臣宿将，即移胜兵搜缉。至本年二月内，一律荡涤，不遗余孽，戎事得以全蒇。每岁清明前后，率皆亲诣松楸，以纾霜露之感。兹更仰承鸿佑，尤应虔叩恩慈。惟是上年师出畿南，未免有妨民事，若再因銮辂经行，重烦力役，转非皇考仁爱斯民之意。爰即敬诣安佑宫，肃诚瞻礼，稍伸哀愫。云山在望，心与俱驰矣。

鼎成：即“鼎成龙去”，指帝王去世。

孺慕：原是子女哭悼追思死去的父母，后指对父母的孝敬。

春露秋霜：表示对祖先的追念。

八月十三日，安佑宫行礼感述

拜瞻神御仰秋空，御苑山庄典礼同。
永念沐恩勉政治，偶停行狝待禽充。
云笼弓剑椎心慕，霜点松楸和泪融。
即日珠邱亲谢佑，泣陈惭感竭悲衷。

松楸：松树和楸树，古时墓地上多植松、楸，因以代称墓地。

道光朝

道光三年

安佑宫瞻礼敬纪

璇宫展拜仰精严，怆睹音容一室添。
亿祀仁慈衷敬感，四朝德泽化同霑[①]。

君临悚惕殚心述，孺慕悲辛拭目瞻[2]。
古柏苍松延岁月，暄和旭影映雕檐。

① 安佑宫者，列圣之神御在焉。予小子嗣位后，恭奉皇考圣容位于斯宫。新正莅园，即日展拜，不胜瞻依之感。

② 忆昔承欢膝下，今则缅仰遗容，趋庭之训不闻，孺慕之心倍切。

璇宫：玉饰的宫室。多指王宫。

清明日，安佑宫瞻礼敬述

寿皇安佑礼攸同，展敬凌晨叩法宫。
春露萦怀申永慕，湛恩承命惕微衷。
香升宝鼎祥烟袅，树荫瑶阶细雨笼。
对越在天增怆感，虔祈渥泽协时丰。

法宫：宫室的正殿，古代帝王处理政事之处。

七月二十五日，皇考忌辰，敬诣安佑宫瞻礼述哀

抚时感遇怆逢秋，此日逢秋倍助愁。
无复承颜随辇辂，空余隐恸望松楸[1]。
终身顾复心常慕，三载推迁岁若流。
九拜瞻依恩罔极，兢兢大命凛难酬[2]。

① 忆自庚辰七月十八日，随扈皇考圣驾自京启跸，幸避暑山庄。岁序三周，音容如昨，而攀号莫及，霜露增悲。兹敬遣皇长子奕纬虔诣昌陵代祭，予则瞻依神御，遥望桥山，倍深隐痛矣。

② 嘉庆四年四月十日，皇考已将子臣名书置秘函，豫定储位。圣志先定，笃祜优加，予小子寅承宝命，神器重大，将何以上酬在天之恩。夙夜抚躬，曷胜兢惕。

辇辂：皇帝的车舆。亦借指皇帝。

皇考诞辰，敬诣安佑宫瞻礼述哀

孟冬同此御园中，昔日称觞事已空。
九拜只余香篆鼎，四时惟仰御悬宫。
飘萧落叶偏增感，凛冽寒霜暗怆衷。
廿五年来宵旰治，深仁薄海沐无穷。

篆鼎：有篆书铭文的鼎。
廿五年：指嘉庆帝在位廿五年。

道光四年

七月二十五日，皇考忌辰，敬诣安佑宫瞻礼泣述

拉瑟西风报早秋，秋逢此日不胜忧。
终身恋慕恩无极，九拜瞻依泪暗流。
敕政官箴钦大法，惠民遗泽仰皇猷。
忽焉四载违慈训，岁月匆匆倍引愁。

拉瑟：象声词，形容风声。

皇考诞辰，敬诣安佑宫瞻礼述哀，叠癸未韵

怆忆音容梦寐中，赓飏拜舞尽成空。
据鞍扈跸情如昨，彩服升香事异宫。
大宝凛承钦考泽，小阳初届恸予衷。
瞻依暗堕思亲泪，罔极慈恩慕岂穷。

据鞍：跨着马鞍。
彩服：犹彩衣以娱亲，指孝养父母。

道光五年

七月二十五日，皇考忌辰，敬诣安佑宫瞻礼述哀

违侍慈颜五度秋，逢时不禁泪交流。
兢兢莅政遵彝训，亹亹持躬凛大猷。
九拜恩仁虞有负，一心哀慕痛难酬。
孤身悽怆悲常结，冷露寒蛩更助愁。

亹亹：形容勤勉不倦的样子。
寒蛩：深秋的蟋蟀。唐 韦应物《拟古诗》之六："寒蛩悲洞房，好鸟无遗音。"

道光九年

七月二十五日，皇考忌辰，敬诣安佑宫行礼哀述

追慕惟廑霜露侵，呜呼十载感逢今。
瞻依怆睹慈容在，叩拜空悲閟殿深。
廿五年中勤庶政，七旬天上恸儿心。
称觞舞彩成虚语，回忆山庄涕满襟[①]。

① 嘉庆己卯，皇考六旬庆节，予小子称觞舞彩，与天下臣民同声抃颂。彼时方冀圣寿无疆，京垓递衍，则今岁己丑正值七旬大庆，普天欢祝，更当何如。乃周甲逾年，龙颜莫睹，回忆山庄受命十载，于兹追慕音容，不禁感涕之交集也。

閟：幽静。

咸丰朝

咸丰六年

皇考忌辰，安佑宫行礼述哀

九叩惟余涕泗流，音容暌隔六春秋。
地犹斯地亲言在，时感今时往事悠。
莫报厚恩一身慕，难名大德万方留。
每逢孟月增沉痛，绍衣钦哉懔建猷。

孟月：此指孟春一月。因道光皇帝卒于道光三十年正月十四日。

安佑宫碑文

序昭穆以祀其先，祖有功而宗有德。建报本之义为万古之经者，宗庙之制，三代以上即有之。继人之志，述人之事者，所当谨也。设裳衣以如其生，朔有酌而望有献，尽事亲之礼，抒不匮之思者。

原庙之制，西汉以来始有之。继人之志，述人之事者，弗敢废也。后世神御殿，亦犹汉原庙之义耶。然汉之原庙，不过月出衣冠一游耳。至宋之时，乃有神御之名，盖奉安列朝御容所也。上元结灯楼，寒食设秋千，其视汉为已备矣。而崇建遍郡国，奉祀或禅院，识者多议其非礼焉。

我皇祖圣祖仁皇帝在位六十余年，恩泽旁覃，僻邑穷谷，圆顶方趾之众，饮其德而不知。子孙臣庶，躬被教育者，宜其讴歌慨慕而无已。思也，是以雍正元年，我皇考世宗宪皇帝谨就大内寿皇殿奉安御容，朔望瞻礼，牲新时荐。而于皇祖所幸畅春园，亦陈荐如礼，非轻为此创举也。我皇祖有非常之泽及天下，是以皇考合天下之情，亦以非常之礼报之。有汉、宋备物、备礼之诚，而无宋代遍及郡国，祀繁致亵之讥也。

予小子嬛嬛在疚，顾諟皇考之陟降敕明，旦凛绍庭，良法美政布在方册者，谨守而弗敢失。既就寿皇殿东室，虔奉皇考御容以配皇祖。念兹圆明园，我皇考向日游观在囿在沼之地也，其何忍恝视？爰择爽垲之地，具殿庑之规为室九，敬奉皇祖御容于中，奉皇考配东一室。匪惟予小子罔极之思、羹墙之慕，藉以稍抒。亦欲使后世子孙，凛觐扬之志，勤堂构之基，所谓礼以义起，有其举之，莫敢废也。鸠工于乾隆庚申，而蒇事于癸亥。所司以碑文请，乃序其事如左，而系之以诗：

懿兹苑囿，皇考所作。土阶茅茨，遵尧之约。
匪夸丹雘，有窅溪壑。匪沸管弦，有唳云鹤。
讵美之求，惟圣所乐。我龙受之，中心惕若。
宅是广居，九有是度。祖武斯绳，宏规敢略。
爰相其地，载斟载酌。爰创其模，载经载落。
庙貌岩岩，堂皇绰绰。有闲旅楹，有梴松桷。
周之以郛，其郛岳岳。环之以池，其池瀌瀌。
其水何有，鸢飞鱼跃。其宇何有，网轩珠箔。
神御孔安，心乎莫莫。来觐来斋，曰望曰朔。
于万斯年，予诚永托。

汇芳书院

汇芳书院，圆明园四十景之一。居安佑宫东侧，建于乾隆七年（1742），为一书院式风景园。宫门五楹，外悬“汇芳书院”匾。宫门内前殿，为五楹接抱厦三间，名“抒藻轩”。后殿亦为五楹，名“涵远斋”，殿内联曰：“宝案凝香，图书陈道法；仙台丽景，晴雨验耕桑。”殿前西垣内为“翠照轩”，东垣内为“倬云楼”，又东为月牙形九间“眉月轩”。倬云楼东南有“随安室”，有“挹秀亭”，有六方“延赏亭”，又东为“问津”。逾溪桥数武可见石坊，为仿西湖“断桥残雪”。眉月轩北还有四方亭，名曰“秀云”。以上匾联，均为乾隆帝御书。

乾隆朝

乾隆八年

问津

昔有刘子骥，慨然思问津。
太守胡为者，澄渊欲淆尘。
俗远莸作兰，心营桂是榛。
退之乃达士，亦谓神仙人。
不独桃源然，东坡慧眼真。
实有钞锣溪，孰不撰良辰。

刘子骥：名骥之，字子骥，南阳郡安众县人。曾寻找过桃花源。陶渊明《桃花源记》载："南阳刘子骥，高尚士也，闻之，欣然规往。未果，寻病终。后遂无问津者。"

莸：一种臭草。

钞锣溪：传说桃花源附近的溪流名。

乾隆九年

汇芳书院

阶除闲敞，草卉丛秀。东偏学月牙形，构小斋数椽。旁列虚亭，奇石负土争出，穴洞谽谺，翠蔓蒙络，可攀扪而上。问津石室，何必灵鹫峰前？

书院新开号汇芳，不因叶错与华裳。

菁莪棫朴育贤意，佐我休明被万方。

叶错：错，交错。形容树叶交相错落。

华裳：华，花；裳，裳裳，鲜明的样子。形容花的美丽。

菁莪：菁菁，草木茂盛；莪，萝蒿。比喻培养人才。

棫朴：《诗经》篇名，内容为歌颂周文王乐育贤才、善于用人。

休明：美好清明，用以赞美明君或盛世。

乾隆二十五年

戏题抒藻轩

天工绘事锦春罗，江砚宣毫供玩哦。

子美集中翻小样，赋诗又道不须多。

江砚宣毫：挥毫泼墨，写字作画。江砚，东北松花石所制的砚台。宣毫，指安徽宣城所产的毛笔。

子美：唐代诗人杜甫，字子美。

乾隆二十六年

抒藻轩

荟芳书院里书室，餍饫优游皆合宜。

水态山容伴静憩，礼园义圃引清思。

即看韶景成章处，可识天工抒藻时。

绨几闲吟那更藉，象陈无妄是吾师。

餍饫：原意指食遍众多美味佳肴。此处指博览群书。

绨几：铺上绨锦的几案。古为天子专用。

眉月轩

临水疏轩曲若眉，人犹未当月犹之。

那更法善资神术，即看当前七宝池。

七宝池：佛教语，西方净土中由七宝构成的莲花池，往生净土的人在该池莲花中化生。

乾隆二十八年

断桥残雪

在昔桥头密雪铺，举头见额忆西湖。

春巡几度曾来往，乃识西湖此不殊。

乾隆三十八年

涵远斋

开窗足纳虚，因以名涵远。

虽云景无穷，然弗出一苑。

寰区里难计，总廑方寸宛。

吏治与民生，奚莫非应管。

其远为若何，其艰惟自忖。

寰区：天下，人世间。

宛：小。《诗·小雅·小宛》："宛彼鸣鸠，翰飞戾天。"

随安室

题额何须屡易新[①]，两言咀嚼意诚亲。

旧名寓以随所遇，今志廑斯安在民。

惟帝其难敢弗慎，知依乃逸体应仁。

室如刮目云相待，却自惭为犹昔人。

① 昔在青宫时，尝以随安颜室。御极后，凡宫内及御园、避暑山庄书室，率循其名。

乾隆三十九年

戏题汇芳书院

一年未必两三过，半为少闲半景多。

汇得春芳待谁赏，徒来夏首引予哦。

役心谋目免则孰，厌旧喜新嘲任他。

壁上题将阅廿载，笑兹把笔复为何。

役心谋目：为心所役使，为目所营求。

抒藻轩

文轩书院里，松植已成鳞。
潇洒尘氛远，精良笔砚陈。
窗曦原似故，砌卉又从新。
擘纸将抒藻，澹华期返淳。

涵远斋

斋自构轩后，而却名涵远。
岂不栋宇遮，不遮亦自宛。
指固蔽泰山，兴可飞阆苑。
以此有弗怡，捷音盼早晚。

宛：凹入，低洼。《诗·陈风·宛丘》，毛传："四方高中央下曰宛丘。"
阆苑：泛指神仙居住的地方。

倬云楼口号

总在一区书院中，安名立字各无同。
倬云若问即景句，幸释宣忧赖化工。

化工：自然的造化者。

乾隆五十一年

题涵远斋

斋近御湖遥，湖光漾数顷。
因以涵远名，涵远意堪省。
虽云有波澜，其渊本至静。
一心应万物，可能于是等。
更以忆南方，春雨霑诚幸。
继此可时若，冀解吾民眚。
心与波同远，所涵异殊迥。

眚：灾难，疾苦。

乾隆五十四年

涵远斋有会

冰虽水所凝，其用亦颇殊。
冰可践而行，问水其能乎。
然以言涵远，固知冰弗如。
溪斋一顾名，即景时尚需。
絜矩用人材，善任实殷予。

乾隆五十五年

抒藻轩志愧

既以识六义，抒藻谁能无。
然而难言之，讵在雕虫乎。
修辞立其诚，方为君子儒。
至于临政治，尤在戒欢娱。
华藻或邻斯，投好将承趋。
羲经有明训，吉人辞寡夫。
四集三万章，是诚应愧吾。

六义：《诗经》谓诗有六义，即风、雅、颂、赋、比、兴。
君子儒：与“小人儒”相对。即有道德觉悟、道德修养的儒。
吉人：善良、贤明的人。

乾隆五十六年

题眉月轩

临湖有文轩，强半圆而椭。
思何称可方，眉月名以我。
过望更移东，恰似见于左。
天光冰影间，同异言胥琐。
是谓三即一，无可无不可。

乾隆五十八年

倬云楼寄意

齐云王氏记曾提[①]，是倬无心用拟题[②]。
历久已忘如忽耳，即今偶见乃夔兮。
白诗晚寄潇而洒，周雅早同咨与赍。
此际初春胥异彼，聊因七字寓闲跻。

① 齐云楼，见王禹偁《黄冈竹楼记》。楼在苏州府，丁丑南巡，杂咏吴下古迹，曾有诗。

② 御园中诸题，率皆用内廷翰林所拟。

赍：拿东西送给别人。

翠照轩口号

翠未铺林谁作照，高轩今日似孤名。
却看阶下乔松在，岂不苍然独老成。

乾隆五十九年

涵远斋

溪斋临平湖，向已名涵远。
其意托于水，漪澜未呈眼。
然而每来兹，所会非一撰。
抚邦之宁否，绥农之水旱。

敕几之敬肆，出治之长短。
含以方寸间，夙夜惕款款。
敢云斯小康，惟恐致大舛。
那能似清波，澹然无多辨。

小康：儒家所说的一种比“大同”较低级的社会。
大舛：舛，不顺利、不幸；错误。

乾隆六十年

抒藻轩

今岁春迟候亦迟[1]，负冰鱼陟始流澌。
绿蒲白芷看全未，待藻抒犹两共之。

① 上元日始立春。

负冰：水底鱼虫游近冰面，以示天气回暖，百虫解蛰。

嘉庆朝

嘉庆元年

汇芳书院

廿四番风应候飏，东皇布令汇群芳。
桃源洞口霞迷影，金谷园中雨浥香。

种植总蒙恩浩荡，栽培都感泽汪洋。
托根福地诚仙卉，若木齐辉岁月长。

东皇：指司春之神。

金谷：泛指园林。

问津

观水须探本，寻源必问津。
平湖涵暖旭，仙镜庆长春。
洞口苔痕叠，溪湄浪影皴。
停舟穿石径，欲访武陵人。

皴：皮肤起皱褶。此处形容水的波纹。

武陵人：指避世或隐居的人。

汇芳书院

门临碧沼启书堂，座近南窗爱景光。
时届深秋怀晚谷，田收多稼有余粮。
观文识欲超千古，抚众心期惠四方。
治理勤求增敬畏，所欣廊庙汇群芳。

廊庙：此指朝廷。

群芳：指众多贤才。

嘉庆二年

问津

绯桃千百树，夹岸太纷繁。
破萼风前漾，飘英雨后翻。
艳同金谷墅，境异武陵源。
海上有仙阙，问津意别存。

仙阙：仙宫。

汇芳书院

书城艺圃汇群芳，文苑英华典籍详。
晤对阶前遍松竹，坐披几右富缣缃。
溯寻往迹嘉猷蕴，探讨高踪奥义藏。
日暖室晖宜握管，窗南砚北散芸香。

嘉猷：治国的大政良方。
奥义：深奥的义理。

问津口占

一带长堤接水滨，绯桃夹岸忆芳春。
渔舟缥缈仙寰隔，更有何人再问津。

嘉庆三年

问津处口号【乾】

四十年前问津处，知还出岫寓心书[①]。

长春园建斯无用，日引月长过在予。

① 乾隆二十一年，予书陶渊明《归去来辞》内“云无心以出岫，鸟倦飞而知还”一联于此。

假山上三间朴屋，额以问津，乃皇考御书也。其联用归去来辞语，则予有意所题。下小岭有汇芳书院在内，盖其时即有归政来居于此之意。因循四十余年，其间复建长春园于圆明园之东。兹偶过此，因思予二十五岁登极，至乾隆二十一年，书此联时已四十六岁矣，而望六十年则寿当八十五岁，在可必不可必之间。今蒙上天垂佑，竟符初愿，传位子皇帝，予仍日勤训政，康健如常，实千古仅有之事。回忆书联时岁月堂堂，旧题如昨，爰笑而识之。

问津

圣代应无辟世人，渔舟漫问武陵津。

渊明隐喻自肥遁，秦国未闻有逸民。

肥遁：隐居避世而自得其乐。

山桃灼灼发华姿，夹岸绯英映绿漪。

缓放轻舟溯前浦，百花深处再寻诗。

汇芳书院

右文钦圣治，四库汇群芳。

津溯奎光焕，渊源学海洋。

津溯：指避暑山庄的文津阁和盛京宫内的文溯阁。

渊源：指北京紫禁城文渊阁和圆明园内的文源阁。

三辰同炳耀，二酉漫收藏。
化洽要荒外，西陲遍设庠。

三辰：指日、月、星辰。

二酉：指大酉、小酉二山，在今湖南省沅陵县西北，以二酉代指丰富的藏书。

庠：古代的学校。

问津

漫访桃源避世人，偶来寻景问芳津。
溯洄濠濮知鱼乐，俯察仰观趣味真。

嘉庆九年

汇芳书院

心存希圣体缉缃，文苑英华汇众芳。
莅政明通千里应，养源宥密寸田藏。
法言敬守百王训，大本全该四子章。
一念至诚斯不息，久征悠远自无疆。

希圣：效法圣人、仰慕圣人。

四子：说法不一。一般指古代道家代表人物老子、庄子、文子、列子。

嘉庆十五年

汇芳书院

四库精华汇缥缃，搜罗册府聚群芳。
达观世路云烟幻，渐识书城理义长。
为学务窥真奥窔，立身须写大文章。
孜孜不倦勤探讨，悦怿藏修儆怠荒。

奥窔：指奥妙精微之处。

悦怿：欢乐，愉快。

藏修：藏，谓心常怀学业也；修，谓修习不能废也。喻指专心学习。

嘉庆十九年

抒藻轩

六经奥义汇群芳，抒藻辉腾东壁光。
图治临民必有本，研磨取益在缣缃。

东壁光：源自“东壁图书”，指皇宫藏书。东壁光同“东壁明”，比喻文治兴盛。

髫岁从师味古书，就将勤学度居诸。
典谟训诰资为政，念昔先言日勉予。

典谟训诰：《尚书》中有《尧典》《大禹谟》《伊训》《汤诰》等篇目，后指古代先圣的训诫。亦泛指经典之文。

嘉庆二十一年

涵远斋

勤民莅政义时探，一室枢机千里涵。
近取诸身以及远，屏除物欲去言甘。

如日当空普照临，万方庶姓育予心。
感承岁稔河安轨，益励旰宵诚敬忱。

嘉庆二十二年

涵远斋有会

临轩三接慎言谈，帷幄枢机远地涵。
议论盈庭在简择，勿憎戆直悦和甘。

帷幄：指天子决策之处或将帅的幕府、军帐。
枢机：指朝廷的重要职位或机构。
戆：刚直。

远方政治求诸近，易俗安民在授官。
虚己求贤佐不逮，知人则哲凛其难。

嘉庆二十三年

抒藻轩

春阳敷庶汇，抒藻满园林。
半萼桃红绽，三眠柳绿深。
微茫莎接岸，潋滟水连岑。
韶序盈郊甸，农功念切忱。

三眠柳：指柽柳（即人柳）的柔弱枝条在风中时时伏倒，故柽柳又称三眠柳。

涵远斋

治民奥旨六经涵，敷教公明凛奉三。
近悦远来在德化，返求诸己自心探。

六经：《诗》《书》《礼》《乐》《易》《春秋》，六部儒家经典的合称。

四极舆图荒服遥，远人安静近漓浇。
愧予德薄难成治，吏玩民顽俗敝凋。

四极：四方极远之地，四方极远之国。
漓浇：风气浮薄。

汇芳书院

图治心希古帝王，研磨册府汇群芳。
枕经胙史时探讨，鉴古证今静度量。

勤政爱民真道学，吟风咏月假文章。
以诚御下化邪僻，曷敢妄为守典常。

枕经葄史：葄，垫。枕着经典，垫着史书。形容专心读书。

嘉庆二十四年

涵远斋

人情物理寸衷涵，抚字殷心政治覃。
勉致中和期位育，典谟奥义静寻探。

位育：源自《中庸》“天地位焉，万物育焉”，寓含生长创造之意。

九重负扆极尊严，敬尔威仪众仰瞻。
养正祛邪近及远，渐仁摩义乐安恬。

负扆：背靠屏风。指帝王临朝听政。

汇芳书院

三春生物汇群芳，廿四番风溥艳阳。
初拓桃红间李白，后标魏紫复姚黄。
纷敷庭院罗诸品，点染园林布众香。
正届农家始耕候，待霏甘泽润田场。

桃红、李白：桃花红，李花白，形容宜人春色。
魏紫、姚黄：原指宋代洛阳两种名贵的牡丹品种，后泛指名贵的花卉。

道光朝

道光三年

汇芳书院

为爱园中夏景宜，南薰习习透纱帷。
书斋水绕清如许，林幄窗含翠可知。
风静新蝉鸣尚涩，竹深幽鸟韵偏迟。
西峰亟望云光合，溥济甘霖应候施。

南薰：和缓的南风。

日天琳宇

日天琳宇，圆明园四十景之一，俗称佛楼。居汇芳书院之南，建于雍正年间，系仿雍和宫后佛楼式。乾隆中叶以后曾有改建，有中前楼、中后楼，西前楼、西后楼，上下均各七楹。西前楼下正殿内额“日天琳宇”，亦即本景总称。楼上奉玉皇大帝，外悬雍正帝御笔“一天喜色”匾，内挂“总持元化”匾。联曰：“地载无私宏橐钥；乾元资始肇纲维。”为乾隆帝御书。楼前稍西为转角楼，名“太岁坛”。中前楼上奉关帝，外悬雍正帝御书“极乐世界”匾。内额曰：“赫声濯灵”，联曰：“千载丹心扶大义；两间正气护皇图”，为乾隆帝御书。凡楼宇上下皆供佛像及诸神位。中前楼之南有重檐八方灯亭，楼之东垣内另有八方亭，名“楞严坛”，坛北为“佛楼七堂”。又东别院为“瑞应宫”，院前殿曰“仁应殿”，中殿曰“和感殿”，后殿曰“晏安殿”，内额曰“用佐为霖”，皆雍正帝御书。因瑞应宫诸殿所祀皆龙神，故俗称“龙王庙”。该佛楼在雍正、乾隆、嘉庆时期，道场佛事甚盛，清帝亦频频至此叩拜。道光十九年（1839），奉旨幼僧道童撤出，首领太监充僧人上殿念经等事，亦一并裁撤。

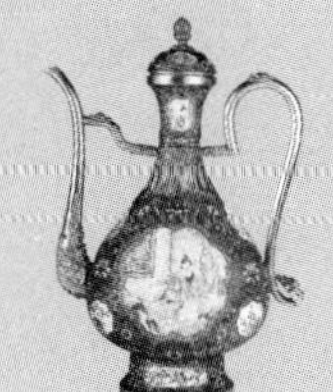

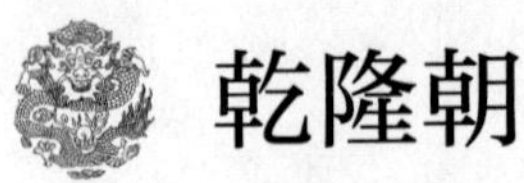

乾隆朝

乾隆九年

日天琳宇

紫微丹地，中立一化城。截断红尘，觉同此山光水色，一时尽演圆音矣。修修释子，渺渺禅栖。踏著门庭，即此是普贤愿海。

天外标化城，不许红尘杂。
云台宝网中，时有钟鱼答。

化城：一时幻化的城郭。佛教用以比喻小乘境界。

云台宝网：佛教神话的空中台阁。

钟鱼：指钟鼓与木鱼之声。

澹泊宁静

澹泊宁静，俗称田字房，圆明园四十景之一。位于后湖正北，稻田弥望，绿水周环，中有田字式大殿，是园中重要的游憩寝宫之一。该景区建于雍正五年（1727），殿凡四门，其东、北面皆有楼，北楼正宇为“澹泊宁静”，东为“曙光楼”，南为“亦复佳”，西为“得山水趣”，“麦雨稻风”为北廊后额。殿之东门外有“翠扶楼”，楼之南北皆临稻田，东侧山外河池中植有荷花。上述匾额皆乾隆帝御书。

乾隆朝

乾隆九年

澹泊宁静

仿田字为房，密室周遮，尘氛不到。其外槐阴花蔓，延青缀紫，风水沦涟。蒹葭苍瑟，澹泊相遭，洵矣，视之既静，其听始远。

青山本来宁静体，绿水如斯澹泊容。
境有会心皆可乐，武侯妙语时相逢。
千秋之下对纶羽，溪烟岚雾方重重。

澹泊：清静寡欲，不追求名利。诸葛亮《诫子书》："非澹泊无以明志，非宁静无以致远。"

武侯：三国蜀刘禅继位后，诸葛亮被封为"武乡侯"，死后谥号"忠武侯"，后人故称之。

乾隆二十四年

翠扶楼

翠蔚傑沚閪砢间，红楼高出俯前山。
底须游目役神思，静领几余片刻闲。

傑池：形容参差。

閜砢：形容树木高大的样子。

底须：何必、何须。

乾隆五十五年

翠扶楼

草木方萌芽，翠意斯犹远。
小楼似孤名，而实无所损。
去者纵已过，来者正其宛。
现在亦弗住，试看光阴衮。
底须循目前，害不观厥本。

衮：此为衮衮的省略。原形容帝王衮服上绣的神龙卷曲的样子，引申为连续不断的样子。如杜甫《登高》诗："无边落木萧萧下，不尽长江衮衮来。"

嘉庆朝

嘉庆九年

澹泊宁静

澹泊以明志，宁静以致远。
武侯妙立言，后世为政本。

责己养寸田，持躬勤自返。
受益惟集虚，骄矜满招损。
鉴临理兆民，王化起宫壶。
不为天下先，慈俭勉素悃[①]。

① 我有三宝，宝而持之：一曰慈；二曰俭；三曰不敢为天下先。此老氏之言也。后世惟诸葛亮“澹泊以明志，宁静以致远”二语有合此旨。盖澹泊即慈俭之本，而宁静即不敢为天下先之意。为政之道，集虚受益，鉴临兆民，实不外乎此。此予之所游目题楣，而深有契于素悃也。

素悃：素，本色、质朴。悃，诚恳、诚挚。

嘉庆十二年

澹泊宁静

奎文揭四字，治法尽兼该。
处静群才集，求宁庶事恢。
圣功贻万古，心镜耀三台。
小子承基业，守成日凛哉。

奎文：古人以奎星主文章，奎文即帝王文章书画之美称。

圣功：至高无上的功业德行，后多用为称颂皇帝的套语。

心镜：佛教语，谓清净之心如明镜。

三台：古代天子有灵台、时台、囿台，合称三台。汉 许慎《五经异义》载：“灵台以观天文，时台以观四时施化，囿台以观鸟兽鱼鳖。”

映水兰香

映水兰香，圆明园四十景之一，居澹泊宁静之西。该区始建于雍正年间，乾隆中叶曾有较大改建，为一邵农观稼的主题园。园中七楹正殿为“多稼轩”，其东临稻畦者前为敞榭“观稼轩”，后为“怡情悦目”，轩北为“稻香亭”，又东稍北为“溪山不尽”，为“兰溪隐玉”，诸额皆雍正帝书。多稼轩西池南有“水晶域”，东有“寸碧亭”，域西有“静香屋”，向北隔山则是“互妙楼”，楼西南为“引胜轩”，轩南山石上，有一三角小亭，名曰“招鹤磴”。多稼轩正殿有联曰：“风袅炉烟移昼漏 ；月临书幌正宵衣。”又联曰：“厥惟艰哉，载芟载柞筹穑事；亦既勤止，曰旸曰雨验农时。”额联均为乾隆帝御书。乾隆曾命名“多稼轩十景”，即多稼轩、寸碧亭、水晶域、静香屋、观稼轩、招鹤磴、互妙楼、印月池、钓鱼矶和濯鳞沼，并屡屡吟咏之。又元代程棨摹绘的南宋楼璹《耕织图》真迹，其时亦收藏在多稼轩内。

雍正朝

多稼轩劝农诗

夜来新雨过，畿甸绿平铺。
克尽农桑力，方无饥冻虞。
蚕筐携织妇，麦饭饱田夫。
坐对春光晚，催耕听鸟呼。

乾隆朝

乾隆九年

映水兰香

在澹泊宁静少西，屋傍松竹交阴，翛然远俗。前有水田数棱，纵横绿荫之外，适凉风乍来，稻香徐引，八百鼻功德，兹为第一。

园居岂为事游观，早晚农功倚槛看。
数顷黄云黍雨润，千畦绿水稻风寒。
心田喜色良胜玉，鼻观真香不数兰。

日在豳风图画里，敢忘周颂命田官。

鼻观：五观之一，此指嗅觉。

周颂：古代《诗经》篇章之总名。此借指西周。

田官：即农官，掌农事、粮税等。

乾隆二十四年

多稼轩十景诗　有序

一天好雨恰送，黄梅九夏新凉，初延绿虆，岂羡北窗笑傲。溯兹轩之得名，言占南亩菑畬，思惟稼以为宝。时也高高下下，各选胜以成区；色色形形，咸对时而有作。虚亭致爽，净域祛炎。屋留五架之储，琴书有托；磴引三盘之趣，风月为邻。岭畔楼高，界画晨光乍霁；洲中矶小，拍浮晚涨还添。池沼并宜诗，述者敢忘文囿；禽鱼纷可绘，卑之讵拟华林。题拈连类十章，律取分裁五字。要以指归斯在，聊随喜雨命篇；矧夫景仰长存，如藉嘉禾纪岁云尔。

多稼轩

朴室数楹，面势庨豁，东牖临水田，座席间与农父老较晴量雨。颜曰“多稼”，皇考御笔也。

径入翠云曲，窗含老屋深。

数畦水田趣，一脉戚农心。

庭竹张真画，阶泉滴暗琴。

当檐悬圣藻，每至起予钦。

寸碧亭

出多稼轩，假山嶙峋巀嶭，尺寸千里，盘石磴而上，缚竹为亭，名曰寸碧。

攒蹙翠琼表，翼然亭子凉。

骋观延绿墅，胜概学黄冈。
松架炎偏爽，花棚静益香。
每来期默识，不必展缣缃。

巀嶭：高峻貌。
攒蹙：紧密聚集，簇拥。
胜概：胜致，胜地之气概。

水精域

石溪方可半亩，朗榭临之，飞泉淙淙有声。杜甫诗云：心在水精域，信能传神。

络石萦林邈，飞湍云锦淙。
岚扉沿得得，花雨落重重。
可迟平桥步，恰闻远寺钟。
只疑幽绝处，仿佛赞公逢。

得得：犹答答，作词或词组的后缀。
赞公：唐代僧人，曾与杜甫等交游。

静香屋

水精域之西，一室萧然，柳宗元所谓视之既静者，于斯屋有会心焉。

洞房含窈窕，芸席足清嘉。
书史道腴味，林泉静致赊。
迎风听竹籁，过雨展蕉芽。
鼻观独深永，名言未可加。

观稼轩

憩于室，窗为宜；登于磴，台为宜。此轩在台上，不施户牖，故观稼恒于此。

敞榭崇基表，鳞塍俯水田。

锄云将笠雨，箱万复仓千。

要以知艰设，宁因缀景传。

璇题标两字，家法训祈年。

璇题：玉饰的椽头。此借指匾额。

祈年：指祈祷丰年。

钓鱼矶

回廊接小亭，独出水中，时弄竿线，不在得鱼否耳。

阶下水潺湲，春鲦出水闲。

纶竿偶可试，网罟定须删。

潜跃渊将渚，噞喁往复还。

当年寓渭上，此日仰墙间。

潺湲：形容河水慢慢流动的样子。

鲦：鱼名，亦称白鲦。

纶竿：钓竿。

网罟：一种捕鱼工具。

噞喁：指鱼在水面张口呼吸。

招鹤磴

岈然洼然之间，羽客彳亍缓步，虽不招之，而意有顾惜弗去者矣。

篆文苔磴满，鹤迹印来斜。

未可乘轩驾，雅宜点画叉。

乐看长毛羽，意喜寓烟霞。

何必孤山侧，偏称处士家。

画叉：此处形容鹤的足迹。

孤山处士：宋人林逋，隐居于杭州西湖孤山，终身不娶，以种梅养鹤自娱。处士，古代称有才德的隐士。林逋德才兼备，隐居孤山，故称。

互妙楼

山之妙在拥楼，而楼之妙在纳山，映带气求，此互妙之所以得名也。

层构单椒上，前峰复列屏。
吸呼通颢气，表里接山灵。
静乐宜情性，筌蹄泯色形。
环中得深造，可以玩羲经。

单椒：孤立的山峰。

颢气：清新洁白盛大之气。

筌蹄：筌指捕鱼竹器，蹄指捕兔网，比喻达到目的的手段或工具。

印月池

一月千川，宁独此一池然？一池之月，即千川之月也，揭尔静悟，不异当时指月佛诠。

穿池贮净水，孤月喜居之。
秋夕寥萧际，春宵澹荡时。
一将千岂别，半与满无私。
金口说如是，瞠乎讵易窥。

澹荡：舒缓荡漾，飘动和畅。

濯鳞沼

印月池之右，别为一沼，有闸通水，育热河美鲫鱼数百头，取携为便。

文鳞千许头，灵籞恣优游。

濯戟常看乐，投竿不亟求。

闯萍隄影动，戏藻浪花浮。

在沼曾凭赏，常虞奉此羞。

文鳞：指鱼。

乾隆二十五年

题互妙楼

阴阳动静互为根，智水仁山众妙门。

楼上雅宜读周易，当前成性契存存。

存存：谓保全、育成已存者。《周易·系辞上》载：“天地设位，而易行乎其中矣。成性存存，道义之门。”

题多稼轩

轩名多稼久留贻，结构年深稍葺治。

栋宇从新适可耳，仓箱有庆恰逢之。

应缘重穑天心示，益凛知艰圣训垂。

宁即一园将一省，绥丰九寓永祈斯。

稻香亭观获十韵

每岁秋蒐举，恒过熟稻时。

兹方迟启跸，恰值促常期。
遍陇黄云蔚，迎亭紫玉蕤。
肯教鸎鹉啄，宁数蕙兰披。
何必范云论，因怀杜甫诗。
腰镰农父入，凭槛近臣知。
乍见空云水，惟忻如栉茨。
关心真惬望，可口欲流脂。
三字瞻宸翰，五言纪昊慈。
更希八纮遍，永祝万仓斯。

秋蒐：秋日围猎。此指木兰秋狝。

紫玉蕤：紫玉，紫竹的别名。蕤，葳蕤，草木茂盛的样子。

范云：字彦龙，南乡舞阴人，为梁武帝萧衍所知，官终尚书仆射。为人重义尚节。杜甫《别张十三建树》诗：“范云堪晚友，嵇绍自不孤。”

八纮：大地之极限，犹言八极。

乾隆二十六年

稻香亭

雨滋稻町插新秧，较早常年一月强。
苗矣秀乎秀矣实，此时敢拟即云香。

稻町：农民收割稻穗时，如果田中有积水，则需堆于田埂（或称田岸）上，即为“稻町”。

乾隆二十八年

多稼轩

弄田园北鄙，引溜借输斟。
几畍塍遥叠，数楹轩上临。
黄云菜花甲，绿水稻秧针。
多稼孜孜吁，当年此日心。

弄田：古代帝王宴游之田。亦为知稼穑之候。
畍：围棋盘上的方格子。此处形容稻田如同棋盘。
塍：田间土埂子。

乾隆二十九年

稻香亭

旸雨幸时若，黍稌兆岁多。
芃苗长亩异，结实幂塍罗。
黄欲云中染，香从风处过。
弄田占有喜，寰海愿均和。

黍：今北方称为黄米，性粘，可酿酒。
稌：指稻子。《诗·周颂·丰年》："丰年多黍多稌。"

招鹤磴口号

放去何须招使回，无过缀景籞园隈。

羡梁稻者原堪致，真鹤应知未肯来。

乾隆三十四年

多稼轩

文轩额多稼，圣藻烂仙虹。
敢拟后先揆，实殷宵旰同。
即看时玉积，岂必炬莲烘。
征兆斯诚幸，登秋遥望中。

多稼轩

古屋古松阴，每因观稼临。
尔时祈岁意，此日肯堂心。
幸值雨旸若，怒生黍稻森。
西成期尚远，卜度念弥钦。

戏题招鹤磴

放去即云适禽性[1]，招来底更作松朋。
胎仙不下似有意，汲黯传如熟读曾。

① 向有放鹤诗，叠避暑山庄放鹤亭旧韵。

胎仙：亦称“胎禽”，鹤的别称。古代鹤有仙禽之称，又相传胎生，故名。

汲黯：西汉濮阳人，字长孺。为人倨傲严正，忠直敢谏，不屈从权贵。此处戏指仙鹤的清高自傲。

乾隆三十五年

再题多稼轩十景

多稼轩

底识祈年圣意殷，轩名多稼仰奎文。

随斋耕作及蚕织[1]，并弆轩中亦此勤。

① 近得程棨摹楼璹耕织图真迹，藏之是轩，即和所书诗韵并原图勒石，随斋棨自号也。

弆：收藏。

寸碧亭

小小假山耸碧嵷，登临亦自兴无穷。

南华第二篇尝读，尺寸还如千里同。

南华第二篇：南华即《南华经》，亦即《庄子》，比喻学问高深而不容于人。唐 温庭筠有诗曰："因知此恨人多积，悔读《南华》第二篇。"

水精域

几曲林塘便远尘，翳然水木若亲人。

宋王孙笔常披玩[1]，到此疑他自写真。

① 赵孟頫自号水晶宫道人。

宋王孙：指宋太祖赵匡胤十一世孙，书法家赵孟頫。

静香屋

精舍避风还向阳，虽然近水了无凉。

盆梅几朵才舒蕊，此是卉中真静香。

观稼轩

台上敞轩无户牖，为因拾级便遐观。
兴锄时节知还早，一以懒登一怯寒。

钓鱼矶

平铺冰镜满春池，那有文鳞水面披。
依旧内人竿线候，笑他知例不知时。

内人：宫中女官，亦指宫女。

招鹤磴

长翼翱翔得自由，磴间驻步小淹留。
胎仙偶下还应笑，岂是林家张氏流。

林家张氏：林家指宋人林逋，张氏指徐州云龙山张天骥，二人皆以鹤为友。

互妙楼

楼据半山山护楼，烟云映带若相酬。
妙于动静为根处，太极成篇义训周。

义训：大义的垂训。泛指教诲。

印月池

水亦为池冰亦池，月轮印岂择乎斯。
不波翻觉澄端正，却似枯禅入定时。

枯禅：佛教称静坐参禅为枯禅。

濯鳞沼

载阳暖未十分融，临沼休猜名付空。
试向一层冰下看，文鳞依旧濯其中。

载阳：始阳，开始暖和起来，形容早春气候由寒变暖。
文鳞：指鱼。

乾隆四十一年

题多稼轩

园中辟弄田，引水学种稻。
轩名额多稼，奎章悬圣藻。
无非垂教心，当识谷为宝。
要惟雨旸时，逢年殷祝好。
春夏例多暵，布种艰致早。
兹来见芃芃，鳞塍绿云渺。
则因二三月，霑膏秧插了。
秋成期尚遥，满望奚敢保。
切切尽小心，穰穰希大造。

暵：干旱。
鳞塍：密集的田垄。
切切：指再三告诫之辞。
穰穰：丰熟貌。

静香书屋口号

棐几由来列缥缃，琳池风过亦生凉。
一年偶至至而去，书屋恒兹守静香。

乾隆五十六年

多稼轩十景

多稼轩

鳞塍凭牖俯溪田，雨笠风蓑验历年。
敢拟唐虞窥道要，勤农二字却心传。

唐虞：唐尧与虞舜的并称，亦指尧舜时代。《论语·泰伯》："唐虞之际，于斯为盛。"

寸碧亭

讵必纲教湖石称，云根移近亦崚嶒[①]。
巅平四柱亭寸碧，小许原堪大许胜。

① 亭下假山即用西山石为之，胜概玲珑，不异湖石。

水精域

假山之罅流真瀑，真假其间辨实难。
杜氏诗和赵家画，不期双美一时观。

静香屋

书屋临溪方十尺，初春冰冻不波呈。

田田未吐水华远，真是静香善副名。

田田：指莲叶。

水华：荷花的别称。

观稼轩

台上疏轩不设棂，便于观稼验农经。

兴锄时节知犹未，一意四时那有停。

钓鱼矶

缀景无妨称钓鱼，一时别解顿生予。

稼因辛苦中期得，缘木求斯固胜诸。

招鹤磴

招来放去胥偶尔，羽客那知憾与欣。

罢赋之粮非意吝[①]，惜他农者费辛勤。

① 御园例有鹤粮，自壬午始令放鹤，鹤亦弗远去，既遂其性，并可省给日粮。盖粒粒辛苦，用以饲鹤，实为可惜。然司养牲畜者，不无窃叹，鲜得余润，事艰两全，因小概可见人。

羽客：犹言羽人，指仙人、道士。此处指仙鹤。

互妙楼

一楼本自无一事，拾级之间理趣存。

注出濂溪太极说，妙观动静互为根。

印月池

水为冰复冰为水，虚即实知实即虚。

欲问团圞印之者，水冰愿与孰相于。

团圞：形容圆月。

相于：相亲近。杜甫《赠李八秘书别》："此行非不济，良友昔相于。"

濯鳞沼

贞元大造本无私，一气棣通万物知。

冻沼虽迟论鱼乐，其鳞却近负冰时。

棣通：通达，贯通。

题引胜轩

冠假山而轩，纳真胜以引。

四时无不佳，善长春实允。

芳菲象虽迟，冲融信斯准。

然非陟径寻，谁识棣通敏。

胜与轩默识，多言以为哂。

稻香亭

春初农事迟，稻香觉尚早。

然而小亭间，佳名自恒好。

无一日不食，无一食非稻。

惟稼穑作甘，甘即香之表。

要亦惟斯艰，虞书示其道。

虞书：《尚书》的一部分，因其所记主要是唐尧、虞舜、夏禹等史事，故名。

嘉庆朝

嘉庆元年

招鹤磴

曲室石磴通，穿萝境新造。
仙友在蓬莱，天风拂羽缟。
欲招云路遥，一曲瑶琴操。
碧海渺难期，黄鹄何时导。
乘轩笑卫懿，人君慎所好。

黄鹄：鸟名，即天鹅。

卫懿：即卫懿公，春秋时期卫国国君。性淫乐奢侈，尤好鹤，鹤有禄位，能乘大夫爵之车出入宫门，大臣及百姓皆有怨言。

多稼轩

观农验雨晴，国本重耘耕。
天赐十分稔，民欣万宝盈。
授时丰象见，承训敬心生[①]。
满目看多稼，文轩不负名。

① 今岁雨旸时若，直省共登上稔。皇父以上天降康锡福，非可幸邀，益当夕惕朝乾，庶克永承昊贶。祗膺提命，敬守弗谖尔。

嘉庆二年

多稼轩歌

御苑文轩额多稼，满目桑麻绕亭榭。
宪皇特命辟弄田，劳力劳心均上下。
欲令后世知民艰，辛苦三时鲜闲暇。
炙背胝足力耕耘，祁寒严冬暑雨夏。
我皇勤政首爱民，重农省岁丰登迓。
知时甘泽洽黍禾，顺候和风翻䆉稏。
大有之年史屡书，春耤田兮秋报蜡。
小子敬承祖父心，夙夜孜孜普德化。

三时：指春、夏、秋三个农忙时节。元稹《茅舍》有“我欲他郡长，三时务耕稼”句。

䆉稏：稻子。韦庄《稻田》诗：“绿波春浪满前陂，极目连云䆉稏肥。”

耤田：亦称“籍田”，清代官田之一种，专供皇帝和各地方官行籍礼之田地。

多稼轩即目

开轩延瞩欣多稼，长养功深仲夏嬴。
几叠文峰石秀丽，千畦嘉谷水澄泓。
幽芬远浦荷徐送，透润平原麦倍荣。
十日未蒙甘澍继，又萌望蜀愿丰盈。

望蜀：即得陇望蜀。比喻得寸进尺，贪心不知满足。

多稼轩

文轩面平陆，多稼额嘉名。
禾黍三秋熟，仓箱万宝盈。
时巡来北塞，力穑庆西成。
省岁承父训，观农慰寸诚。

三秋：指秋季的第三个月，即农历九月。

力穑：尽力耕作。

水晶域

寸心常湛然，如在水晶域。
澄澈烛毫芒，静虚斯动直。
遇物成见消，顺应非苛刻。
涵养涤渊源，尘滓岂能惑。
疏浚本自修，开导防茅塞。
返观内照功，明通育才德。

毫芒：犹毫末，谓极细微。

尘滓：比喻卑贱和污秽的事物。

招鹤磴

人主临民慎所好，卫公前鉴凛非遥。
三山仙客任来去，云海苍茫何待招。

卫公：即前注卫懿公。

三山：即香山、玉泉山、万寿山。此泛指三山五园。

多稼轩

春雨既霑足，麦穗遍发荣。
良时正孟夏，大田方耘耕。
重农为国本，多稼颜轩楹。
稻畦辟百顷，应候较雨晴。
九重洞民隐，艰难悉群情。
胼胝疲手足，三时勤苦营。
玉食曷少念，颗粒不易成。
游目非花柳，豳风粉本呈。
随处皆示教，劳力怜愚氓。
直省同上稔，敬愿天锡祯。

水晶域

灵源养深洁，诸物皆洞明。
至净绝纤滓，素辉如水晶。
涤旧增新益，颖悟倍澄泓。
皎皎中天月，相印圆镜清。
安和得要领，所遇皆持平。
自省先内照，返观体众情。

嘉庆八年

多稼轩

轩颜多稼验农时，欲识民艰先自知。
尽力耕耘终有获，殚心旸雨愿如期。
田收百谷粢盛备，岁庆三登种植滋。
直省今秋皆上稔，寸衷诚感沐鸿施。

粢盛：古代盛在祭器内以供祭祀的谷物。

嘉庆九年

多稼轩

御园辟地阡陌连，学稼欲探其大略。
课晴量雨愿协和，收麦耘禾验时若。
食乃民天在务农，艰难力穑邦本托。
疆理弄田祖泽深，示俭知依勉守约[①]。

① 御园隙地，垦为广亩，种植麦禾，课雨晴，验丰歉，知稼穑之艰难，廑三农之作苦。盖即近征远之意也。兹地为皇祖所辟，知依示俭，寓意精深。每当几暇来临，目击如云，不觉勤民之念与肯获之心并切尔。

知依：知，知道。依，依靠，依赖。

嘉庆十一年

多稼轩

莅政先知依，筹农勤夙夜。
御园辟弄田，阡陌对虚榭。
三耘碧流翻，授时正永夏。
晓露润颖苗，午薰拂穲稏。
旸雨静较量，穑事少闲暇。
奢愿庆绥丰，西成获多稼。

嘉庆十二年

多稼轩

御园多弄田，观稼盼甘雨。
知依穑事先，深意仰皇祖。
漫咏花木芳，惟廑耕耘苦。
我考衷敬承，劭农渥泽普。
渺躬守前谟，垦辟无旷土。
应念遍敷滋，自天锡多祜[①]。

① 是轩，与鳞塍清圳相对，作田家朴野之景。盖此处为园中弄田一区也。人君欲知稼穑艰难，而不能亲越陌阡，日与蓑笠咨耘耨也，乃于苑囿中广辟菑畬，俾上林庄农垦治之时，其穮蓘勤其灌输。自初莳秧苗，以至穲稏铚刈其间，课雨晴，占物候，可于随时游览。片壤锄犁，究悉甫田之丰啬，耕夫之劳苦矣。我皇祖念切民依，而置此轩。我皇考肯获惟勤，常时省览。予习闻彝训，式谷是思，能不于粒食之源，亹劭农重谷之家法乎？

多稼轩

弄田辟御苑，农事验三时。
欣览黍禾茂，胜观花柳滋。
心承祖考付，志愿子孙知。
本计无逾此，民依实在兹[①]。

① 人君于民事之重，特深萦念。如劭农重谷祈岁占丰之言，见于诗书者，殆难悉数。此地取大田之诗，以颜斯轩。我祖考勤民本计，以示子孙，意在是也。今岁雨候稍迟，于月初连得渥泽，稻畦芃茂可观。惟冀率土农田，皆诵此诗，为仓箱之庆。此则予三时省览之意也。

水晶域

寸心应万事，磨炼屏牵萦。
物我何区别，公私辨浊清。
韬光能烛暗，处晦始观明。
灵域中涵养，澄辉彻水晶。

多稼轩

农事三时实勤苦，慰心多稼到秋成。
耕耘应候茂禾黍，暄润知艰协雨晴。
寓目御园待有获，系怀广甸望敷荣。
凭窗延览含生意，跸路欣观百谷盈。

广甸：广阔的田野。

嘉庆十三年

多稼轩

稼穑为邦本，应时植麦禾。
翻风看穟穟，沐雨益多多。
雅纪生民什，颂传良耜歌。
重农洵要政，验候望甘和。

穟穟：禾穗成熟下垂的样子。

良耜：《周颂·良耜》是古代《诗经》中的一首，为秋收后周王祭祀土神和谷神的乐歌。

嘉庆十四年

多稼轩

御苑辟阡陌，观稼知民艰。
轩前多种植，散步十亩间。
薰风翻穲稏，沟洫通潺湲。
碧涧窈而曲，青陇往复还。
自然得水利，江乡景可攀。
念切耕作苦，农务筹几闲。

沟洫：或作“沟減”，中国古代对农田排水沟道系统的称谓。

嘉庆十五年

多稼轩

农事宜时省，御园辟甫田。
雨旸协序始，稼穑念民先。
嘉稻盈畦茂，高禾越陌连。
畅观舒远目，穲稏午风延。

水晶域

高下回廊接，小轩容膝安。
曲池漾清藻，奇石激惊湍。
苔厚晴仍润，松深夏亦寒。
心神澄静域，点笔倚虚栏。

嘉庆十九年

多稼轩

每岁时巡阅多稼，如云禾黍满平皋。
暂停秋狝非耽逸，不忍黎民力役劳。

秋狝：即木兰秋狝。清帝为训练八旗将士而在木兰围场举行的大型狩猎活动。

稻畦百顷映文轩，柳岸风来穲稏翻。
坐览田功欣上稔，无须省敛陟秋原。

秋原：秋天的原野。

嘉庆二十五年

多稼轩

感荷六气调，协时顺旸雨。
多稼实茂蕃，一望满场圃。
稻香盈碧畦，穲稏迎风舞。
夏长继秋成，良苗生沃土。
民依必克知，年康安比户。
重农贵粟衷，临轩念寰宇。

六气：指六种气候变化，亦称六元，即风、寒、暑、湿、燥、火等六种气候。

比户：家家户户。

水木明瑟

水木明瑟，圆明园四十景之一，居映水兰香东北，始建于雍正年间。主殿“水木明瑟”系一骑溪而建的三楹殿宇，内用西洋水法引水入室，推动风扇供帝后消暑，故俗称风扇房。南额为乾隆帝御书，北额为雍正帝御笔“一溪清水引风凉”。殿西侧方池中有“印月池”，印月池南有曲廊与“钓鱼矶”亭相连。池西回廊院内，有东西向殿宇五楹，外悬乾隆帝“丰乐轩”“映水兰香”匾。轩南临鱼池，轩西有稻田，西南山岗上则是祭祀蚕神的“贵织山堂”。印月池北为“知耕织”，又东北为“濯鳞沼”。上述殿宇匾额，未注明者，均为雍正帝书。

雍正朝

春夜钓鱼矶闻笛

暮雨一帘初卷，东风万卉齐芳。
隔林渔火明灭，沿溪笛韵悠扬。

秋夜印月池作

雨后添新涨，盈盈碧沼深。
临流洗俗耳，对月静尘心。
松引仙禽舞，萍摇锦鲤沉。
飒然风拂面，翠竹助清吟。

乾隆朝

乾隆七年

钓鱼矶

新蒲绿水泳文鳞，偶坐花矶理钓纶。

笑我尘心无好梦，几曾得遇渭滨人。

钓纶：钓丝，系于钓竿上的细线。

渭滨：即渭水之滨。姜太公吕尚垂钓于渭水之滨，遇周文王，被任为宰相。后以此地名代指宰相。

乾隆九年

水木明瑟　调寄秋风清

用泰西水法引入室中，以转风扇，泠泠瑟瑟，非丝非竹，天籁遥闻，林光逾生净绿。郦道元云：竹柏之怀，与神心妙达；智仁之性，共山水效深。兹境有焉。

林瑟瑟，水泠泠。溪风群籁动，山鸟一声鸣。斯时斯景谁图得，非色非空吟不成。

瑟瑟：形容风声或其他轻微的声音。

泠泠：形容声音清脆、悠扬。

乾隆四十一年

钓鱼矶

园中无不有，矶有钓鱼名。

铗笑食无尔，竿嫌水至清。

便因取意适，未觉罢心营。

我独思贤策，戒哉徒羡情。

铗：夹取东西的金属工具。此指鱼钩。

嘉庆朝

嘉庆六年

水木明瑟歌

石渠引水来屋里，盈科不息俯清泚。
转机运箑凉自生，习习南薰座间起。
循环无已翻浪花，声戛涧泉溅绿纱。
披襟陡忆军营众，触暑挥汗追余邪。
身居广厦实惭恧，灾黎五载中泽宿。
仁风广被陕楚川，乐业安宁共蒙福。

清泚：清澈。
箑：扇子。

濂溪乐处

濂溪乐处，亦称慎修思永，圆明园四十景之一。位于日天琳宇之东，环池带河，是一座岛屿游憩寝宫。该景区始建于雍正年间，乾隆一朝则时有添建。正殿九楹，前后抱厦各五间，外悬“慎修思永”匾，内额“濂溪乐处”，殿内联曰：“与古人相对，左图右书；偕造物者游，仰观俯察。”正殿东垣为“芰荷深处”，折而东廊外有四方亭，额曰“荷香亭”，又折而西北为“香雪廊”。此组水上廊榭，为园中赏荷最佳处。隔湖以东有楼，曰“烟云舒卷”，楼之北依次有六方“得月”亭、四方“临泉”亭。慎修思永殿之西南有“水云居”，西院正房有“荷香书屋”，又西是“延云殿”，临池有亭，名曰“听雪”。殿后是七楹“知过堂”，内额“云香清胜”，堂后廊西有“墨光亭”。上述匾额楹联，除“香雪廊”“临泉”二匾为雍正帝御书外，余均乾隆帝御笔。咸丰十年（1860）圆明园罹劫后，慎修思永与知过堂两殿幸存，后亦毁于八国联军之乱。

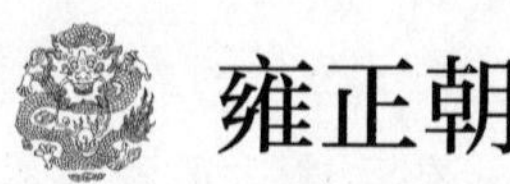

雍正朝

仲秋月夜题于清会亭

深沉院宇桂香浮，寂寂溪园色相幽。
静向庭中持佛偈，闲来月下泛扁舟。
云迷入梦林间鹤，浪逐忘机水面鸥。
对此清光神会处，岸芦汀蓼一天秋。

佛偈：佛家语言，类似于世俗中的名言警句。

乾隆朝

乾隆九年

濂溪乐处

苑中菡萏甚多，此处特盛。小殿数楹，流水周环于其下。每月凉暑夕，风爽秋初，净绿纷红，动香不已。想西湖十里，野水苍茫，无此端严清丽也。左右前后皆君子，洵可永日。

水轩俯澄泓，天光涵数顷。
烂漫六月春，摇曳玻璃影。

香风湖面来，炎夏方秋冷。

时披濂溪书，乐处惟自省。

君子斯我师，何须求玉井。

濂溪：北宋周敦颐，世称濂溪先生，著有著名散文《爱莲说》。

君子：此处指荷花。

玉井：相传华山峰顶有玉井，生千叶莲花，服之可以升仙。

乾隆二十三年

荷香书屋

池上三间老，池中五沃繁。

花晨承露净，叶暑避风翻。

最爱益清韵，偶题非绮言。

濂溪说曾读，理趣至今存。

五沃：亦称“沃土”，指一种润泽而肥沃的上等土壤。

乾隆二十五年

赋得慎修思永

迪德初申旨，修身继进详。

举端惟致谨，挈要在谋长。

言行慎防失，弼谟介叶臧。

诸亲既和睦，百姓以平章。

嘉矣皋陈善，懿哉禹拜昌。

高山景仰止，勿逮愿云薆。

弼谟：帝王之谋略。

皋陈善：皋，指上古时著名思想家、教育家皋陶，曾帮助尧和舜推行刑法与教育。

禹拜昌：典出《尚书·大禹谟》。昌，善言。意为大禹善于接受别人的意见。

薆：努力，勉力。

乾隆二十六年

荷香亭

湖中厌藻蔓，畜鲦食以净。

因之殃及荷，霞朵无全柄。

植箔如蟹断，驱鲦种藕竟。

夏月原有荷，水亭香锦映。

一转移之间，是在格物性。

君子藉栽培，棫朴周诗咏。

谁云涉趣处，不可通为政。

鲦：河豚的别称。

棫朴：棫，白桵。朴，朴树。亦是《诗·大雅》中的篇名。

乾隆二十七年

荷香亭

去岁淤泥才种藕，今年凭槛藕花开。

溪濂卉里称君子，雅叶菁莪乐育材。

菁莪：指育才。《诗·小雅·菁菁者莪序》：“菁菁者莪，乐育材也。”

乾隆四十七年

题知过堂

去年著论曾自讼，匪逞虚文敬畏存。

谁谓庸臣贡漆饰[①]，仍因旧室构松轩。

知非早过伯玉岁，作戒常思卫武言。

摛藻染毫泐堂壁，斯多愧那待他论。

① 去冬，山东巡抚国泰呈进雕漆椳槛屏扇等件，以其费工无益，甚不惬怀，传旨严行申饬。第念成器不毁，又不肯因此添建大屋，不得已于慎修思永殿后，旧有之云香清胜室接楹装用，并泐所著《知过论》于壁，遂以名堂云。

伯玉：即蘧伯玉，春秋时卫国大夫，为孔子所敬慕，其人谦虚谨慎而善于改过。

卫武：即卫武公，西周至春秋初期卫国国君，姓姬，名和。曾赋《诗·抑》，诫勉周平王修德养性，中兴周室。

摛藻：铺陈辞藻，指施展文才。

泐：书写。

乾隆四十八年

题知过堂

成事由来不说乎，何当漆饰贡纱厨。

既怜弃置成废物，聊与廓营因旧模[①]。

坐傍明窗欣律暖，看余曲砌识韶苏。

接槛堂以知过额，试曰过曾知也无。

① 上年，以国泰所进雕漆屏扇等件，成器不毁，弃置可惜，因于旧有之云香清胜室接槛装用。详见前题知过堂诗并注。

纱厨：纱帐，夏日防避蚊蝇，寝息其中，厨或以纱、或以葛为屏帷。

乾隆五十年

题知过堂

人苦不知过，既知改为贵。

弗改已为非，甚者文与遂。

繄我颜斯堂，已阅两三岁。

不吝成汤心，未能伯玉志。

我胥企之哉，摛辞志深愧。

成汤：即商汤，本名子履，为商朝开国君主，施仁政以德化天下。

乾隆五十一年

题知过堂

向阳处必得春早，莩甲旋看绿到荄。

自是一元资以始，可欣万寓与之皆。

梅心柳眼侵寻问，江砚宣毫次第排。

知过由来贵改过，空言改亦有何佳。

莩甲：萌芽之意。

梅心柳眼：梅心指梅花，初春柳生嫩芽有“柳眼”之称。

江砚宣毫：江砚，金沙江砚之简称。宣毫，指安徽宣城所产的毛笔。唐 王建《宫词》之七：“延英引对碧衣郎，江砚宣毫各别牀。天子下帘亲考试，宫人手里过茶汤。”

重题知过堂

知过堂之名，本因好工作。
颜堂用自箴，以当铭右座。
然予细思之，渠止一端那。
敬天在于诚，屋漏或失课。
宁民图其易，沟壑或多饿。
勤政应无间，延揽或致惰。
察吏慎彰瘅，泾渭或淆些。
有一之弗臻，是皆予之过。
重题书壁间，惕息慎起卧。

沟壑：山沟。借指陷入困厄中的穷苦百姓。

彰瘅：即“彰善瘅恶”。彰谓表扬，瘅谓憎恨，指表扬善的，憎恶恶的。

乾隆五十二年

题知过堂

构筑书堂成五载，偶来清憩亦题词。
星添须鬓依然我，曦阅隙驹岂改其。
未致闾阎衣食足，敢言礼乐俗风移。

过而能改则无过，徒此云知实未知。

乾隆五十四年

水云居

御湖虽弗宽，颇具沧波趣。
水云本一家，然各有时遇。
春之水云艰，夏之水云屡。
艰每愿其来，屡每愿其去。
水云岂有意，而人殊好恶。
好恶分公私，即公亦情附。
谁能去安排，忘情任其素。

乾隆五十六年

荷香书屋题句

昔年书屋额荷香，为是夏陪君子常。
迩岁薰风别沼籞，中通外直赏山庄。
偶来有咏疑名负，何碍无华表实扬。
把笔抚笺还自哂，几曾结习脱然忘。

籞：禁苑。

乾隆五十八年

知过堂口号二首一韵

知过后曾创作罢，葺前修旧不能无[①]。
是为过抑非过也，每坐堂增惭愧吾。

① 此堂就慎修思永殿后之室名之，即渤向所著《知过论》于壁，近年并无创修工作，然旧有工程，不能不随时修葺，以复旧观，每对此论，仍引以为愧。

有其成那能无坏，无有幻中有幻无。
输与书堂弗生见，两章多事笑吟吾。

乾隆五十九年

水云居

有本水原流止异，无心云或去来时。
任其不竞及迟者，我岂能如杜老诗[①]。

① 杜甫江亭诗云："水流心不竞，云在意俱迟。"在杜乃野望长吟，为无心之作，意颇闲适。予今以望雨急切，有意作此，当前景色遂尔各殊。京畿自去岁七八月间得雨后，农民幸得播种秋麦，无如冬间雪泽未甚霑足，现在春已将半，麦苗渐茁，尚未得蒙霈泽。园中春水不见其生，而数日以来阴云时作时散，意甚迟迟。拈笔吟此，觉与杜老所云"不竞俱迟"者，心情迥不相同耳。

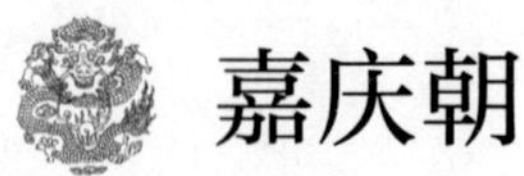

嘉庆朝

嘉庆元年

慎修思永

古训始修身，敬慎致思永。
其本在正心，分阴加三省。
天君统万灵，知诱宜尽屏。
检束偶或乖，寸田将放骋。
御园西北隅，文轩远尘境。
题额示后人，仰瞻时自警。
齐治扩于斯，未可略弛逞。
百祀守训言，玉烛常辉炳。

分阴：日影移动一分的时间。谓极短的时间。

玉烛：谓四时之气和畅，形容太平盛世。

辉炳：照射。晋 王嘉《拾遗记·唐尧》：“当尧世，其光烂起，化为赤云，丹辉炳映，百川恬澈。”

嘉庆二年

水云居

闲云出岫本无心，新水涵溶碧映浔。
影浸琉璃皆幻色，原非牵挂漫探寻。

行到水穷心已寂，坐看云起又生波。
本来与我何关涉，流水行云踏踏歌。

嘉庆三年

慎修思永

御园春景最富饶，草色初青柳展条。
拏舟暂泊普济渡，循岸北转又易桡。
殿额仰瞻书四字，大哉包括修齐义。
不欺屋漏凛其难，内省常存方寸地。
为君更念庶政修，欲使寰海遵王猷。
自顾薄德思勉励，日聆父训泽渥优。
几余游览有所得，奎翰辉煌垂法则。
敬承心德本诸身，式廓太和抚万国。

王猷：犹王道。
奎翰：指帝王的诗文书画。
式廓：规模，范围。

知过堂

圣人知过原无过，愚昧过多不自知。
工作养民诚善政，颜堂克己实良规。
心殷肯构寸衷法，论著观文百代师。
萦系小而疏忽大，煌煌天语永昭垂[①]。

① 御园慎修思永后室为知过堂圣制论，历举前朝秕政之过，今俱无之。惟不能止应兴之工作为过，工作之兴，不加徭增赋以病民。且外省有以工代赈，民藉以活。内则司苑囿工程者，更以无工为苦，而引为过焉。虑萦系乎游目赏心之小，而致疏忽乎敬天勤民之大。圣皇小心翼翼，日慎一日，检身若不及之，诚垂示奕祀者，深且远矣。

嘉庆八年

慎修思永敬述

乘乾统万方，遵训谨尺度。
临民化愚顽，居仁由义路。
修身先正心，守约无他务。
本原养洁清，物来随所遇。
常德儆怠荒，永思持志固。
外诱任纷纭，湛然毓吾素。

乘乾：承天，即接受天的符命。
毓吾素：毓，养育。吾素：我的本心。

敬题知过堂

至圣有何过，颜堂永示规。
额超前哲美，论述后人知。
尚俭风从朴，黜华俗可移。
制应尊殿陛，心总念茅茨。
固本毋求末，居安必虑危。
载舟著法戒，驭朽廑深思。

东国葛灯在，留都土壁遗。

子孙钦祖德，奕代凛昭垂。

殿陛：帝王宫殿的台阶。借指朝廷。

茅茨：茅草盖的屋顶。此处借指贫苦百姓。

东国：东方之国，此处应指后金。

葛灯：葛藤编的灯笼。

留都：古代王朝迁都以后，旧都仍置官留守，故称留都。

嘉庆九年

知过堂述志

皇考颜堂署知过，特标记述兴工作。

虽役民力实养民，宽施银米消冻饿[①]。

若予之过则实多，教匪虽靖存余波。

心稍自满事即梗，残孽半载徒蹉跎[②]。

叩祈天鉴敷高厚，官疲兵玩皆予咎。

荡除癣疥固本原，洗涤污邪清泽薮[③]。

① 我皇考之颜斯堂，盖谓兴工作也，而当时工作，实未尝有过。诚如圣制《知过论》所云，物给价，工给值，弗兴徭役、加赋税以病民。夫弗兴徭役、加赋税，则虽有工作，闾阎本不知。而物给价、工给值，贫者且受其利，是实我朝之善政家法。是以各省偶遇水旱，率兴工作，有以工代赈之请。煌煌圣谟，诚千古不易之良法也。而犹圣不自圣，著之于论，揭之于堂，亟亟焉引以为过。予小子勉效前徽，于辛酉之水有永定河之工，于癸亥之河决有衡家楼之筑，率皆工赈兼施而获济。岂敢谓能法先猷于万一，然禀承于垂训者，不敢忘也，亦不忍忘也。因述圣论，以摅企仰敬慕之悃忱云。

② 莠民煽乱，其始原有狡恶凶徒为之倡首。频年剿捕，不特著名大憝，悉经擒馘。即徒逆肆扰之党，亦皆划涤无遗，大局久已荡定。惟三省犊壤处所，山谷丛杂，每易藏奸，因有剿剩零匪一二百人潜匿其中。现在以数十倍之兵力，亟加搜捕，转

未能即时得手，为之焦廑半载，于兹屡饬办理善后之帅臣疆吏，上紧设法缉拏，速报事功完善。

③ 现在潜匿余匪，既经各路堵截，断不能肆出掠食，不过游魂残喘，假息须臾。惟山陬薮泽之间，莫非王土，岂可令污邪萌蘖，稍有容留？是大兵虽经归伍，而戍守缉捕之卒，尚未还营。一隅之锋镝未消，即一隅之民生未靖。予惟有昕夕筹咨，以冀上苍赐佑，洗涤余氛障戾也。

癣疥：皮肤病。比喻小患和不难治理的问题。

泽薮：大的湖泽。

嘉庆十年

慎修思永春望

春风吹万绽群芳，池馆清佳炫艳阳。
柳拓柔条舒旧线，桃开嫩蕊试新妆。
观生发育韶光盎，延景熙和昼漏长。
滉漾澄潭含朗鉴，兰桡缓放过南塘。

知过堂敬述

圣人御海宇，久道物无遗。
谦德实光大，知过颜堂楣。
小子凛瞻仰，内省弥廑思。
民生未淳朴，吏治多懈疲。
遇事每观望，陈奏怀犹疑。
此皆予之过，政教鲜措施。
既知勉自改，勤敬振四维。

庶继我考志，绍闻固本基①。

① 我皇考抚御海宇，久道化成，然犹圣不自圣，谦尊而光。凡天时人事，寒暑雨旸，偶有薄眚，所以省躬责己者，必本致诚，不自宽假。此数十年劼毖于纯一之衷者也。至斯堂之建，斯堂之记，则以兴工作而言。然所谓兴工作者，物给价，工给值，且即以寓赈贷之政。人资生计，农不违时，意美法良，可行永久。以视古王政，所谓公旬力役之征，其惠爱黎元者，能如是乎？乃汲汲焉引为己过，再三申戒，垂示后人。予小子惟敬法皇考之心，时凛肯堂之惧，故所遇皆循省于衷怀，期措施之勉继，又何敢或忘，兢惕自懈纠绳。

四维：战国时期法家用语，指以礼、义、廉、耻四项道德要求为治理国家的四纲。

嘉庆十三年

知过堂敬述

发帑赈穷民，子来助工作。

非过引为箴，圣德诚渊博。

切戒小萦牵，恐致大忽略。

庭训奕叶钦，检身守尺度。

予愆实自知，吏疲民俗薄。

未能化浇漓，仰额增惭怍。

帑：古代指收藏钱财的府库或钱财。

嘉庆十四年

知过堂自警

用人理兆民，任贤图抚字。
误信小有才，授职每偾事。
废法耽逸安，见利即忘义。
惩戒循宪章，职守时更易。
无补于地方，有损于政治。
斯实予咎愆，自述儆心志。
瞻额益惭惶，奕叶慈训志。
既知必改之，庶几少贻累。

偾事：偾，败坏、破坏。此为搞坏事情。

嘉庆十五年

慎修思永

修身慎始终，不懈务思永。
性善人所同，每为物欲梗。
邪正藏寸心，圣狂分俄顷。
涵中克宽仁，驭外斯勇猛。
居安不忘危，理剧处以静。
成性百年存，事迹千秋炳。
奚可废半途，转趋迷罔境。

铿然闻晨钟，惕若发深省。

嘉庆十九年

知过堂作

圣皇无过额知过，持盈保泰奕叶钦。
渺躬昧于用人智，愆尤丛积过日深。
民顽官玩俗凋敝，虚度岁月无实心。
上苍示警痛改悔，正己御众矢寸忱。

慎修思永

敬慎修身要，殚思怀永图。
民风多习染，圣泽久涵濡。
贪利趋邪径，迷心舍正途。
挽回诚不易，竭力救痴愚[①]。

① 去岁，京畿酿成巨案，皆缘小民渐染恶习，遂至本心迷失。推厥所由，无非趋利恣贪。因不能遂其私图，于是创为邪说，煽诱闾阎。而顽钝无知之人，亦以贪欲成风，不觉为其蛊惑。蔓延日众，遂如猘狗狂噬，甘蹈骈诛。天讨所加，冥然不顾。此等败类，非只天理消亡，并其躯命亦不自恤，真痴迷之甚矣。予深悯其愚，求宁思永，既已谆谆诞告，力挽颓波。而治化之原，当由身始，偶于几暇莅止，仰瞻题额，益为憬然不置云。

嘉庆二十年

无暑清凉

山庄旧额御园沿，坐挹清和首夏天。
绮旭迟迟度堦畔，暖飔叠叠漾汀前。
窥帘燕子回翔速，映牖鼠姑意态妍。
序正南讹敷长养，欣沾阵雨洽农田。

鼠姑：牡丹的别名。明 唐寅《题牡丹画》诗："谷雨花枝号鼠姑，戏拈彤管画成图。"

南讹：亦作"南为"。指夏时耕作及劝农等事。《史记·五帝本纪》："申命羲叔，居南交。便程南为，敬致。"司马贞索隐："春言东作，夏言南为，皆是耕作营为劝农之事。"

长养：生长、养育之意。

慎修思永

皋陶陈法戒，大禹拜昌言。
题额垂谟训，钦承固本原。
心身修宥密，政治勿纷烦。
宽猛必相济，用中奥义存。

皋陶：黄帝之子少昊后裔，与尧舜禹齐名的上古四圣，被奉为中国司法鼻祖和狱神，以司法公正而著称。

嘉庆二十三年

知过堂自责

圣人无过额知过，予过诚多愧寸心。

敷政不能化民俗，立纲犹未肃官箴。

言多迎合身家重，事总因循习染深。

克己省愆惟自责，形端表正勉君临①。

① 予向著《因循疲玩论》，切戒大小臣工，克己省愆，以期勉于无过。然身家念重，迎合者多，总未能奋发有为，一洗积习。予惟有返躬自责，庶几端本善则，相与维新而已。

官箴：从政居官的格言。

嘉庆二十四年

慎修思永

身宜慎厥修，心宜思其永。

憧憧时往来，操存戒放骋。

返观毋自欺，克己外诱屏。

切勿中道停，精进志勇猛。

卫武九十余，强勉犹箴警。

不息体乾元，学业勤内省。

卫武：即卫武公，东周卫国第十一任国君。九十余岁时仍告诫官民，虚心纳谏。

道光朝

道光三年

知过堂

常人易过患不知，圣人无过时修省。
我祖成堂意远深，深恐物欲有所骋。
数楹结构静而佳，丹雘雕镂尽皆屏。
古柏四围面面山，晴旭辉檐春日永。
风微碧浪漾前溪，字写长空征雁影。
南荣为爱蜃窗明，几片流云归远岭。
非耽景物恣烟霞，岂同诗客闲管领。
鸿文启后曾论之，仰瞻宝翰心弥警[①]。

① 知过堂在慎修思永殿后，乃我皇祖因云香清胜室之旧构为轩楹，并淓圣制《知过论》于壁，因以名堂。仰瞻宝翰，具见圣虑深远，垂戒后人，俾触目警心，毋忘彝训焉。

南荣：房屋的南檐。

管领：领受。宋 杨恢《祝英台近 · 中秋》词：“不妨彩笔银笺，翠尊冰醽，自管领一庭秋色。”

多稼如云

多稼如云，亦称芰荷香，圆明园四十景之一，位居汇芳书院东北，为园内观农问稼之区。该区建于雍正年间，正殿五楹，外悬乾隆帝御书“多稼如云”匾。殿内有嘉庆帝即位之初，太上皇赐与的“颐和书屋”，嘉庆以此为题，曾多次吟咏。殿之东稍南为“湛渌”，殿之南为三楹前殿，外悬乾隆帝御书“芰荷香”，芰荷香前有大片荷池，池畔有“莲花四方亭”一座，为帝后赏荷、观稼与膳憩之处。殿内曾收贮乾隆《重刻淳化阁帖》《西洋楼铜版图》各一套。

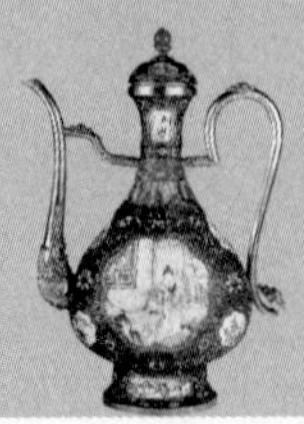

乾隆朝

乾隆九年

多稼如云

坡有桃，沼有莲，月地花天，虹梁云栋，巍若仙居矣。隔垣一方，鳞塍参差，野风习习，袯襫蓑笠往来，又田家风味也。盖古有弄田，用知稼穑之候云。

稼穑艰难尚克知，黍高稻下入畴咨。
弄田常有仓箱庆，四海如兹念在兹。

稼穑：即耕种和收割，泛指农业劳动。

畴咨：喻指访问、访求。

乾隆二十四年

湛渌室

小屋三间俯小溪，活流湛渌也堪题。
谁云鸡肋无多子，藉悟漆园观物齐。

湛渌：湛，清澄。渌，清澈。

漆园：代指庄子。因其做过东周宋国地方的漆园吏。

嘉庆朝

嘉庆元年

颐和书室即事

忆昔额颐和，山庄建书室。
辛丑兄定名，挥洒如椽笔。
较射到夕曛，敲诗或永日。
棣萼本同根，天和颐养吉。
斯时构小斋，十笏堪容膝。
心岂逐境迁，孝友吾事毕。
还如联床语，挥尘神洋溢。
诲予不惮烦，雅爱诚难述。
移额志弗忘，王猷望匡弼。

辛丑：乾隆四十六年（1781）。

椽笔：《晋书 · 王珣传》："珣梦人以大笔如椽与之，既觉，语人云：'此当有大手笔事。'俄而帝崩，哀册谥议，皆珣所草。"后因以"椽笔"指大手笔，称誉他人文笔出众。

棣萼：比喻兄弟。唐 杜甫《至后》诗："梅花一开不自觉，棣萼一别永相望。"

天和：谓自然的和气。

十笏：笏，又称手板或朝板。是古代臣下上殿面君时的工具。《礼记》中载"笏长 2 尺 6 寸，中宽 3 寸"。十笏，形容面积极小。

联床：形容亲友、兄弟的聚会及其欢乐之情。

挥尘：挥动尘尾。晋人清谈时，常挥动手中尘尾以资谈助，后借指谈论。

王猷：亦作"王犹"，犹王道。《诗 · 大雅 · 常武》："王犹允塞，徐方既来。"朱熹集传："犹，道。言王道甚大，而远方怀之，非独兵威也。"

匡弼：匡正辅佐；纠正补救。汉 蔡邕《琅邪王傅蔡朗碑》：“骄盈僭差，或蹈宪理，非弘直硕儒，莫能匡弼。”

颐和书室自箴

颐和得真趣，书室旧时名。
坦荡光风爽，圆灵霁月明。
有容德乃大，无我圣之清。
虚受众美具，钦哉慎满盈。

圆灵：古人认为天形圆而为万物之灵，故以“圆灵”代称天。
慎满盈：语出唐 魏徵《谏太宗十思疏》，意谓要警惕骄傲自满。

芰荷香

永夏塞湖对君子，御园秋末有余芳。
离披绿盖仍摇影，可识仙寰岁月长。

塞湖：避暑山庄湖水的总称，由泉水、山谷溪流瀑布和雨水汇集而成。

托根清净出泥中，回忆幽香送晚风。
花谢花开视平等，幻成色相立虚空。

嘉庆二年

颐和书屋晚坐

天和颐养最安恬，一室光明旭满帘。

影弄婆娑篁舞砌，音流下上鹊巡檐。
茗调活火声徐沸，香惹微风篆细添。
岂似昔时书屋况，得闲几暇韵方拈。

篁：竹子。

颐和书室静坐有感

春光艳丽增新感，书室萧条叹独居。
花有并头谁植卉，池无比目漫观鱼。
觅魂羽客术成幻，齐物庄生言集虚。
从此囊琴终不鼓，知音隔世渺愁余。

并头：花并头而开。比喻夫妻恩爱。

比目：即比目鱼。常以喻相爱的夫妻、情人。

羽客：道士的别称，或谓仙人、羽人。

囊琴：装琴入袋。

颐和书室作

饮和食德民情豫，蹈礼依仁王道敷。
欲使淳风播海寓，其难其慎凛嘉谟。

淳风：淳朴敦厚的习俗、风气。

嘉谟：犹嘉谋。汉 扬雄《法言·孝至》：“或问忠言嘉谟，曰：‘言合稷契谓之忠，谟合皋陶谓之嘉。’”

光风霁月十分春，涵育胸中德日新。
颐养天和益精粹，发仁止义化臣民。

颐和书室对竹

书室颜旧名，颐和养气志。
容膝心易安，潇洒十笏地。
小窗印虚明，新竹一亩置。
亭亭袅竿长，冉冉浮筠翠。
习静对此君，节挺凌云意。
绿篠布闲阶，南薰偶自至。
淡引箫管鸣，嶰谷八音备。
经雨浥轻尘，琅玕助佳致。
渭川系遐心，来凤含遥吹。
四时不改柯，高风怀寤寐。

绿篠：绿色小竹子。

嶰谷：指昆仑山北谷名，传说黄帝使伶伦取嶰谷之竹以制乐器。

八音：我国古代对乐器的统称。即由金、石、丝、竹、匏、土、革、木等不同材质所制。

琅玕：美石，在唐宋诗词中多代指竹。

渭川：即渭水，在今陕西中部。唐 孟浩然《登总持寺浮图》诗：“竹绕渭川遍，山连上苑斜。”

遐心：指思念远方之人的心情。

来凤：来凤县，位于湖北省西南部，酉水上游。

寤寐：日夜，整天。引申为日夜思念。明 李东阳《与方石先生书》：“今圣天子方重士风，采舆论，有寤寐英贤之意。”

颐和书室

书室清幽十笏地，颐和仍额旧时名。
光风霁月最高爽，察理观心悦性情。

菊友临窗知素节，竹君舞砌报商声。
寰区民庶寸衷括，所幸秋原穑事成。

素节：秋令时节，特指中秋、重阳等秋季佳节。
商声：古音乐五音之一，其声凄凉。借指秋声。

芰荷香

塞苑嘉莲每岁咏，御园静植未能观。
根仍茂密花全谢，一例西风落叶残。

塞苑：承德避暑山庄。

想象芙蕖拓净姿，朱华万柄耀朝曦。
经霜摇落同芦苇，转瞬田田又满池。

朱华：指荷花。
田田：荷叶盛密貌。

颐和书室作

书斋额昔题，诵读思素位。
天和衷自颐，涵养毓精粹。
叨承恩旨申，九有命抚字。
德泽久覃敷，黾勉为后嗣。
继述敬不遑，庭训心铭记。
室仍旧时名，太和祈遍致。
洋溢宇宙间，蒸蒸乐昌炽。
能此诚艰哉，抱蜀慎主器。

抱蜀：抱，持；蜀，祠器。

主器：古代国君的长子主宗庙祭器，因此称太子为主器。

嘉庆三年

颐和书室

承恩赐新居，题室仍旧额。

开韶百事佳，春和溥昊泽。

颐吉养正功，操存泯无迹。

善长德为元，庶汇敷新碧。

养正：指修养正道。

庶汇：万类。宋 范仲淹《圣人抱一为天下式赋》：“抱一而万机无事，为式而庶汇有伦。”

调御赞枢机，广哉九有宅。

守训切爱民，民安足国脉。

玉烛庆长调，厚福根源积[1]。

① 颐之义为养，至和之用实兼人己，所谓天下之达道也。尧典之协和万邦，禹谟之正德利用。厚生惟和，胥是能长养，此和则以和召，和玉烛调，而金瓯永固矣。予之屡以颐和名室，意实在此。

玉烛：谓四时之气和畅。形容太平盛世。

晚秋颐和书室述怀

寸田育灵根，颐和持其志。

培养浚深源，正心始诚意。

主鬯抚九围，保民慎天位。

仙馆庆攸宁，西成蒙昊赐。

直省沐绥丰，得此真上瑞。

遵训益克勤，敬恭素忱志。

九围：即“九州”。《孔颖达疏》称：“盖以九分天下，各为九处，规围然，故谓之九围也。”此指天下。

上瑞：上等的吉利。

嘉庆七年

芰荷香北望

蜃窗纳远景，春宇绘闲云。

老树留曦影，轻风叠水纹。

岚光相映带，淑霭互氤氲。

农作期将近，耕畬事克勤。

耕畬：耕种田地。

题颐和书屋

山庄昔岁书斋额，移置御园佳境宜。

颐养寸田勤敕政，燮和九宇勉敷慈。

春华秋实天机露，知水仁山道箢披。

溥愿庶民咸乐业，思艰图易巩丕基。

燮和：协和。

颐和书屋

洋溢太和气，寸田静里颐。
守中观万变，察理慎初基。
敛锡寰区溥，覃敷民物熙。
即看三省定，保泰迓鸿禧。

三省：即川、陕、楚三省。此指清军平定三省白莲教大起义。
鸿禧：洪福。《宋史·乐志九》：“宝命自天，鸿禧锡祚。”

嘉庆八年

颐和书室

新境题旧额，几闲暂息心。
春光始骀荡，尚觉薄寒侵。
彩胜悬四壁，应节亦偶临。
淡泊予本性，持躬匪自今。
在上众所法，守约矢素忱。
诗书敦夙好，绎理闲讨寻。
条风拂帘幙，积雪萦树林。
阳和渐开拓，颐志至乐深。

彩胜：即旛胜。唐宋风俗，每逢立春日，剪纸或绸作旛戴在头上或系在花下，以庆祝春日来临。
条风：东风。

多稼如云　四首以题为韵

问余有何乐，所乐在时和。

省岁筹晴雨，力田茂麦禾。

生民纪周雅，良耜载豳歌。

珠玉诚无用，惟祈万宝多。

周雅：指《诗经》中的《大雅》和《小雅》。因《诗经》均为周诗，故称。

豳歌：指《诗·豳风·七月》，诗中描写周代的农业生产与农民生活。

万宝：犹万物。此处指农作物。

尚俭屏雕文，山村地多暇。

开垦数顷田，农功较春夏。

引水注陌阡，含风翻穲稏。

吾欲知民艰，漫嘲学耕稼。

雕文：指以彩绘、花纹为饰的物品。

稻畦依柳墅，隐约香风舒。

长溪环垄畔，修蛇运水车。

转斡尽巧思，盈科遍清渠。

御苑验农候，江乡景不如。

较量稼穑事，漫寻花柳纷。

映日漾霞影，临风皴縠纹。

年稔书大有，民足衷方欣。

凭窗对畎亩，压垄连黄云。

颐和书室

治理在芸编，心希古圣贤。
颐和源自浚，化俗谕频宣。
由义行毋改，居仁性不迁。
移风非易事，正己以身先。

靥窗延远景，天籁下疏帘。
馥郁花霏几，啁啾鹊绕檐。
波光槛前漾，云影岭头添。
和霭晴晖满，集虚静养恬。

天籁：自然界的各种声音。如风声、水流声、鸟鸣声等。

集虚：即“唯道集虚”。是庄子在《人世间》篇中向世人传授的悟道法门。意为只有“虚”才能领悟道的真谛，“虚”是一种内心修炼的工夫。

颐和书屋

天和颐养寸田中，常欲惺惺守素衷。
性海澄波涵霁月，灵台明镜漾光风。
万几勤敕仁心溥，三德时宣学业充。
探讨先言敷政治，简编至理妙难穷。

惺惺：清醒貌。唐 杜甫《喜观即到复题短篇》：“应论十年事，愁绝始惺惺。”

万几：指皇帝日常处理的纷繁政务，亦作万机。

三德：古人要求的三种品德，即正直、刚克、柔克。《周礼·地官·师氏》载，以二德教国于：一曰至德以为道本，二曰敏德以为行本，三曰孝德以知逆恶。

嘉庆九年

颐和书屋

颐养天和应庶事，致中立极化臣民。
世情浇薄难齐礼，正学昌明渐返淳。
于穆一心时克已，枢机千里总归仁。
移风易俗愧无术，抚字艰思治理臻[①]。

① 颐，非自养之谓，将以养万民也；和，非平心之用，即以顺万事也。养必兼教，顺乃从欲。此克艰之心，总归致中之本，敢不勉诸？

于穆：对美好的赞叹。语出《诗·周颂·维天之命》："维天之命，于穆不已。"

嘉庆十年

颐和书屋

山庄题额御园溯，旧境回思岁月深。
荷馥悠扬来远渚，蝉声摇曳出乔林。
观农喜有稻盈目，却暑欣尝瓜镇心。
五内清凉应世事，天和颐养静探寻。

天和：指正常的气候运行规律。

嘉庆十一年

颐和书屋

天和蕴寸田，颐养应庶事。
嗜欲不能淆，充实浩然气。
习静验工夫，达观辨义利。
涵育性海辉，体用炼精粹。
至道岂外求，万物吾身备。
灵台浚澄清，执中运仁知。

灵台：指心、心灵。

嘉庆十二年

芰荷香

十亩池塘万柄莲，花中君子品清妍。
远香淡雅临风细，静彩翩翻映日鲜。
灿灿朱英出泥垢，亭亭翠盖罥波烟。
虚庭茂对欣蕃育，净植含芳遍锦涟。

朱英：红花。此指荷花。

蕃育：繁衍。

锦涟：锦，有彩色花纹的丝织品。涟，风吹水面所形成的波纹。此指微波荡漾的池塘。

嘉庆十五年

颐和书屋

旧额在山庄，天和养素志。
新额题御园，颐和理庶事。
大同洽寰区，安心勤抚字。
从欲乐盈宁，淳风遍渐被。
习俗沾染深，此愿曷能遂。
顾名增惭惶，守成良不易。

鱼跃鸢飞

鱼跃鸢飞，圆明园四十景之一。居多稼如云东北，御园大北门之内，建于雍正年间。主殿鱼跃鸢飞为跨河重檐方殿，楼为二层，四柱庑殿式。方殿四面为门，每面五楹，南门外悬雍正帝御书“鱼跃鸢飞”匾，东、西、北三门分悬乾隆帝御书“岚光曙色”“绮疏西照”“涧溜调琴”。殿北跨桥出东北山口即大北门，亦称北楼门，园内养蚕户、农夫等人，均由此出入。殿东厢三间，外悬乾隆御书“畅观轩”匾，殿西南临垣，有“铺翠环流”亦称“溪山”殿，殿正南有室曰“传妙”，实为宫门三间，门南出山口有四方“多子亭”。诸额皆为雍正帝御书。咸丰十年（1860）圆明园罹劫后，鱼跃鸢飞殿仍幸存，后毁于八国联军之乱。

乾隆朝

乾隆九年

鱼跃鸢飞

榱桷翼翼，户牖四达。曲水周遭，俨如萦带。两岸村舍鳞次，晨烟暮霭，蓊郁平林，眼前物色，活泼泼地。

心无尘常惺，境惬赏为美。
川泳与云飞，物物含至理。

榱桷：屋椽。宋 王安石《寄题郢州白雪楼》诗：“朱楼碧瓦何年有，榱桷连空欲惊矫。”

惺：清醒、聪明。

物物：各样事物。朱熹《朱子语类》：“凡眼前无非是物，物物皆有理。”

乾隆二十九年

赋得鸢飞鱼跃

大雅辞先著，中庸趣重拈。
天飞宁著力，渊跃自知恬。
云翮原昭上，波鳞亦出潜。
流行活泼泼，岂弟兴厌厌。

絜矩作人化，造端君子占。

理诠兼内外，是用揭楣檐。

《大雅》:《诗经》二雅之一，为先秦时代华夏族诗歌。

《中庸》: 原是《礼记》中的一篇。为战国子思作。宋代把它与《大学》《论语》《孟子》并列为“四书”。

忺: 想要。宋 李清照《声声慢》词:“满地黄花堆积，憔悴损，如今有谁忺摘。”

云翮: 指凌云高飞的鸟。

絜矩: 絜是量具，矩是画方形的用具，引申为法度。儒家以絜矩象征道德上的规范。

造端: 开始，开端。

乾隆五十五年

畅观轩

斋有窗棂轩则无，畅观得号以斯夫。

观宁树石景佳也，畅在雨旸时若乎。

役目戒深铭敢忘，从心学浅矩难逾。

御寒偶设菱花牖，更厌玻璃几片糊。

厌: 饱。引申为满足。

乾隆六十年

畅观轩口号

迟吐叶林无碍望，苍山新水也宜看。
曰三洪范常忧我，自审何曾一畅观。

洪范：《尚书·洪范》系商代贵族政权总结出来的统治经验。洪范即统治大法。

北远山村

北远山村，圆明园四十景之一，居鱼跃鸢飞之东。禾畴弥望，模仿水乡农村的北远山村，建自雍正后期，旧称北苑山房、北苑山村。乾嘉时期多有改建，后总称“课农轩”。该区为园内主要植桑养蚕之地，自雍正七年（1729）始，即设首领太监等人专管该处养蚕事宜。山村之南水门关，有石刻乾隆御书“北远山村”匾。主殿为五楹两卷前接抱厦三间，外悬“课农轩”匾，内挂“豳风在望”额，系嘉庆二十二年（1817），在原“皆春阁”“稻凉楼”“涉趣楼”及“湛虚书屋”等基址上，改建而成。轩西侧八角“观音庵”，原为雍正时“龙王庙”；轩东侧为“水村图”，有联曰：“鱼跃鸢飞参物理；耕田凿井乐民和。”水村图东北有“绘雨精舍”，东南有“兰野”。观音庵前河西南有临水六方亭，名曰“观澜”。

咸丰十年（1860）圆明园罹劫后，本景尚存课农轩、观音庵及值房等处，并有太监等坐更值宿。后则彻底毁于八国联军之乱。

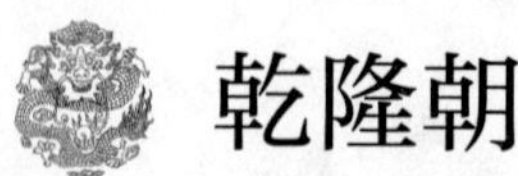

乾隆朝

乾隆七年

初冬北远山村

亭皋淡寒林，坂原余残菊。
山村学溪庄，竹篱围茅屋。
欲验农功勤，时寓几余目。
值此三冬初，乐彼五谷熟。
鸡犬静埘扉，秉穗堆囷簏。
稍慰心中忧，未释眉间蹙。
维扬尚阻饥，秋来涨淮渎。
风冷棚居民，几多向隅哭。
虽覃赈济恩，岂能遍茕独。
小稔何足侈，缅怀增怍恧。

亭皋：水边的平地。
埘：古时称墙壁上挖洞做成的鸡窝。
囷簏：囷，古代的一种圆形谷仓。簏，竹编的盛物器具。此为竹篓。
维扬：扬州的别称。
淮渎：指淮河。
怍恧：惭愧。

乾隆八年

春日泛舟过北远山村

山容染黛水澄泓，面面江村画意迎。
迟日暖烟临上巳，轻阴微雨酿清明。
沿堤草色无中有，拍岸波光坐里行。
最爱鳞塍方脉起，扶犁叱犊一声声。

澄泓：水清而深。

上巳：魏晋以后把上巳节固定为三月三日，此后便成了水边饮宴、郊外游春的节日。

鳞塍：密集的田垄。

榆火村酥野坞边，物含春意也婵娟。
疏峰罨羃桃蒸绮，远浦迷离雨作烟。
手卷画中开别业，水车声里过前川。
敲诗饶有廛农意，不是寻花问柳船。

榆火：本谓春天钻榆、柳之木以取火种。后以榆火为典，表示春景。

夏日北远山村泛舟

苇岸沙汀曲复斜，溪村一棹玩清嘉。
田间野老骑秧马，术上牯牛转水车。
试舞鹤雏双羽纚，学讴牧竖数声哑。
迎眸好景披图画，何异游仙泛若耶。

术：泛指道路。

褷：毛羽轻柔的样子。

西山凝黛望中遥，时有轻云出岫飘。
润逼林皋当首夏，甘流泉乳想余姚[①]。
连天树色清依槛，得雨溪声涨到桥。
寄语方壶员峤客，好携烟侣共呼招。

① 苏轼诗："余姚古县亦何有，龙井白泉甘胜乳。"

方壶员峤：二者均为古代传说中的仙山。

烟容水态罨篷窗，无恙轻风挂竹艭。
出埭玉勹才个个，掠空沙燕故双双。
僧归野寺闲行杖，人过山村远吠尨。
日暮西峰飞雨脚，拟听彻夜乱珠摐。

艭：帆。

勹：同"包"。

尨：毛多而长的狗。

摐：敲击。《史记·司马相如传》："摐金鼓，吹鸣籁。"

乾隆九年

北远山村

循苑墙，度北关，村落鳞次，竹篱茅舍，巷陌交通。平畴远风，有牧笛渔歌与舂杵应答。读王储田家诗，时遇此境。

矮屋几楹渔舍，疏篱一带农家。

独速畦边秧马，更番岸上水车。
牧童牛背村笛，馌妇钗梁野花。
辋川图昔曾见，摩诘信不我遐。

馌妇：往田野送饭的妇女。
辋川图：唐朝诗人王维画的名画，绘辋川别业二十景于其上，故名。
摩诘：王维，字摩诘，号摩诘居士。

乾隆十年

泛舟过北远山村

放眼山村水郭间，轻帆聊趁片时闲。
春阑曲岸霏红雪，雨歇遥岑濯绿鬟。
蓑笠农人浸种去，钩筐妇女采桑还。
苾刍消得无忧喜，一卷楞伽独掩关。

苾刍：即比丘。本西域草名，梵语比喻出家的佛弟子。
楞伽：即楞伽经，佛教经典。

乾隆十一年

北远山村

山村水郭近清明，改火风光卖酪声。
画意行行无近远，诗题处处有逢迎。

改火：《周书·月令》有更火之文。春取榆柳之火，夏取枣杏之火，季夏取桑拓之火，秋取柞楢之火，冬取槐檀之火。一年之中钻火各异木，故曰改火也。后以“改火”称时节改易。

柳色鹅黄蘸碧流，村称坛酿熟春刍。
漫言新水弱无力，半醉渔家任拍浮。

不必寻春春可怜，可怜春色自年年。
西山烟景虚无际，北郭溪村阿那边。

麦半抽针谷种才，甘膏盼望几徘徊。
催花不比催耕急，为倩东风送雨来。

乾隆十二年

北远山村

山坞溪庄静绝尘，东风软拂绿波新。
谁知村北一川景，却似江南三月春。

惠崇画意半阴晴，比似溪村也不争。
蚕忌柴门无客叩，农忙野陇有人耕。

惠崇：北宋僧人，善诗、画。代表作有《溪山春晓图》等。

柳丝千缕飏晴晖，岸转湖山入望微。
唼藻锦鳞分浪跃，近舟白鹭破烟飞。

唼：鱼和水鸟等呷食。

北远山村

山村农事罢，历览一怡颜。
柄穗篝车满，桔槔溪町闲。
墙根菘尚绿，坞外树全殷。
乐土真堪绘，因思寓县间。

桔槔：古代一种农用的汲水工具。

坞：地势周围高而中央凹的地方。

乾隆二十五年

北远山村

山村迩岁略稀游，雨后偷闲试泛舟。
桃李清溪穿一带，诗吟摩诘雅相投。

清明时节自年年，何必虚名说禁烟。
榆叶杏花交隐映，鸣榔声里又前川。

禁烟：指古代寒食节。在清明节前一二日。是日禁烟火，吃冷食。后世逐渐增加了祭扫、踏青、秋千、蹴鞠、斗鸡等风俗。

拍隄新水浪纹涵，绿柳红花天蔚蓝。
记得南巡好景在，行春桥接石湖南。

石湖：石湖属于太湖支流，苏州风景名胜。

青蒲白芷碧溪湾，入影新螺过雨山。
有喜近臣许知得，那知喜在稻田间。

青蒲：即蒲草，水生植物，嫩者可食，茎叶可供编织蒲席等物。
白芷：多年生草本植物，开白花，果实长椭圆形。

冬日北远山村

历观塞外与关中，纳稼如茨总报丰。
今日山村喜方信，常言私后合先公。

如茨：形容多。《诗·小雅·瞻彼洛矣》："君子至止，福禄如茨。"《孔颖达疏》："其聚积多大，如屋盖之茨也。"

题湛虚书屋

桑苎村中茅草屋，闲来就读亦观耕。
半窗受日虚而朗，一水护门湛且清。
范缓倪迂法如是，王丞杜老句多情。
圃场获罢心方慰，又对同云望六霙。

桑苎：谓种植桑树与苎麻。泛指农桑之事。
倪迂：倪瓒，元代画家、诗人。因性情狷介，有怪癖，故人称"倪迂"。
六霙：雪花。

皆春阁

小阁构山村，皆春义可论。
一编读周易，四德首乾元。

宁谓花无谢，应知道有根。

熙熙虽未逮，景仰志犹存。

四德：易家以元、亨、利、贞为四德。

题涉趣楼

偶额书楼曰涉趣，山容水态满名园。

渊明语只能从半，志在重华辟四门。

重华：虞舜的美称。

四门：指明堂四方的门。《尚书·舜典》："宾于四门，四门穆穆。"意指四方诸侯来朝，宾客皆敬。

乾隆二十六年

绘雨精舍作

精舍寻常以雨称，今朝生面又堪凭。

增池润埒皆同调，缀树糊篁此绝胜。

青帝化机原后素，天公绘事实多能。

画禅如展王摩诘①，首肯吾言信有征。

① 画禅室所贮名画大观，有王维雪景。

埒：指堤防、田埂、矮墙等。

后素：在众色间敷以白色。

题绘雨精舍

森森银竹矗烟空，绘事东皇有独工。
乱织素丝非后素，即看红杏是新红。
峰峦入咏油云外，蓑笠催耕润野中。
记得栖霞驻春跸，山房佳致宛相同①。

① 栖霞山春雨山房曾有咏。

绘雨精舍

绘雨偶题轩，春来屡沐恩。
果然叶佳兆，那可忘名言。
画必称米芾，诗当属许浑。
徐看沾沃野，所乐固斯存。

许浑：晚唐最具影响力的诗人之一，诗中多描写水、雨之景，后人拟之与杜甫齐名。

米芾：北宋书法家、画家，与蔡襄、苏轼、黄庭坚合称“宋四家”。

稻凉楼

绿塍浑是水云乡，触目知耕复课桑。
此处不须称避暑，北窗常引稻风凉。

绘雨精舍漫作

春雨惟知喜，言北非言南。
夏雨愁喜半，取时非取淹。

喜愁自在人，何与彼雯雯。
惟人所欲多，舍喜趋愁甘。
望之未久忘，对之转微嫌。
似此无厌求，毋副子难堪。
绘事在传情，聊志吾所惭。

雯雯：细雨。

乾隆二十八年

戏题皆春阁

青阳有意到根荄，造物无心栽者培。
彩胜华灯都在架，笑予过节始言来。

乾隆二十九年

赋得水村图

山村称北远[①]，亦有水弯环。
可课农桑事，无非烟霭间。
蚕筐求叶出，渔网受风还。
宝笈藏松雪[②]，置身中不悭。

① 北远山村中傍水筑村舍，因以名静室。
②《石渠宝笈》藏有赵孟頫水村图。

绘雨精舍口号

三时有雨冬无雨，夏潦秋霖强半愁。
有喜无愁只春泽，今朝绘出渥而优。

乾隆三十一年

皆春阁

柳将稊矣蠓飞矣，春意由来物物知。
高阁吟凭参妙理，贞元运斡只无为。

稊：通“荑”。树木再生的嫩芽。
蠓：蠓虫，昆虫的一类，比蚊子小，褐色或黑色。

绘雨精舍

精舍朴淳溪町间，寻常绘事总宜删。
今朝雨里披真趣，水罢翻车蛇骨闲。

乾隆三十二年

绘雨精舍

精舍水村畔，今年宛始游。
为欣逢好雨，遂与舣轻舟。

真是名相称，适看景正投。

宜观复宜听，绘出伯仁楼[①]。

① 文伯仁画听雨楼图，萧闲简远，寓意可爱，旧尝题诗其上。

乾隆三十五年

绘雨山房　在北远山村

山村久不到，乘闲一泛船。

夏云挟雨来，须臾天水连。

山房可憩坐，据床眄飞烟。

岸树既迷离，庭草益芊绵。

许诗景毕肖，米画神都传。

犹欲问颠翁，似此恐未然。

乾隆三十八年

戏题湛虚书屋

水天映座澹如如，偶到循名自愧予。

较量应输书屋者，湛然恒此守其虚。

水村图

舟号卧游室[①]，水村便展图。

自然饶气韵，不复问宽[②]迂[③]。

雨足稻秧长[④]，风翻麦穗铺。

岂徒烟景揽，农计总廑吾。

① 卧游书室，御园内舟名也。

② 范。

③ 倪。

④ 往年春夏间多望雨，禾黍尚有未种者。今则稻秧已长矣。

乾隆三十九年

皆春阁口号

一气东皇布始訚，九瀛万物尽皆春。

若论登阁对时句，只在乾乾励体仁。

訚：盛貌。

九瀛：指九州与环其外的瀛海。亦指天下。

乾隆四十年

湛虚书屋

谩言冰凝非虚也，试看其中有物乎。

周易下经原在几，不须蓍揲得中孚。

蓍揲：亦称“揲蓍草”。古代问卜的一种方式。

中孚：《易经》六十四卦第61卦，风泽中孚，诚信立身。卦形外实内虚，喻心中诚信。

乾隆四十一年

皆春阁口号

层阁飞临碧沼涯，已猜鱼负泳游佳。
虽然此乐宁止此，春气回苏万物皆。

乾隆四十六年

皆春阁

东皇一气布，万寓普皆春。
高阁独享帚，璇杓识指寅。
片时宜徙倚，五字咏和訚。
观象钦切己，体仁足长人。

享帚：比喻物虽微劣，而自视为宝。语出《东观汉记·光武帝纪》："家有敝帚，享之千金。"

璇杓：指北斗七星。璇，古代称北斗七星的第一星至第四星。杓：北斗星柄部的三颗星。

徙倚：徘徊、留连。

訚：说话或争辩时正直而和蔼的样子。

长人：为人君长，指统治者。

乾隆四十七年

湛虚书屋

解冻东风拂面来，平湖渐觉鉴光开。

恰临书屋翻芸简，心映虚明湛古哉。

乾隆四十八年

皆春阁

新年临御苑，所至物皆春。
淑景方融腊，条风正叶寅。
梅心含萼馥，柳眼放稊新。
汉诏从来读，吾惟廑万民。

淑景：指春光。

条风：东北风。一名融风。

梅心：梅花的苞蕾。唐 元稹《寄浙西李大夫》："柳眼梅心渐欲春，白头西望忆何人？"

柳眼：早春初生的柳叶如人睡眼初展，故称。唐 元稹《生春》："何处生春早，春生柳眼中。"

乾隆五十一年

皆春阁

东皇布煦妪，一气物皆春。
且慢臻昌治，已欣渐蔼闾。
元为善之长，君合止于仁。
宣沛十行诏，惟期苏万民。

煦妪：温暖、抚育。

十行：《后汉书·循吏传序》："其（光武帝）以手迹赐方国者，皆一札十行。"后因以代指皇帝诏书。

湛虚书屋

书屋临池曰湛虚，渌波不动澈如如。
冰时似觉其言爽，观象中孚义启予。

乾隆五十三年

皆春阁

书阁号皆春，皆春名在循。
天心惟爱物，君道止居仁。
试看三阳泰，敷为万汇新。
吾民可得所，返已愧惟真。

三阳泰：即三阳开泰。古人认为农历十一月冬至后为一阳生，十二月为二阳生，正月是泰卦，三阳生。阴消阳长，有吉祥亨通之象。

湛虚书屋口号

屋号湛虚缘近水，稚春鱼负尚存冰。
水虚冰实名如紊，转语问谁可著能。

乾隆五十四年

稻凉楼口号

稻迟浸种水干沟，鳞町空空徒映楼。
欲待乘凉闲拾级，年来避暑付名留[①]。

① 每年获稻时，正值驻跸避暑山庄，以是登此楼甚稀。园中缀景称名，原弗遍留意涉揽也。

乾隆五十五年

绘雨精舍口号

初春于耜不为迟，举趾亦非亟望时。
昨岁秋霖沾太渥，绘成草木发生姿。

乾隆五十七年

皆春阁得句

一气贞元斡运新，善哉无物不皆春。
可知泯识草木类，亦觉胥蒙天地仁。
岂独层楼擅享帚，由来薄海普含钧。
十行讵只称数典，在有恩膏沛以真。

乾隆五十九年

稻凉楼写闷

小楼额稻凉，向用东坡意[1]。
其意本寓闲，兹乃合实事。
春迟二月寒，发生畅犹未。
稻田尚待暄，浸种那可试。
望雪逮望雨，郁悒愁弗置。
稽首几霈甘，举趾农功遂。

① 楼额用苏轼“稻凉初吠蛤”句意。

嘉庆朝

嘉庆元年

北远山村

尺泽优沾畎亩滋，甘膏浃洽喜知时。
畦边汩汩波盈埊，涧底潺潺水涨池。
一带垂杨遮矮屋，几竿修竹护疏篱。
田家风景真如绘，穑事艰难每切思。

浃洽：普遍沾润。

皆春阁

湿云散碧宇，霁景一番新。
远岭积银屑，平湖皱麴尘。
授时时正美，育物物皆春。
恰喜阁名称，勤思怀保仁。

麴尘：借指柳树、柳条。

北远山村遣闷作

山村望远非乘兴，篙目民田切寸心。
虽沐优滋春已往，未蒙继泽夏方深。
风威静敛轻凝雾，云气微铺漫作阴。
默吁昊恩祈宥罪，征符离毕布甘霖。

篙目：极目远望。
征符：预兆与征验。《后汉书·袁绍传》："览古今之举措，睹兴败之征符。"
离毕：月亮附于毕星。是天将降雨的征兆。

北远山村

山村幽静碧溪东，曲涧萦回一水通。
汀柳如春余浅绿，崖枫若绘染深红。
盈庭浩浩松篁籁，夹岸萧萧芦荻风。
更上层楼舒远目，西峰百里豁晴空。

松篁：松与竹。前蜀 韦庄《春愁》："后庭人不到，斜月上松篁。"

皆春阁

天地之大德曰生，四时春气乐咸畅。
小阳驻景遍寰区，黄菊临风艳齐放。
收藏万宝庆登丰，盈宁百室升平状。
敬勤益凛寸心持，长此屡绥感昊贶。

昊贶：上天赐予。

嘉庆二年

皆春阁

东方木德盛于春，二气细缊鼓橐籥。
皇心斡运品汇斟，洋溢仁风海宇廓。
遐迩同沾化育慈，蔼如三阳荫溥博。
天道不言运四时，圣人无为调六幕。
小子梼昧沐深恩，保泰持盈凛付托。
敬体旰宵省岁衷，虔祝雨旸叶时若[①]。

① 春为一岁之首，而夏秋冬亦各具生气，春皆寓焉。皇父旰宵省岁，德备四时。予敬体圣心，授时为要。惟祈庶征，协应玉烛，和调年谷，顺成寰宇，盈宁有象，则皆春之义也。

二气：指阴阳。

细缊：同氤氲。形容烟或云气浓郁。

橐籥：古代冶炼时用以鼓风吹火的装置。此处借指其中蕴涵阴阳开合之道。

蔼：茂盛、盛多的样子。

溥博：周遍广远。语出《礼记·中庸》："溥博渊泉，而时出之。"

梼昧：愚昧无知，多作自谦之辞。

北远山村泛舟作

望里山村接北垣，轻舟缓入水关门。
柳丝摇曳青绦漾，棹影回旋碧浪翻。
触目韶光长昼展，生憎花事暮春繁。
独欣好雨庆深足，田继冬膏余润存。

生憎：最恨、偏恨。

北远山村即目

高阁出园墙，烟郊望近远。
稻田百顷连，蓄水注陂堰。
江乡风味全，村景盈芳苑。
眺览爱朴淳，筹农为国本。
时雨愿符期，小民兴锸畚。
民足国之肥，旷然慰素悃。

陂堰：蓄水池。《宋史·河渠志五》：“修治陂堰，民已获利。”
锸畚：畚，盛土器；锸，起土器。泛指挖运泥土的用具。

嘉庆三年

皆春阁叠丁巳韵

韶华溥遍始御园，玉律三阳敷暖籥。
天心慈育圣乘乾，遍覆包含九有廓。

一道同风德化彰，元为善长所该博。
泰阶荡平共遵循，除慝安良靖征幕。
闾里盈宁始力耕，东作农兴邦本托。
凛训殷勤益敬恭，翘瞻苍昊弥钦若。

乘乾：指登极为帝。
九有：即九州，泛指中国。
泰阶：古星座名。即三台。此处借指朝廷。

北远山村

直北山村境不同，门开水郭一舟通。
危亭曲榭景随妙，高树低云画逊工。
柳织莺唇罥丝碧，波分燕尾翦花红。
韶光艳冶春深候，最喜田畴膏泽充。

嘉庆十一年

北远山村

山楼溪阁接檐栊，舟过石梁一水通。
棹泛漪澜叠清影，畦翻香稻飏薰风。
平湖锦浪涵青嶂，高柳浓阴倚碧空。
试启纱幮舒远目，北峰胜概列窗中。

嘉庆二十二年

题课农轩

碧溪曲折放舟通，临水轩窗波影笼。
树艺力田始御苑，课农教稼本豳风。
披薰柳荫摇汀绿，映日榴花照槛红。
麦未登场待甘泽，授时念切近天中。

豳风：《诗经》十五国风之一。为先秦时代豳地华夏族民歌。亦是中国最早的田园诗。

课农轩

何以消几暇，临轩自课农。
知依民食重，力作稔年逢。
枫灿绚秋色，菊含耐老容。
连朝欣降泽，可冀候和雍。

和雍：温和雍容，和谐意。晋 陶渊明《圣贤群辅录·八顾》：“天下和雍郭林宗。”

阶前近渌沼，曲岸放轻舟。
远岭翔征雁，平湖浴野鸥。
霞蒸红蓼渚，风漾白苹洲。
真景随时好，化工元会周。

红蓼：为蓼科蓼属一年生草本植物。
白苹：苹，田字草，多年生浅水草木。

嘉庆二十三年

课农轩

宿润舍畴举趾宜，仲春正是课农时。
始青荏苒舒柔木，嫩绿依稀衬远陂。
新水涟漪环石砌，暖晖和蔼满芸楣。
田功毋怠饬官吏，邦本在兹戒惰嬉。

课农轩自警

农功无暇历三时，稼穑艰难宜克知。
食乃民天最切要，连年亢旱积忧思。

三时：指春、夏、秋三季农作之时。唐 元慎《茅舍》诗：“我欲他郡长，三时务耕稼。”

申酉之交黑雾浓，蜃窗愁对土氛重。
一人失德致愆咎，虔望施甘救庶农。

申酉之交：申时，下午三时至五时；酉时，下午五时至七时，申酉之交即下午五时前后。

嘉庆二十四年

课农轩

农功切民依，力勤仲春始。

豳风载籍详，四之日举趾。

昨岁幸有秋，盖藏欣倍蓰。

惟愿二麦登，屡丰衷敬俟。

四之句：出自《国风·豳风·七月》："三之日于耜，四之日举趾。"举趾，举足而耕也。

课农轩

政暇泛兰舫，水轩试课农。

授时希雨足，观象验星从。

泉注稻畦曲，风含麦浪重。

连塍种禾黍，静俟渥膏浓。

课农轩

念征曰肃感符占，黍苗禾荣稻垅霑。

刈麦耘田群力作，农民程课日增添。

程课：指征发赋税徭役。《逸周书·大匡》："程课物征，躬竞比藏。"

嘉庆二十五年

课农轩

日课农耕及令辰，一年之计在于春。

较量晴雨从兹始，足食关心念庶民。

务本安常首重农，欲祈岁稔力田逢。
昨秋被涝民昏垫，拯救心期比户封。

昏垫：陷溺。指困于水灾。
比户：家家户户。五代 李中《献乔侍郎》诗："九霄恩复降，比户意皆忻。"

课农轩

几暇娱情自课农，欲求足食力田逢。
视兹丰歉心天下，量雨较晴箕毕从。

箕毕：箕与毕为二星宿名，据传箕星主风，毕星主雨。

六合之中境方广，岂能处处遍丰收。
竭予心力补其缺，岁稔先从政治修。

道光朝

道光三年

课农轩

劭农廑寸虑，稼穑务周知。
每念耕耘力，虔祈旸雨时。
稻畦针映水，麦陇浪连陂。
刈获功非易，胼胝悯在斯。

胼胝：即胼手胝足。手脚磨出老茧，形容长年辛苦劳作。语出《荀子·子道》：“耕耘树艺，手足胼胝以养其亲。”

泛舟由北远山村至紫碧山房作

仐晨更喜十分晴，放棹平湖万象清。
几转碧溪最深处，田家风景系予情。

仐：古同“今”。

日午停桡曲涧滨，高低文石势嶙峋。
试登层阁舒遐瞩，廑念畿南失业民。

道光四年

课农轩

玉食应知稼穑艰，农兮终岁鲜安闲。
东皋举趾时无失，日夕牛羊十亩间。

东皋：泛指田园、田野。
无失：没有失误，不遗漏。

占晴课雨念农功，绣陌春融淡荡风。
荷锸追随劳力作，心祈遐迩庆登丰。

绣陌：美丽如绣的郊野路径。

西峰秀色

西峰秀色，圆明园四十景之一。居鱼跃鸢飞之南，建于雍正六年（1728)。该区四周环水，外障冈阜，是一处游憩寝宫，最为雍正帝喜爱。西峰秀色为西向临河三间敞厅，原有戏台，“七夕巧筵，曩时常设于此，有彩棚珠盒之胜”。西峰秀色后宇为含韵斋，五间三卷大殿四围有廊，外悬御笔“含韵斋”，为本景寝宫所在。斋旁植白玉兰十余本，是园内观赏玉兰最佳处。斋东北有院，殿外悬“一堂和气”匾，殿内额曰“玉兰堂”。又东为“自得轩”，轩前有八方藤萝架。轩北高台有单檐四方亭，名曰“小隐亭”。匾额皆雍正帝书。玉兰堂北有临河长屋十二间，前后带廊，外悬“岚镜舫”匾。舫西连过河敞厅七间，内悬“花港观鱼”匾。敞厅西侧池中，有乔松翠盖之小岛，名曰“长青洲”。西峰秀色河西岸松峦峻峙，上有高水瀑布，涧石勒名“小匡庐”。额皆乾隆帝书。

乾隆朝

乾隆三年

小匡庐六首

怪石苍龙似，飞泉玉练如。
天然隔尘境，最数小匡庐。

众木颇蓊郁，青松迥出群。
时有微风至，萧萧天籁闻。

挂为瀑布寒，散作菱花皎。
谁点星星黑，云中一飞鸟。

池亭架波上，俯视流泉泚。
何用披南华，即此当秋水。

南华：《南华真经》的省称，即《庄子》的别名。
秋水：庄子著述颇丰，其中有《外篇·秋水》。

仰有阴可乘，俯有鱼可钓。
中有静观人，悠然发长啸。

暑雨思民怨，薰风想舜琴。

乘闲此小憩，抚景愧吾心。

舜琴：五弦琴。相传为舜所创，故云。《礼记·乐记》：“昔者舜作五弦之琴，以歌《南风》。”

乾隆七年

含韵斋玉兰花

禁火才过卖饧时，春风次第绽辛夷。

东皇借得江生笔①，写出韶光一段奇。

① 玉兰一名木笔。

禁火：即古代寒食节。

辛夷：中药名。又名木兰、紫玉兰，为中国特有植物。

东皇：指司春之神。

韵入纱棂绮思清，焚香沦茗待闲评。

蜂衙蝶阵相忘处，不数仙人白玉京。

白玉京：指天帝所居之处。

乾隆九年

含韵斋木兰

东风早似醺，玉树尚芳芬。

落莫心空度，徘徊意转欣。
分来馡座雾，留得罨窗云。
春色谁无分，游蜂镇日纷。

西峰秀色

轩楹洞达，面临翠巘。西山爽气，在我襟袖。后宇为含韵斋，周植玉兰十余本。方春花气袭人，宛入众香国里。

垲地高轩架木为，朱明飒爽如秋时。
不雕不斫太古意，讵惟其丽惟其宜。
西窗正对西山启，遥接峣峰等尺咫。
霜辰红叶诗思杜，雨夕绿螺画看米。
亦有童童盘盖松，重基特立孰与同。
三冬百卉凋零尽，依然郁翠惟此翁。
山腰兰若云遮半，一声清磬风吹断。
疑有苾刍单上参，不如诗客窗中玩。
结构既久苍苔老，花棚药畤相萦抱。
凭栏送目无不佳，趺榻怡神良复好。
春朝秋夜值几余，把卷时还读我书。
斋外水田凡数顷，较晴量雨咨农夫。
清词丽句个中得，消几丁丁玉壶刻。
但忆趋庭十载前，徊徨无语予心恻[1]。

① 是地轩爽明敞，户对西山，皇考最爱居此。

杜：杜甫，唐代诗人，被称为“诗圣”。
米：米芾，北宋书法家、画家，与蔡襄、苏轼、黄庭坚合称“宋四家”。

苾刍：原西域草名，梵语以喻出家的佛弟子。

趺：趺坐，指佛教徒盘腿端坐的姿势。

乾隆十一年

含韵斋玉兰

桃魂杏魄逐香尘，玉树临风尚占春。
讵是幽斋能驻景，应缘搁笔待诗人。

花开花谢悟根尘，底事凋秋底艳春。
待诏风流重得晤，玉兰堂里玉兰人。

待诏：等待天子诏命。唐 王绩《晚年叙志示翟处士》诗：“明经思待诏，学剑觅封侯。”

便使成尘作玉尘，肯如木药太酣春。
拈来迦叶犹微笑，宁不相思若个人。

迦叶：为释迦牟尼的著名弟子。佛典中有“佛陀拈花，迦叶一笑”的故事。

乾隆十二年

含韵斋玉兰

朅尔对芳朝，皑然映绮寮。
底缘名木笔，为合判春韶。
亶矣堪称韵，佳哉不逞娇。

春园红紫缬，谁与较风标。

朅：离去、去。

木笔：木笔花，即玉兰花。

风标：形容优美的姿容神态。

乾隆十四年

含韵斋玉兰

迎轩木笔发华姿，细雨前朝与濯枝。

且喜未曾开烂漫，恰教聊此对依迟。

谢家庭砌真无匹，江令风流能尔为。

最是常年欢赏处，一回清睇有余思。

依迟：依依不舍的样子。

谢家：指晋太傅谢安家，亦常以代称高门世族之家。

江令：即江总。著名南朝陈大臣，文学家。因陈后主时，曾官至尚书令，故世称江令。

乾隆十八年

含韵斋玉兰

文轩偶凭景殊常，似入仙人白玉堂。

怪底此花称木笔，最能描出好春光。

满庭玉树已酣春，我偶初看便觉新。

了识女夷应暗笑，对花不是得闲人。

女夷：传说中掌万物生长之神，后世亦以为花神。

丰姿雅澹香清净，今日真为含韵斋。

却是三年未经咏，流阴徒讶善推排。

推排：谓岁月推移。

乾隆二十三年

自得轩

蜃窗绨几静无尘，鸟语花香乐有真。

万物当春皆自得，给求养欲厪吾民。

题玉兰堂

依花老屋署题新，便觉花开早别春。

何必斋堂独文璧[①]，定知图画有唐寅。

香如薝卜惟余静，质是琳琅了不尘。

设使选仙编姓氏，佩阿证果即前身。

① 文征明所居，有玉兰堂。

唐寅：字伯虎，号六如居士等，南直隶苏州府吴县人。明代著名画家、书法家。

薝卜：佛经中记载的一种花。梵语 Campaka 音译，又译作瞻卜伽、旃波迦、瞻波等。色黄，香浓，树身高大。

琳琅：精美的玉石。

乾隆二十四年

玉兰堂二首用蝉联韵体

瓣想宣毫玉想神，书堂应付草元人。
偶来恰值花开候，仍是去年此际春。

栗陆以来批判春，花中南史属斯人。
胜他栀蜡其言者，牛鬼蛇神吓鬼神。

栗陆：传说中的上古帝王名。在女娲氏之后。
栀蜡：谓用栀、蜡涂饰。语出唐 柳宗元《鞭贾》。亦喻伪饰欺世的言行。

含韵斋口号

砌下玉兰都皑开，镂银窣堵白皑皑。
恰宜斋额颜含韵，画格诗情此字该。

乾隆二十五年

含韵斋玉兰

琢玉雕琼已皑开，是何清馥袭人来。
雅能点笔能无语，似道欣逢翠跸回。

腊雪春阳培养佳，弹苞擘蕊六株皆。
竹溪想像漱芳润，比并人惟者个谐。

者个：这个意。

闲庭过雨濯瑶姿，畅好清明骀荡披。
便是来朝鸣跸去，一年春阅碗茶时。

骀荡：形容春天的景物令人舒畅。

乾隆二十六年

题自得轩紫藤花

女萝施松上，特立颇艰致。
独树见此花，亭亭与他异。
植之自得轩，繄予有深意。
表贞殊凡品，扶弱成良器。
傅架引其蔓，弗使众木厕。
吐艳既盈庭，铺阴亦满砌。
雨馀芳润漱，自得义真契。
铁中有铮铮，卉谱徐宣类。

女萝：植物名，即松萝。多附生在松树上，成丝状下垂。一说亦泛指菟丝子。

乾隆二十七年

含韵斋

书斋额含韵，圣藻烛文甍。
肯构益覆己，歌云敬缅卿。
参军惟俊逸，工部独峥嵘。
绮语浑馀事，高标风月清。

甍：屋宇、屋栋。此处指含韵斋。

乾隆二十八年

含韵斋玉兰花

今年花事早，春仲玉兰开。
好未曾烂漫，雅惟谢荡骀。
明当巡跸启，暂可擘笺陪。
古屋斯含韵，宁论去与来。

擘笺：谓裁纸，借指挥毫题句。宋 陆游《阆中作》诗：“擘笺授管相逢晚，理鬓薰衣一笑哗。”

乾隆二十九年

自得轩

宝额焕楣檐，因文理趣拈。
圣人能自得，小子叹前瞻。
灯事收银烛，年光发绣帘。
优游翰墨苑，觉此足沈潜。

含韵斋玉兰花四首

远疑玉塔色氤氲，近似栴檀香苾芬。
怪底花中称木笔，由来通体不胜文。

栴檀：檀香，常绿小乔木。

清明好雨润群芳，邂逅仙人白玉堂。
占得世间风韵独，笑他潘令诩河阳。

潘令：指晋潘岳。岳曾为河阳令，故称。

气清天朗莫之春，正是兰亭修禊辰。
王谢赢他方子弟，未成诗者也多人。

飘姚春雨复春烟，擢颖流芳秀且娟。
李白桃红任批判，不孤韶景是今年。

岚镜舫

近岸木兰横，飘飘意与轻。
云舟曾不动，阅水亦如行。
幻里浮岚影，想中鼓枻声。
因知号真者，何莫浪安名。

鼓枻：亦作“鼓栧”，划桨，谓泛舟。唐 杜甫《幽人》诗：“洪涛隐笑语，鼓枻蓬莱池。”

乾隆三十一年

含韵斋玉兰花

春园花事日为加，看到辛夷忘众葩。
香欲拟兰兰有郁，色如方玉玉无瑕。

簇簇芳蕤濯濯枝，品题真觉韵为宜。
斋前不语以神会，去岁江南正此时。

幽间态度净真味，江令年年梦里春。
那藉诗笺将画笔，赢他百卉自传神。

乾隆三十四年

含韵斋咏玉兰作

弹苞舒萼遍枝头，昨日犹疏今日稠。
景色答春争一刻，轩斋含韵自千秋。

六株玉树发前墀，王谢家多风雅儿。
批判韶光应是尔，云何木笔属辛夷。

玉兰色白辛夷紫，白朵原从紫接成。
不问花师不知故，由来记载鲜精评。

按：玉兰取辛夷木本接植之即成。花师皆云：玉兰虽有白花而小，且丛条不成树，欲花朵大而成树，必须取辛夷接植。而辛夷不以玉兰接之则仍紫花，是辛夷、玉兰本相近。然群芳谱及诗人率别辛夷、玉兰若泾渭，而以木笔属之辛夷。今观二花尖锐形态毕同，独紫白异色耳，若以拟笔不与白而与紫，吾以为不然。

乾隆三十七年

含韵斋玉兰

今岁韶光未孤负，庭前六树灿芳华。
如于韵处评其品，实是春花只此花。

女夷妙手玉人过，一夜雕成花满柯。
分付流风莫相妬，封姨宁不识菁莪。

封姨：封姨又称封夷。古代神话传说中的风神。

梅花朵朵无向上，朵朵玉兰向上开。
一为承暄一避冷，不同同处各呈材。

亭亭玉立朴斋前，恰似竹溪对六贤。
静度幽香都未改，春光瞥眼又三年。

六贤：指竹溪六逸。开元二十五年，李白与山东名士孔巢父、韩准、裴政、张叔明、陶沔在泰安府徂徕山下的竹溪隐居，世人称为“竹溪六逸”。

乾隆三十九年

自得轩有会

仲尼示三戒，各自有其时。
余虽不言老，于得可弗思。
然正未能免，故可申言之。
贵居九重高，富有四海弥。
何求而弗得，又何得之期。
熙绩在百工，难得贤良资。
足食惟三农，难得雨旸宜。
二者佛仔肩，耄耋所弗辞。
即今不得已，爰有金川师。
进剿在旦夕，难得红旗驰。
是皆亟欲得，奚能戒以离。
圣言无不该，岂我独异施。
祖禹训养志，或同彼所为。

三戒：孔子《论语》中有："君子有三戒。少之时，血气未定，戒之在色；及其壮也，血气方刚，戒之在斗；及其老也，血气既衰，戒之在得。"

百工：古代主管营建制造的工官名称，后沿用为各种手工业者。

红旗：清代军队出征，得胜后派专人持红旗进京报捷。

乾隆四十一年

自得轩

两字子思训，其间万理含。
行兹富贵素，怜彼贱贫甘。
忠恕不违道，君师岂谩谈。
问予所自得，只有愧和惭。

子思：名孔伋，字子思，孔子的嫡孙。中国春秋时期著名的思想家。

乾隆四十四年

含韵斋得句

含韵以何名，庭前玉兰峙。
其数乃倍三，拟之六君子。
君子故多韵，而斋对于是。
向年每有什，阙吟两春矣。
稍稍吟兴来，花谢斯久已。
辗然笑著象，韵岂有穷理。

辗然：笑貌。明 王世贞《送卢生还吴》诗："辗然一笑别我去，春花落尽胡姬楼。"

乾隆四十六年

自得轩口号

熟路依然轩径披，循名责实每于斯。
及其老也戒在得，昨近为文义可思[1]。

① 去岁于山庄为堂，额曰"戒得"，因制记以阐皇祖戒得之义。

乾隆四十八年

自得轩

有暇书斋小憩仍，宣尼三训记心曾。
屡绥以及贤材汇，此得终然戒弗能。

乾隆五十年

含韵斋对玉兰有作

春风到御园，六树映文轩。
久拟双三逸，曾消五七言[1]。
性真惟是韵，态雅岂仿繁。
一体辛夷本，频因格物论[2]。

① 斋前玉兰六株，向以竹溪六逸拟之。五七言均有题咏。

② 辛夷开紫花，以玉兰接枝则开白花。种花者云：玉兰虽有白花而小，且丛条不成树，欲花大成树，必须辛夷接植，若辛夷不以玉兰接之，则仍紫花也。是以己丑诗云："玉兰色白辛夷紫，白朵原从紫接成。"乃《群芳谱》及诗人皆以木笔专属辛夷，未为允惬。屡经考订，见历年咏玉兰诗注。然予意究以木笔属之玉兰为是，以其白而雅且香，辛夷花紫且无香也。

题自得轩

自得则居安，奎文示义宽[①]。
放弥六合界，卷退寸心官。
希圣岂其易，为君欲识难[②]。
勤虔勖家法，摛什作箴看。

① 此轩乃皇考御笔额也。

② 园中勤政殿为君难匾额，亦皇考御笔。

六合：上下与四方，泛指天地间。

玉兰堂口号

玉兰花最御园多，一树名堂觉胜他[①]。
却忆金阊点笔况，风光又已隔年过[②]。

① 堂前玉兰只一树，而枝繁花盛，因以名堂，亦历多年矣。

② 苏州行宫亦有玉兰堂。去岁南巡时，曾写数枝，有"偶为传神挥数朵，胜他真赝致然疑"之句。

金阊：苏州有金门、阊门两城门，故以"金阊"借指苏州。

乾隆五十一年

自得轩口号

文章千古寸心知[①]，自得名轩盖若斯。
试问一心自何在，知其未得定无疑。

① 用杜句。

乾隆五十三年

自得轩

如人饮水知冷暖，不在于他在自辨。
为学之方岂异兹，造道由来有深浅。
浅而谓深乃自欺，占毕之徒尚其勉。

占毕：谓经师不解经义，但视简上文字诵读以教人。后亦泛称诵读。

乾隆五十六年

自得轩有会

新正颇有暇，御园偶搜咏。
懿此自得轩，额文笔垂圣[①]。
题句虽已多，每题会殊境[②]。
问今会于何，造道语思孟。

居安资之深，左右逢源应。

幼龄所熟读，八十行未证。

斯不宜惭乎，自讼勉自镜。

① 轩名皇考御书。

② 叶。

新正：指农历新年正月，或农历正月初一，即元旦。

造道：谓提高品德修养。宋 苏轼《与李公择书》之十一：“兄造道深，中必不尔。”

岚镜舫

室肖舫曰舫，溪似镜曰镜。

镜舫本虚名，室溪乃实称。

因悟虚与实，究孰为真境[①]。

而岚亦浮阴，适来与之映。

如释迦拈花，迦叶笑以应。

① 叶。

释迦拈花，迦叶微笑：为佛教故事。指彼此默契，心领神会，心意相通。

乾隆五十八年

玉兰堂

昨岁西巡空过期，新年春稚略须时。

譬如君子含芳德，未易与人轻见之。

嘉庆朝

嘉庆元年

西峰秀色

太行千里卫神京，层叠峰岩耸翠迎。
云外浮岚虚牖接，雨余秀色小窗呈。
阶前渐觉花香转，林际徐闻鸟语清。
罨画远山来眼底，都含新润景充盈。

小匡庐八韵

缩地传仙术，匡庐即眼前。
恍逢真面目，别有小山川。
过雨增新涨，凌霞戏锦涟。
亭应标漱玉，峡拟号开先。
珠络千重结，晶帘百道悬。
临风飞素练，映日漾金莲。
汩汩崖根出，泠泠石罅溅。
盈科终不住，观水可通禅。

缩地：传说中化远为近的神仙之术。

匡庐：指江西的庐山 。相传殷周之际有匡俗兄弟七人结庐于此，故称。

盈科：水充满坑坎。

小匡庐

散步寻源过赤栏，清音悦耳俯流湍。
悬崖飞瀑帘初卷，激石鸣琴拍未残。
有本盈科探学海，无心问景偶观澜。
坐看云起期符愿，凝盼苍茫望远峦。

盈科：比喻打下坚实基础。明 王守仁《传习录》卷上：“为学须有本源，须从本原上用力，渐渐盈科而进。”

西峰秀色

浮岚飞翠入窗中，景纳苍茫百里通。
枫染锦屏凝绛雪，柳拖金缕舞回风。
参差远岫开青障，层叠晴霞散碧空。
未得遍探岩壑美，凭虚览胜赏心同。

小匡庐

喷珠溅雪吼晴空，见色闻声著想同。
未失山中真面目，虽云人力夺天工。

嘉庆二年

西峰秀色

㕓窗纳景列西峰，叠叠烟岚槛外供。

大岭脉遥来自晋，阴崖雪厚积由冬。
开襟远岫苍茫接，倒影寒潭紫翠浓。
更上层楼延秀色，云蒸霞蔚百千重。

小匡庐水法

未见匡庐真面目，偶观奇景亦堪欣。
虽云人力炉锤具，旋转车轮功在勤。

激水翻从岩半挂，喷珠溅玉若飞泉。
注兹挹彼回环妙，井养不穷易象宣。

井养不穷：穷：尽。把水井治理保护好，则水源不尽。
易象：从现实万有现象中，寻求其变化的原则。

西峰秀色即景

百里晴岚小院收，屧窗延揽正高秋。
碧空几片云无定，红树一山叶尚稠。
雁影迢迢翔渚外，蛩音唧唧报阶头。
由来九月多佳日，极目峰峦秀色浮。

嘉庆三年

西峰秀色

春容淡雅拖遥霭，衬出西峰滴远空。

秀色尽浮高树外，岚光平列小窗中。
烟连汀渚霞虚罩，云间阴晴嶂半笼。
吐纳灵晖叠金碧，得来真景画难工。

观小匡庐水法

假山迭石引泉流，溅玉喷珠百斛投。
映日晶帘看晃漾，凭临乘暇少迟留。

晃漾：光影摇动貌。

未见匡庐真面目，终须人力激奔澜。
飞流千尺谁曾晤，遣兴聊为缩地观。

西峰秀色

群木叶皆减，初冬山色清。
层岩霜积朗，叠嶂旭辉晶。
天末闲云净，窗中列岫横。
双眸延秀色，如睡合诗情。

嘉庆六年

西峰秀色

群峰苍秀远烟消，一带青屏印绮寮。
林黛翻风若明晦，岚光映日露嶕峣。

扶筇漫拟高人陟，点笔还从画手描。

坐对冈峦如展绘，闲云绚宇舞轻绡。

绮寮：雕刻或绘饰得很精美的窗户。《文选·左思》：“雷雨窈冥而未半，皦日笼光於绮寮。”

嶕峣：高耸的样子。

筇：竹名。可以做杖，故杖亦称筇。

小匡庐二截句

匡庐真面谁曾见，大小徒从眼界分。

石磴嶙峋悬玉瀑，寒光摇动一溪云。

石磴：石台阶。

汲彼注兹总人力，虽云小道亦堪观。

应知住手即干涸，须识克勤事最难。

嘉庆九年

西峰秀色

太行千里接，右臂拱神京。

凹凸奇峰耸，连绵列嶂横。

窗含遥霭叠，林净暮霞明。

延览神如往，悠然眼界清。

西峰无百里，妙境一窗收。

变幻岚光漾，虚明秀色浮。
看山如对画，饯夏又迎秋。
指日临承德，遍探溪涧幽。

西峰秀色

凉风卷宿雾，窗外列群峰。
晃朗曦光彻，连延秀色重。
层崖红树绚，幽谷白云封。
极目秋宵迥，常欣佳日逢。

嘉庆十一年

西峰秀色

蜃窗明洁望西山，岩岫平临户阒间。
老树摇风多古黛，余霞散绮袅烟鬟。
岚光遥罨石蹊曲，峰影徐过汀柳湾。
身在画中看妙绘，游心物表若登攀。

嘉庆十三年

西峰秀色

蜃窗西向纳空明，一带青屏槛外横。
云表峰容间真幻，霞端松荫互晶莹。

远山近渚光相印，浅浪浮岚影遍盈。
骋眺晴霄无障碍，倪黄妙绘牖前呈。

倪黄：指元代画家倪瓒与黄公望，与王蒙、吴镇合称“元四家”。

嘉庆十四年

西峰秀色

锦屏一带峙秋霄，云净旭晶秀色饶。
西望峰峦如展画，虚窗纳景境高超。

帝京形胜甲寰宇，左挹沧瀛右太行。
居所敬思勉无逸，持盈守德固金汤。

沧瀛：指沧海、大海。

嘉庆十五年

西峰秀色

选胜开窗万景收，何须策杖遍探求。
烟光带渚虚岚合，日影笼林秀色浮。
豁目偶为物外赏，怡情拟作画中游。
太行环望神京右，固守金城德懋修。

嘉庆十六年

西峰秀色

远峰飞秀入帘栊，试启西窗坐画中。
霞绚层崖光映日，云生高岭气凌空。
溟濛红润花溪雨，摇漾青连柳岸风。
夏景清和心静契，虔祈甘泽甫田充。

甫田：《小雅·甫田》是古代《诗经》中的一首。描写贵族劝农、祈福之意。

嘉庆十八年

含韵斋前玉兰未放诗以催之

廿四番风卉圃覃，玉兰花信待徐探。
芳枝轻拂迎飔细，嫩甲微舒映日含。
上苑柳桃争灿烂，天家雨露久深涵。
如酥一夕应全放，佳丽韶华月近三。

廿四番风：即二十四番花信风，应花期而来的风。程大昌《演繁露》卷一：“三月花开时，风名花信风。”

四宜书屋

四宜书屋，圆明园四十景之一，位于若帆之阁南，始建于雍正年间。初名“春宇舒和”，清宫画院处在此曾设有分馆。乾隆中叶，仿浙江海宁陈氏隅园改建为安澜园。宫门外悬御笔“安澜园”匾，主殿为五楹，前后有廊，外悬雍正帝御书“四宜书屋”匾。殿内收贮乾隆《重刻淳化阁帖》墨拓，及《西洋楼铜版图》纸图各一套。殿东南为“葄经馆”，系仿陈氏隅园藏书楼，其北假山上有“飞睇亭”，东北有“涵雅斋”；馆之南为“采芳洲”。四宜书屋西南为“无边风月之阁”，有额曰“俯眺平烟”；又西南为西向临池敞厅“涵秋堂”，堂东临池有六方亭，名曰“云涛”；殿北为“烟月清真楼”，有额曰“松秀石苍”“飞流界道”；楼西稍南为“远秀山房”，楼东为“绿帷舫”；楼北度曲桥为“染霞楼”，楼前方池盛植莲荷，池畔有“得趣书屋”；染霞楼之东有“啸竹轩”，又东为“挹香室”。园内东北角有小楼一座，名曰“引凉”。匾额皆为乾隆帝御书。东南相邻处，则是御园中最大的船坞，俗称“藏舟坞”。圆明园罹劫后，该坞仍多幸存，并有太监看守值宿。旋亦陆续被拆毁。

乾隆朝

乾隆九年

四宜书屋

春宜花，夏宜风，秋宜月，冬宜雪，居处之适也。冬有突夏，夏室寒梦，骚人所艳，允矣兹室，君子攸宁。

秀木千章绿阴锁，间间远峤青莲朵。
三百六旬过隙驹，弃日一篇无不可。
墨林义府足优游，不羡长杨与驳娑。
风花雪月各殊宜，四时潇洒松竹我。

墨林：比喻诗文书画荟萃之处。

义府：义理之府藏。常指《诗》《书》而言。《左传·僖公二十七年》：“《诗》《书》，义之府也。”

长杨：汉代宫殿名。本秦旧宫，汉时重加修饰，为秦汉时帝王游猎的地方。

驳娑：汉代宫殿名。

乾隆二十八年

四宜书屋

朴斫三间足，攸芋四季佳。

堪消机政暇，仰缅圣人怀。

山色迎眸静，禽音入听谐。

愿言肯堂构，未得识根荄。

朴斫：朴，未细加工的木料，喻不加修饰。斫，斧砍。此喻书室朴素简陋。

攸芋：攸，助词。芋，大也。谓居中以自光大。

根荄：植物的根。比喻事物的根本、根源。

春秋花月好，风雪夏冬佳。

一室过容膝，四时都惬怀。

琴书趣逾永，池馆静偏谐。

绿满窗前草，因之玩道荄。

无边风月之阁

清风明月无尽藏，千秋公物何拘方。

高阁之中非享帚，高阁之外随探囊。

乍思玉局赋赤壁，又若青莲歌襄阳。

咄哉无逸是我所，安能效彼恒徜徉。

拘方：拘守成规、旧说而不知变通。

玉局：指北宋文学家苏轼。苏轼曾任玉局观提举，并有名著《赤壁赋》。

青莲：指唐代诗人李白。李白自称“青莲居士”，其《答湖州迦叶司马问白是何人》诗：“青莲居士谪仙人，酒肆藏名三十春。”并有名著《襄阳歌》。

飞睇亭

翼然亭子冠嵚崎，规仿龙泓式创为[1]。

飞睇宁论千百里，直如井上朗吟时。

① 龙泓亭在西湖龙井上。

绿帷舫

傍水林斋叶吐齐，烟舲疑挂绿帷低。

设如借与青莲李，应是风流到剡溪。

舲：有窗户的船。亦指小船。

剡溪：水名。曹娥江的上游，在浙江。李白《梦游天姥吟留别》诗：“湖月照我影，送我至剡溪。”

远秀山房

山房来远秀，宜望复宜餐。

朝暮岚和霭，杉枫翠与丹。

虚明无尽藏，遥绪可探端。

缅想陶征士，方当五字安。

陶征士：指东晋著名文学家、诗人陶渊明。

题葄经馆

书馆信攸宁，新名曰葄经。

无忘惟好学，有暇每来停。

沼刺削蒲绿，芸馡汗简青。

个中如尚友，李揆足芳型。

芸馡：芸，香草。馡，香气。此指书籍。宋 陆游《夏日杂题》：“天随手不去朱黄，辟蠹芸编细细香。”

李揆：唐开元末进士，累官至礼部尚书，美风仪，善文章，尤工书。肃宗叹曰："卿门地、人物、文学皆当世第一。"故时称三绝。

山影楼口号

无定是山态，云烟朝暮殊。
笑予真捉影，合付小楼图。

题烟月清真楼

春烟淡荡罥柳丝，春月徘徊临华池。
不嫌冉冉互映带，雅宜滃滃相逶迤。
轻笼那碍虚明委，朗照兼之点缀绮。
两层楼室四面窗，俯畅遥吟无不美。
真为清体清真用，烟月名殊其实共。
底须秉烛与飞觞，大块文章工错综。

罥：挂。

滃滃：散乱不定貌。杜甫《放船》诗："江市戎戎暗，山云滃滃寒。"

清真：纯真朴素、幽静高洁之意。

飞觞：举杯。亦指传杯行酒令。

大块：大自然。《庄子·齐物论》："夫大块噫气，其名为风。"成玄英疏："大块者，造物之名，亦自然之称也。"

题染霞楼

既雨偏欣晴亦佳，御园景物与清皆。
凭楼几片轻霞染，却异南昌作赋怀。

采芳洲

远映云林近俯池，群芳生意总含滋。

楚骚称物如相拟，采采吾方念在兹。

楚骚：指战国时期楚国屈原所作的《离骚》。

引凉小楼

涤尽炎嚣引嫩凉，小楼拾级见村庄。

披襟敢傲雄风爽，乐在连阡麦穗香。

题四宜书屋

旧屋重修葺，无多点缀为。

松窗就老干，菊砌绕新蘵。

霜落澄池底，林疏露巘姿。

如询即景句，端是与秋宜。

巘：大山上的小山。

涵秋堂六韵

水堂向择西，西岭入檐低。

金题辨方叶，玉衡协纪齐。

兰风蛩响切，桂月飄辉霎。

镜影开空廓，练光披配藜。

敛云出河汉，敲日作玻璃。

底事消清暇，豳风一卷携。

玉衡：北斗七星之一，或泛指北斗。

䨲：小兔。

配藜：分散貌。

敲日：谓羲和御日车，鞭之使快行。唐 李贺《秦王饮酒》诗：“羲和敲日玻瓈声，劫灰飞尽古今平。”

无边风月之阁

阁高目远山来席，叶落林疏水彻天。

风月何曾逐时异，恰宜即景玩无边。

绿帷舫

不受波澜具舫意，一般烟雨泛湖心。

载将书画宜何往，只在潇湘深处寻。

得趣书屋

佳趣亦何穷，要于能得中。

大公惟顺应，明月共清风。

享既非己独，乐还与物同。

鲁论读有愧，夏禹昔卑宫。

鲁论：即《鲁论语》。《论语》的汉代传本之一。相传为鲁人所传，是今本《论语》的来源之一。

卑宫：简陋的宫室。晋 左思《魏都赋》：“鉴茅茨于陶唐，察卑宫于夏禹。”

无边风月之阁，三章章五句，效杜甫体并以题中字为韵

大块噫气名为风，振拂草绿与花红。
吾则何敢披称雄，有时望云惧吹去，
伫立亦厌飘蓬蓬。

四时皆宜惟有月，涤荡精神莹肌骨。
近水楼台益清越，箕畴设以卿士占，
蒿目渴贤念无竭。

箕畴：指《尚书·洪范》之“九畴”。相传“九畴”为箕子所述，故名。

耳得目遇真无边，清风明月太古年。
细故记忆非高贤，杜陵曷尔效其体，
吟弄于我何有焉。

太古：指人类还没有开化的时代。
杜陵：即唐代诗人杜甫。
曷：通“曷”。何。

乾隆二十九年

涵雅斋得句

回廊宁藉多，曲折以致深。
深处有书斋，彬然翰墨林。
每值怡神候，亦常点笔吟。

吟不尚雕龙，惟写勤民心。

雕龙：比喻善于修饰文辞或刻意雕琢文字。

挹香室

都梁沈水不须焚，四季花芳鼻观薰。
若论挹香心会处，六经以内得尊闻。

六经：《诗》《书》《礼》《易》《乐》《春秋》六部儒家经典。

烟月清真楼

春月真谁比，春烟清以嘉。
宁须轻拂柳，且未淡笼花。
凝处半轮映，挂时一缕斜。
古来两契友，风韵特无加。

涵雅斋

芸香四座芳，睡鸭不须焚。
茹古常研秘，涵今永佩文。
藻思惟乙乙，阔论敢云云。
溯忆昔年志①，河间喜不群。

① 此予青宫时书室名也，兹仍每以题额。

睡鸭：古代一种香炉，铜制，造型为凫鸭入睡状，故名。
藻思：指做文章的才思。

乙乙：难出之貌。《说文·乙部》："乙，象春艸木冤曲而出，阴气尚强，其出乙乙也。"段玉裁注："乙乙，难出之貌。"

题无边风月之阁

无边风月有何因，即景分明在好春。
鸟喜歌音送宛转，花欣舞影照清真。

题山影楼

楼据小崥崹，复望远崿岭。
此主彼宾界，彼主此宾境。
奚如一合相，呼之曰山影。
迭为雅复宜，相映胥平等。
亦不以恒登，登斯意为永。

崥崹：形容地势渐趋平缓。《文选·张协》："既乃琼巘嶒崚，金岸崥崹。"李善注："崥崹，渐平貌也。"

题染霞楼

屋不丹青喜朴清，何来浅绛染飞甍。
徐因天末驰睎远，翻得霞光觌面迎。
夏沼荷花休假藉，秋林枫叶漫鲜明。
无须更读兴公赋，缩地居然此赤城。

觌面：见面、当面。

兴公赋：兴公即东晋诗人孙绰，字东兴，今山西平遥人。其善书博学，著有《天台山赋》。

缩地：传说中化远为近的神仙之术。晋 葛洪《神仙传·壶公》："费长房有神术，能缩地脉，千里存在，目前宛然，放之复舒如旧也。"

绿帷舫

屋是沙棠舫，树为油绿帷。
手垂堪掬月，目仰见翻漪。
流动中含静，难图外有诗。
新蒲摇翠影，讶似向前移。

染霞楼

池上书楼号染霞，凭窗揽景不须赊。
浅红深碧连天净，秋夕春朝特地嘉。
何必栖哉非隐士，已如餐矣即仙家。
飞鱼疑在灵溪表，辄欲吞之跃浪花。

赊：长久。

云涛亭子

瀑水落斜平，其高非寻丈。
涤荡越有情，奚必香炉想。
亭子坐临流，云涛名取象。
试看出岫容，一例活漭沆。
嘉霔施其中，酝酿理不爽。

香炉：指庐山香炉峰。李白《望庐山瀑布》诗："日照香炉生紫烟，遥看瀑

布挂前川。”

漭沆：水广大貌。《文选·张衡》：“顾临太液，沧池漭沆。”薛综注：“漭沆犹洸瀁，亦宽大也。”

嘉霔：时雨灌注。

安澜园十咏　园别有记

菲经馆

入园门朴室三间，背倚峰屏，右临池镜，颜曰菲经，不减陈氏藏书楼也。

絚年默记复潜神，那拟班家戏答宾。

枕藉亦非耽博古，欲推实政善安民。

絚年：絚，竟、穷竟。《文选·班固〈答宾戏〉》：“潜神默记，絚以年岁。”此为全年的意思。

四宜书屋

为圆明园四十景之一，因岁久修葺，略为更置，宛然盐官安澜园，皇考御额在焉。

春夏秋冬无不宜，所宜乐总读书时。

何须千里盐官忆，即景吾方勉近思。

无边风月之阁

界域有边，风月则无边，轻拂朗照中，吾不知为在御园，在海宁矣。

月藉清风摇籁影，风邀明月奏琅音。

三千界外三千界，踪迹无边那可寻。

琅：形容清朗、响亮的声音。

涵秋堂

西临长河，波光翻影，动摇楣梠间，坐此可悟南华。

堂襟西向额涵秋，金水相生厥有由。
不论何时此偶坐，总如爽气面前浮。

远秀山房

房筑假山上，而远纳西山秀色，所谓全宾全主。

近低微远见遥高，峰侧岭横翠莫韬。
此即泰山一指喻，重华明目为斯劳。

韬：隐藏，隐蔽。

泰山一指：即一叶障目，不见泰山。语出《鹖冠子·天则》："一叶蔽目，不见太山；两豆塞耳，不闻雷霆。"

染霞楼

名曰染霞，而实近水，每来常爱坐此。

池上层楼敞紫甍，水中楼影亦含清。
自知不是餐霞侣，孤负横楣浪与名。

餐霞：餐食日霞。指修仙学道。语出《汉书·司马相如传下》："呼吸沆瀣兮餐朝霞。"

绿帷舫

曲廊宛转构水上，偶一凭槛，烟水在襟袖间，何必真舫。

临水何妨即舫之，成阴树是绿油帷。
了无逐浪为行止，那有随风作转移。

飞睇亭

一峰秀拔，亭据其上，每当纵望园外，稻塍千顷，皆在目中，直与农夫田父共较雨量晴矣。

低俯鳞塍迥据山，犁云锄雨绘民艰。

问应飞睇于何处，只在隅园咫尺间。

烟月清真楼

四宜书屋之后延楼高敞，不施厨障，为纳烟月，契神处又似在陈氏竹堂月阁间。

一轮古月真无匹，几缕空烟清莫加。

朗照轻笼寥廓表，便成句亦谢雕华。

采芳洲

是芳皆可采，不必学楚骚，注意兰荃。

澄波之上敞轩临，蔌蔌芊芊满碧浔。

是药文殊胥命采，此芳宁向楚骚寻。

蔌蔌：花落的样子。

芊芊：草木茂盛的样子。

楚骚：指战国时期楚国的屈原所作的《离骚》。

染霞楼对雨

时作浓阴时放晖，午过旋复洒霏微。

高楼有句须分付，莫便为霞一片飞。

得趣书屋

今古读书人，盖已无央数。
问无央数人，几人得书趣。
或焚膏继晷，或削柳扫树。
或不求甚解，或记忆细故。
其趣在自知，其得非外骛。
繄我所宜味，典谟垂法度。
孜孜尚弗逮，逢源那余裕。

无央：犹无数。

焚膏继晷：唐 韩愈《进学解》："焚膏油以继晷，恒兀兀以穷年。"后以此形容勤奋地工作或读书等。

挹香室

砌下千葩总递芬，架间万卷又霏芸。
挹清真觉乐无射，火气宁须睡鸭焚。

得趣书屋

书斋号得趣，藉问趣若何。
春阶茸芳草，夏池馥净荷。
月竹秋玲珑，雪树冬婆娑。
四时趣如此，此亦何足多。
伊余别有托，趣不在研摩。
宣尼为君难，三字垂金科。

诚觉其趣长，躬行励切磋。

婆娑：舒展、阑珊。
宣尼：指孔子。

题烟月清真楼

淡烟寒月一钩新，相入高楼最可人。
不藉花姿将叶影，难形容处见清真。

乾隆三十年

烟月清真楼

借询烟与月，几万阅春秋。
开辟以来有，清真孰许俦。
潇光如婉约，苍霭解相酬。
设欲结三友，谁当占一筹。

三友：此指乾隆帝欲与烟、月共结为三友。

引凉小楼

出树还延爽籁长，坐来讶觉飒衣裳。
丽谯井干虽华矣，小许偏能解引凉。

出树：高山树梢。唐王维《游悟真寺》诗："灞陵才出树，渭水欲连天。"
丽谯：华丽的高楼。

井干：泛指楼台。唐 上官仪《故北平公挽歌》诗：“寂寂琴台晚，秋阴入井干。”

挹香室

书室泠然近水边，益清花气拂文筵。
一篇展读当消暑，正是濂溪说爱莲。

乾隆三十一年

烟月清真楼

华檠甫过赏灯辰，烟意冲融月意春。
不涉世间丝管闹，高楼惟是领清真。

檠：灯架，也指灯。此处指元宵灯节。

山影楼

小楼假山上，其外复围山。
窗意包含处，峰姿映带间。
恒堪供俯仰，岂更费跻攀。
拟向虚无叩，全开窈窕关。

绿帷舫

藉林为碧幔，结宇临清瑶。
似舫则舫之，面面开芸寮。

那计风顺逆，无虑水涨消，
然予有深意，宁云寄兰桡。
十思标名言，所以慎旰宵。

兰桡：小舟的美称。唐太宗《帝京篇》之六：“飞盖去芳园，兰桡游翠渚。”

旰宵：天色很晚才吃饭，天不亮就穿衣起来。形容勤于政事。南朝 陈徐陵《陈文帝哀策文》：“勤民听政，旰食宵衣。”

引凉小楼

过午春晴朗，小楼信步登。
谁知片时暖，却作密云蒸。
洒雨忽成飒，引凉真绝胜。
花光将树态，总在润中凭。

再题安澜园十咏叠旧作韵

葄经馆

绨几绳床足净神，常陪石友与龙宾。
安澜原写隅园概，遐想因之忆浙民。

石友：情谊坚如金石的朋友。此指砚台。

龙宾：指守墨之神。

四宜书屋

四宜即景问何宜，雨后园林首夏时。
树有清阴铺静观，花多和气入闻思。

无边风月之阁

月上松梢惟净色，风来竹里是清音。
刹尘遍满无边趣，只在寻常咫尺寻。

刹尘：佛教语。谓国土无量，犹如微尘，而每一尘中复有无量国土，重重无尽。

涵秋堂

南华对水便成秋，讵必金韈问所由。
最爱空澄入影处，西山常在槛唇浮。

南华：即南华秋水。语出《庄子·秋水》指“南华秋水我知鱼”典故。
韈：收敛。《汉书·律历志》：“秋，韈也。物收韈，乃成熟。”此处指金秋。

远秀山房

园山因迴屋为高，照自远含秀内韬。
坐卷珠帘闲揽结，几曾步履觉微劳。

染霞楼

书楼近水耸飞甍，映带烟霞上下清。
设拟画图还觉胜，写来不定一家名。

飞甍：两端翘起的房脊。

绿帷舫

红叶休称杜牧之，绿阴借与舫为帷。
一般碧水还青藻，那论舟行与岸移。

飞睇亭

四柱小亭冠假山，朴成不费斫雕艰。
偶然陟步凭虚楯，雨笠风蓑指顾间。

楯：阑槛横木，亦指阑干。

烟月清真楼

月色烟容太古友，无双品格更谁加。
寄言搦管为文者，领取清真谢藻华。

搦管：握笔；执笔为文。

采芳洲

三架疏轩碧水临，青蒲白芷满沙浔。
其中亦有芳堪采，岂必定从九畹寻。

九畹：《楚辞·离骚》："余既滋兰之九畹兮，又树蕙之百亩。"王逸注："十二亩曰畹。"后即以"九畹"为种植兰花的典故。

得趣书屋

小小三间屋，低低四尺墙。
几窗无俗韵，风月有清偿。
底事消闲暇，个中贮缥缃。
问予得趣处，景仰在虞唐。

缥缃：指书卷。缥，淡青色；缃，浅黄色。古时常用淡青、浅黄色的丝帛作书囊书衣，因以指代书卷。

虞唐：唐尧与虞舜的并称。亦指尧与舜的时代。《论语·泰伯》："唐虞之际，於斯为盛。"

乾隆三十二年

烟月清真楼口号

春月春烟萃景新，不夸佳丽尚清真。
轻笼淡照三千界，似笑华灯赏节人。

得趣书屋

到岂兰椒陟，坐惟芸简披。
孔颜寻乐处，陶禹惜阴时。
餍饫宁知倦，沉潜无射思。
书中有真趣，能得信诚谁。

孔颜：孔子与其弟子颜渊的并称。

陶禹：陶渊明有《惜阴》诗："盛年不重来，一日难再晨。及时当勉励，岁月不待人。"

餍饫：指博览群书。《梁书·昭明太子统传》："沉吟典礼，优游方册；餍饫膏腴，含咀肴核。"

无射：无厌。《诗·小雅·车辖》："式燕且誉，好尔无射。"郑笺："射，厌也。"

得趣书屋

借问书中趣，书中趣若何。
在人能自得，契理岂须多。
设曰资淹博，宁为善切磋。
至予切己处，二典足研摩。

契理：契合真理。

淹博：渊博。

二典：《尚书》中《尧典》和《舜典》的合称。

乾隆三十三年

再题安澜园十咏

莳经馆

竹素芸香足渥情，每来辄忆旧窗横。
虽然经史斯枕葄，何有坐言与起行。

竹素：犹竹帛。多指史册、书籍。

枕葄：犹枕藉。引申谓沉迷。清 王韬《幽梦影》序："惟知枕葄简编，沉酣典籍。"

四宜书屋

物物生机色色新，今来又似独宜春。
羲经妙趣分明是，仁知见殊谓知仁。

无边风月之阁

风自清然月朗然，大千世界共无边。
如何高阁当独占，思与平分付一篇。

涵秋堂

有水澄空有竹萧，四时秋意满轩寮。
安澜设以陈园拟，八月何当看海潮。

陈园：即海宁陈氏隅园。安澜园即仿此园改建。

远秀山房

山房西向见西山，爽气西山襟袖间。
却恼白云似相妒，几重藏住黛螺鬟。

染霞楼

朴斫书楼绿水涯，高低翠逻复青遮。
朝岚夕霭常相染，丹雘非关浪拟霞。

丹雘：可供涂饰的红色颜料。
逻：遮也。

绿帷舫

宛转回廊池上披，状如画舫岸前维。
迩来风日将炎热，新叶恰齐张绿帷。

飞睇亭

一朵芙蓉四柱孤，遐观近揽总成图。
盐官飞睇非游目，迩日塘沙涨也无。

烟月清真楼

笼来碧宇三春淡，照彻大千万古新。
恰与摛文示表的，不于绮丽在清真。

摛文：铺陈文采。

采芳洲

陆华水卉向时荣，池上虚轩坐俯清。
设以楚骚顾名义，恐防亦有恻王明。

引凉小楼

颇苦熇蒸欲引凉，小楼眺远意苍茫。
官军冒暑方于役①，楚水黔山道路长。

① 缅夷未靖，官军赴滇南者，计程多在黔楚之间。

熇蒸：热气升腾。引申为酷热。唐 柳宗元《先太夫人河东县太君归祔志》：“炎暑熇蒸，其下卑湿，非所以养也。”集注引童宗说：“熇，火爇也。”

乾隆三十四年

再题安澜园十景

葄经馆

士不通经岂足用，虽然当亦异书生。
三谟二典无多语，披对能忘愧怍情。

三谟：指《尚书》中之《大禹谟》《皋陶谟》《益稷》。
二典：指《尚书》中《尧典》《舜典》之合称。

四宜书屋

四宜端为四时宜。首序为春正此时。
乾德惟元称善长，体仁益觉亹于斯。

乾德：帝王之德。

无边风月之阁

月是新圆风是初，一年风月此权舆。
无边佳景源源至，高阁空空纳有余。

权舆：起始的意思。朱熹《诗集传》："权舆，始也。"

涵秋堂

借云春至那辞秋，只有溪堂过不留。
虽是不留原不去，涵之以水镜光浮。

远秀山房

秀挹西山列若眉，峰姿岭态揽多奇。
云何见远无俯美，喜是千林未叶时。

俯：雍蔽意。蒙蔽、隔绝。

染霞楼

霞映横楼楼映水，一般红影漾东风。
齐飞未见天边骛，漫拟滕王作序同。

齐飞句：语出唐 王勃《滕王阁序》："落霞与孤骛齐飞，秋水共长天一色。"

绿帷舫

临水为斋偏学舫，水流何异木兰移。
薄寒爱近曦窗坐，不藉堤杨展绿帷。

飞睇亭

亭临墙外见鳞塍，此际农功尚未兴。
因照田蚕何不可，远村人闹上元灯。

上元：农历正月十五元宵节，又称为“上元节”、元夕或灯节。

烟月清真楼

春烟澹沲春月新，碧落无尘有净因。
试问拈毫邈然者，外斯谁得号清真。

澹沲：荡漾貌。明 高启《感旧酬宋军咨见寄》诗：“风日初澹沲，樱桃作繁英。”

采芳洲

此安澜学彼安澜[①]，洲渚宁缘图美观。
抚景却教缱远念，迩来可得涨沙宽。

① 壬午南巡阅海塘，尝驻海宁陈氏隅园，赐名曰：“安澜”。寻于御园就景之相近者，规仿为之，即以颜额，详见记中。

引凉小楼

出树构小楼，称高讵称丽。
惟高斯引风，爽凉故可致。
九夏腾郁炎，到此不期避。
拾级已豁目，据床更惬意。
陡忆滇南军，展转念弗置。

九夏：夏季。晋 陶渊明《荣木》诗序：“日月推迁，已复九夏。”

乾隆三十五年

得趣书屋

书屋偶来便展书，书中之趣得何如。

典谟训诰言皆实，月露风云咏总虚。

乾隆三十六年

再题安澜园十咏

蕃经馆

闲馆明窗静且便，展芸编足致精研。

固因绩学缅李揆，却是尊闻何有焉。

李揆：字端卿，今甘肃秦安人，唐朝宰相。史称："卿门地、人物、文学皆当世第一。"

四宜书屋

四季都宜春更宜，玉轮将满未盈时。

银花不夜何曾谢，芸简当宵耐可披。

银花不夜：指月光雪亮，照耀如同白昼。

无边风月之阁

风月清晖讵有涯，安澜小筑肖陈家。

如因忆到海宁县，此际欣看照涨沙[①]。

① 海塘北岸沙涨，则工程完固。近据抚臣月报，海宁城东四里桥一带，沙势较前增涨。

涵秋堂

堂下冰光冻未开，不波一例净无埃。
当春莫漫言秋可，可识秋从春去来。

远秀山房

户对西山远毕延，横屏展处秀无边。
何当积素皴高下，心企占年氾胜篇。

占年：占卜年成的丰歉。

氾胜篇：氾胜之，我国古代著名的农学家。其所著《氾胜之书》十八篇，是我国第一部较为完整的农业科学专著。

染霞楼

霞不就楼楼染霞，楼因霞染亦非差。
谁能谁所谁能所，剥尽蕉芽那是芽。

绿帷舫

舫以冰凝未可航，帷迟叶布亦艰张。
却因凭槛生清会，舫意帷阴趣正长。

飞睇亭

虽是假山颇嶫峨，冠峰亭子畅吟哦。
隅园设使飞遥睇，彼处民风温饱么。

嶫峨：高峻貌。

烟月清真楼

新月轻烟会碧虚，清无比处是真如。
西楼今夜仍嘉夜，却笑灯花落绪余。

采芳洲

敞轩阶下俯冰池，绿意红情发尚迟。
莫道空来无可采，要知芳本酿于斯。

得趣书屋

佩文亦复戒雕虫，绠汲攸殊自不同。
个里披芸得何趣，为君难语味无穷。

绠汲：即短绠汲深。绠，汲水用的绳子；汲，从井里打水。意为吊桶的绳子短，打不了深井里的水。比喻才不胜任。

乾隆三十七年

再题安澜园十咏

葄经馆

古今无万葄经人，谁识其中气味真。
以此披芸恒自愧，愧乎言行未臻淳。

无万：指极多，不计其数。

四宜书屋

御园小景写隅园，书屋闲来书偶翻。
恰是南巡江浙典，民情亲切永心存。

无边风月之阁

风自清而月自白，阁临冰沼印空澄。
无边佳趣于斯会，应节何须更放灯。

涵秋堂

镜光一片白皑皑，虚室空涵万象该。
即看冰凝会水化，当知春必有秋来。

远秀山房

几株乔干影飘萧，一带西山近可招。
恰似倪迂张小帧，秀餐无尽远非遥。

染霞楼

霞岂无端染以色，楼非有所受之情。
拈毫不觉辗然笑，总是由人浪与名。

绿帷舫

舫肖室为室肖舫，世间名象定何曾。
一从欧米羶芗后，纷矣奚妨复尔仍。

羶芗：五谷的香气。因以指祭祀所用的黍稷等谷物。《礼记·祭义》：“建设朝事，燔燎羶芗。”

飞睇亭

颇学陈家列假山，山巅亭笠俯孱颜。
设云飞睇于何处，只在盐官左右间。

孱颜：险峻、高耸貌。唐 李商隐《荆山》诗：“压河连华势孱颜，鸟没云归一望间。”

睇：斜视，视。

烟月清真楼

春烟春月满春楼，清到极真弗藉修。
火树银花虽亦好，质之两字那无羞。

采芳洲

不设窗棂敞槛栌，冰光一亩鉴平铺。
临洲漫惜无芳采，有采应知芳落无。

栌：柱头承托大梁的方木。亦称为斗拱。

乾隆三十九年

再题安澜园十咏

荞经馆

何处春生识德元，翻书曦影照窗温。
近因四库参详校，乃悟穷经未易言。

德元：语出《尚书·召诰》，意为德行居于首位，为道德方面的楷模。

四宜书屋

图来陈氏隅园景，构筑居然毕肖观。
每月奏闻涨沙势，何曾一日忘安澜。

无边风月之阁

柳眼梅心孰为开，清吹淡照两徘徊。
可知风月无边景，都是东皇一气回。

柳眼：早春初生的柳叶如人睡眼初展，因以为称。唐 元稹《生春》诗之九：“何处生春早，春生柳眼中。”

梅心：梅花的苞蕾。唐 元稹《寄浙西李大夫》诗之一：“柳眼梅心渐欲春，白头西望忆何人？”

涵秋堂

当春何必遽言秋，而我成吟亦有由。
试看乾元含四德，欲教阙一可能不。

四德：易家以元、亨、利、贞为四德。

远秀山房

三架山房恰向西，西山秀与坐床齐。
参云彼岂不为迥，在远于斯望乃低。

染霞楼

红则为霞白则云，总为一气所氤氲。
欲询赩赩容容者，红白于斯分不分。

氤氲：也作“烟煴”“絪缊”，指湿热飘荡的云气。

赩赩：赤色光耀貌。

容容：烟云浮动貌。《楚辞·九歌·山鬼》："表独立兮山之上，云容容兮而在下。"

绿帷舫

水阁式教学舫为，朗然冰镜倚窗披。

一般真舫难开泛，却得饶他卷绿帷。

飞睇亭

叠石为山峙碧崚，层梯信步摄齐登。

偶然飞睇还同乐，墙外烟村闹野灯。

烟月清真楼

月照烟如烟澹澹，烟笼月似月溶溶。

清之至乃真之至，便是丹青那写容。

采芳洲

小立洲亭不碍凉，岸林突兀映冰光。

楚人欲起作骚者，试问如何斯采芳。

乾隆四十一年

再题安澜园十咏

葄经馆

枕葄虽然有素心，未能潜志入深沉。

假予学易难穷奥，勤政且从谟典寻。

四宜书屋

溪堂不动镜光披，一卷翻芸恰系辞。

仁见仁而知见知，眼前即景是春宜。

系辞：指《易传·系辞》或《周易·系辞》。是现存最早的一部汉族哲学专著。

无边风月之阁

漫怜花柳未韶妍，物色人心已跃然。

拾级试登高阁望，风无边复月无边。

涵秋堂

西园烟火待宵披，徙倚书堂且便时[1]。

四德元亨利贞运，当春何不可秋思。

① 便时见《前汉书·外戚传》师古注，谓“取时日之便，盖待时之便而行也”。

远秀山房

景爱隅园幽且嘉，若亭若阁肖无差。

恰看檐额因忆远，梅竹真称秀莫加。

染霞楼

霞常于夏鲜于春，所喜春云作雨匀。

莫讶层楼名未副，但期膏泽利耕畇。

耕畇：畇，平整的农田。此指农田耕地。

绿帷舫

冻池那得有乘浮，爱此飘飖不系舟。

卷起绿帷堪骋目，笑他真舫坞中收。

飞睇亭

一亭孤置假峰端，拾磴登余可畅观。
图自海宁陈氏得，便思迩日可安澜[①]。

① 陈氏隅园赐名曰安澜，图其景，于此为之。

烟月清真楼

春烟春月雅相亲，无迹有形形绝尘。
判却三千花鸟梦，惟余两字曰清真。

采芳洲

冰池那见有溪毛，细睇其根镜里韬。
此日采芳悟实际，何时不可读离骚。

溪毛：溪边野草。语出《左传·隐公三年》："苟有明信，涧溪沼沚之毛。"杜预注："溪，亦涧也。毛，草也。"

乾隆四十六年

得趣书屋口号

几年顿置偶来兹，却向拈题屡有诗。
一展编应一穷理，耽书得趣本如斯。

耽书：形容酷嗜书籍。

题烟月清真楼

春烟春月会长空，清匪虚真与实同。

卦注中孚融体象，记先太白始鸿濛。

底须桃李当宵宴，自有灯花应节烘。

却是高楼付不识，出楹入牖任其工。

体象：谓有定体可以仿照。宋 张载《正蒙·中正》：“体象诚定，则文节著见。”王夫之注：“体象，体成而可象也。诚定者，实有此理而定于心也。”

太白：即金星。又名启明、长庚。《史记·天官书》：“察日行以处位太白。”司马贞索隐：“太白晨出东方，曰启明。”

鸿蒙：东方之野，日出之处。《淮南子·俶真训》：“提挈天地而委万物，以鸿蒙为景柱，而浮扬乎无畛崖之际。”高诱注：“鸿蒙，东方之野，日所出，故以为景柱。”

乾隆四十七年

安澜园十咏

荫经馆

溪馆不过几偶凭，席无暇暖语诚仍。

即看经史束之阁，枕荫其间笑几曾。

四宜书屋

夏凉冬暖总相宜，秋月春风更最斯。

雅合四时读书乐，每来却坐不多时。

无边风月之阁

风声月色满怀披，遮莫无边谁所为。
放眼三千大千外，笑风月亦有穷时。

涵秋堂

东风解冻物昭苏，即景惟春秋似无。
却是虚堂如有说，庭前几个竹知乎。

昭苏：恢复生机。语出《礼记·乐记》："蛰虫昭苏，羽者妪伏。"郑玄注："昭，晓也；蛰虫以发出为晓，更息曰苏。"

远秀山房

向西三架山房小，远挹西山秀可餐。
林树春初犹突兀，岭姿峰态得详看。

染霞楼

楼临波影霞斯幻，楹写云光霞乃真。
幻幻真真都置却，设为甘雪恰宜春。

绿帷舫

冻解溪犹有薄冰，舫收船坞泛何曾。
临溪得此绿帷者，意足烟波资揽凭。

飞睇亭

安澜景本写隅园[①]，位置亭台肖以宛。
飞睇问予心所缱，海波犹未走中亹[②]。

① 海宁陈氏园本名隅园，南巡时每驻跸，为阅塘暂憩之所，因赐名安澜园，并

于御园肖其景云。

② 海潮由中小亹来往，则南北两岸民田庐舍俱获安堵。今潮势仍由北大亹，因命接筑鱼鳞大石塘，实不胜缱念耳。

烟月清真楼

太古以来此烟月，烟清恰会月真宜。
倚楼拟欲一相问，识此清真者复谁。

采芳洲

卉未发荣冰在池，倚栏尚匪采芳时。
设云意寓离骚者，司马迁言更可思。

司马迁：西汉史学家，中国历史上第一部纪传体通史《史记》的作者。

乾隆四十八年

得趣书屋口号

一年至不过一二，至亦曾无坐久时。
试问今朝所得趣，曰惟春意待于斯。

乾隆五十年

安澜园十咏

菲经馆

溪边书馆富芸编，坐不逾时命驾旋。

付与白鱼斯餍饫，食三仙字便成仙。

四宜书屋

髫龄以至古希岁，实与简编手未离。
四库新看编纂就，抽翻无有不宜时。

无边风月之阁

为声[①]为色[②]孰齐肩，总与韶春增丽妍。
世界无边风月共，而吾意亦与之然。

① 风。
② 月。

涵秋堂

当春何必重言秋，似与韶光煞兴头。
旋忆菀因枯以致，个中消息可无不。

菀：紫菀。多年生草本植物。

远秀山房

假山之顶构云房，远见西山色尚苍。
莫谓春初秀犹迟，四时佳气此中藏。

染霞楼

溪楼俯揽芰荷丛，夏月花开照影红。
漫议染霞副名未，东风偶尔让薰风。

绿帷舫

假舫为名真舫实，冰时真舫坞中收。
绿帷偶坐辗然笑，世上名胜实者稠。

飞睇亭

景写陈家历有年，围亭种树已森然。
不须飞睇隅园远，昨岁春光即目前。

烟月清真楼

烟如漏月清无滓，月似披烟真有情。
烟月其间付不识，便宜楼者得虚名。

采芳洲

春孟群芳未发时，春冰虽薄尚凝池。
额楣不肯孤斯览，遂以悠然意采之。

乾隆五十一年

得趣书屋

术业谁非六艺攻，会来深浅自难同。
问吾得趣于何是，只在三谟二典中。

六艺：指六经：《易》《书》《诗》《礼》《乐》《春秋》。

乾隆五十二年

安澜园十咏

莳经馆

芸幮贮有六经存，礼义之门道德源。

暖席何曾来便去，寻思宁不愧题言。

幮：一种似橱形的帷帐。唐 王建《赠王处士诗》："青山掩障碧纱幮。"

四宜书屋

春夏秋冬无不宜，诗书礼乐亦如斯。

一为难耳①一为易②，愿勖其难易置之。

① 谓诗书礼乐。

② 谓春夏秋冬。

无边风月之阁

风月三千与大千，所包含者信无边。

其间人物令得所，曰实难哉愿勉旃。

勉旃：努力。多用于劝勉。宋 欧阳修《送谢中舍》诗之二："人生白首吾今尔，仕路青云子勉旃。"

涵秋堂

缀景奚妨多与名，涵秋因以额楣楹。

若论春景和秋景，丽处原当剂以清。

远秀山房

山顶三间户向西，西山爽气袖襟携。
灯宵热闹翻生厌，不可无斯淡景题。

染霞楼

染霞自是夏为宜，冰沼斯言似背驰。
傍晚西园烟火起，烛霄红影致然疑。

绿帷舫

有阁临溪遂称舫，莫愁难与泛烟波。
问他坞里真舟者，此际可能鼓枻么。

鼓枻：划桨。谓泛舟。

飞睇亭

一景隅园粉本分①，孤亭飞睇迥超群。
设如絜矩民艰处，昨岁差排事却纷②。

① 海宁陈氏隅园，壬午南巡时赐名安澜园。寻于御园中规仿其景为之。

② 上年浙省查办亏空一案，学政窦光鼐参奏，平阳县知县黄梅亏帑累民，地方官意存袒护。嗣据窦光鼐查出，该县田单粮票赃证实据，因复遣大学士阿桂、江苏巡抚闵鹗元往浙查审，黄梅抵罪徇纵之各上司分别黜谴。昨岁，查办此案再三体察，往复驰谕，盖民艰吏弊务得实情，不惮案牍之纷矣。

烟月清真楼

轻烟淡荡偏依月，宝月虚名不妒烟。
试向其间参合相，清从太古示真禅。

采芳洲

岸芷汀兰郁冻枝，陟鱼未负坦冰池。
凭栏试问如何采，宜在群芳未发时。

乾隆五十三年

得趣书屋

三万非夸富缥缃，漱于六艺润而芳。
得斯趣者盖艰矣，然亦非艰在自蕿。

题安澜园

隅园景本效陈家[①]，名曰安澜意托遐。
石易柴坚冀永固，柴为石护借重遮[②]。
但希海晏那靳费[③]，所为民宁漫议奢。
有榭有池足佳趣，遥期沙涨辟桑麻。

① 海宁陈氏隅园，壬午南巡驻跸，赐名安澜，并图以归。就四宜书屋前后左右略加位置，宛然如一。盖予既缱念海塘，鱼鳞土备沙水坍涨形势，无日不勤筹清晏，吁冀安澜。亦以是名园者，意固自有在也。

② 庚子南巡阅视海塘，令将老盐仓一带柴塘三千九百四十丈，改建鱼鳞石塘。甲辰复亲临相度，并命自新建石塘越范公塘，直抵乌龙庙，一体亦行改筑。原欲以石易柴，永资巩固。既见柴塘之后，有沟槽一道，令将存积土牛填入槽内，栽种柳树，俾根株蟠结，柴石相连。又即以柴塘为石塘之坦水，不啻重门保障矣。

③ 老盐仓一带石塘，于癸卯八月告竣。嗣后接修者，今春亦一律奏报完工。前后共拨库银数百万两，惟冀一劳永逸，俾闾阎长庆安恬，多费帑金，固所不惜耳。

乾隆五十八年

题涵雅斋

书屋四宜侧[①]，有斋涵雅称。

窗明满留日，池净半余冰。

最合读书好，底夸似画能。

近教协律吕[②]，纳景总堪徵。

① 安澜园内四宜书屋之侧，即为是斋。

② 近年阅朱载堉《乐律全书》，其乐谱内填注工尺等字，而不注五音。又将烝民思文诸诗，谱以豆叶黄等曲牌名，尤为俚俗。既订其谬误，复敕定诗经，全部乐谱，骈注五音，俾人人知今乐之五六工尺上等字，即古乐之宫、商、角、徵、羽，用彰援俗入雅之意。

乾隆六十年

安澜园十咏

四宜书屋

四宜意喻四时宜，园是新名屋旧基[①]。

仁者谓仁知谓知，系辞义著合深思。

① 予于壬午年南巡观海塘，地方大吏即以海宁陈氏之陈园为行馆，因赐名曰安澜。回京后喜其结构之佳，就御园四宜书屋左右前后，肖其位置为之。四宜书屋，为圆明园四十景之一，乃皇考时所创建也。

涵秋堂

春初何遽曰涵秋，试看棖光可驻眸。

阶下才融新水澹，清波一片素殊不。

棂光：棂，旧式房屋的格子。此指照在窗格子上的日光。

采芳洲

青蒲白芷发犹迟，欲笑辋川句那为。
却看纽芽洲底者，自知即有采芳时。

辋川：河川名，在陕西蓝田。唐代诗人王维曾隐居于此，著《辋川集》二十首。

远秀山房

是处山房迥向西，香山远秀入檐低。
常年渴望积雪际，渥野麦沾可慢傒。

傒：等待。

无边风月之阁

风月无边一阁闲，春和秋爽两犹娴。
却缘惕息怀无逸，片刻何曾乐此间。

惕息：谓心跳气喘。形容极其恐惧。

绿帷舫

舫室临溪帷绿垂，木兰假借一名之。
风帆漫议艰浮泛，曦牖试看时动移。

菲经馆

少小耽书是宿缘，至今耄耋尚勤旃。
菲经馆设刮目待，犹我惟增意恧然。

烟月清真楼

月色烟容万古春，清真岂自道清真。

吟容品色劳劳者，应恐高楼暗笑人。

劳劳：辛劳、忙碌。宋 梅尧臣《晓》诗：“人世纷纷事，劳劳只自为。”

飞睇亭

上元虽报立春迟，旬阅冰融太液池。

翘睇乍欣回雁度，高飞何不可同之。

染霞楼

高楼朴斫水边为，节棁何曾山藻施。

欲拟朱光拂几咏，染霞应待夕阳时。

节棁：节，屋柱上端顶住横梁的方木；棁，梁上的短柱。

山藻：华美、修饰。

朱光：赤光、日光。

嘉庆朝

嘉庆元年

安澜园

陈氏名园忆旧游，仿成御苑境相侔。

廊回蹬削山亭迴，竹密花深水阁幽。

林影烟含檐外接，縠纹风叠槛前浮。
几闲涉景逢初夏，乘兴还登十二楼。

侔：相等，齐。

安澜园十咏

菲经馆

名园仿景传陈氏，回忆甲辰客馆停[①]。
岂共词林较文艺，欲知王道必穷经。

① 安澜园，为海宁陈氏别业。每遇圣驾南巡，疆吏即斯园为行宫。乾隆甲辰，皇父巡阅海塘。予时随驾，因得停驻其园。此盖用其名并仿其式而为之者。

四宜书屋

窗分南北延风日，冷暖暄寒无不宜。
几砚精良尘远隔，好从几暇一留诗。

几砚：几案和砚台。宋 苏轼《雨中过舒教授》诗：“窗扉静无尘，几砚寒生雾。”

无边风月之阁

万壑松风卷天籁，千潭水月印长空。
都来高阁凭虚御，拟挟飞仙碧海东。

万壑：形容峰峦、山谷极多。

涵秋堂

方池澄洁净荷香，一色清波百顷长。
漫拟登高趁佳节，最宜点笔坐虚堂。

远秀山房

因山筑室已清迴，更纳西峰远秀来。

暮霭朝岚无定相，画中生面又新开。

清迴：清明旷远。唐 张九龄《秋夕望月》诗：“清迴江城月，流光万里同。”

暮霭：黄昏时的云雾。

朝岚：早晨山间的雾气。

染霞楼

层楼高迥临秋宇，松栋云楣染绛霞。

成绮流丹铺妙绘，无边颢气列仙家。

颢气：弥漫在天地间的大气。亦指天地。

绿帷舫

制如小舫面方池，静可观书下绿帷。

略彴斜连修竹径，不须画揖济川湄。

略彴：小木桥。

川湄：河边。唐 许敬宗《奉和入潼关》诗：“仙露含灵掌，瑞鼎照川湄。”

飞睇亭

翼然亭子若飞来，独冠危峰接涧隈。

璀璨霜林堪寓目，层峦高处锦屏开。

涧隈：山涧弯曲的地方。明 张羽《何楷读书堂》诗：“晋代有高人，结屋临涧隈。”

烟月清真楼

皓魄当秋影倍清，林烟尽敛镜光明。
高楼直接广寒阙，丹桂飘香到阆瀛。

皓魄：明月，亦指月光明亮。宋 朱淑真《中秋玩月》诗："清辉千里共，皓魄十分圆。"

阆瀛：瀛洲与阆苑。均指神仙的住处。

采芳洲

芙蓉弄影雅宜秋，采采清芳红蓼洲。
点笔石栏排十咏，旧游新景印心头。

红蓼：为蓼科蓼属一年生草本植物。别名荭草、狗尾巴花等。

安澜园

十景昨成咏，非关佳境敷。
石柴卫民固，坍涨顺流趋[①]。
奠璧谢神佑，搴茭免吏呼。
安澜忆丰汛，吉兆愿名符[②]。

① 海塘向系柴工。庚子岁，皇父南巡，阅视于老盐仓一带。旧有柴塘，后一律改建石塘，仍留旧柴塘以为重门保障。如法砌筑，海波永靖。又浙省迤南，诸山联络，海潮可资抵御。若海宁一带，地势平衍，正当北岸之冲，沙势南坍北涨，则塘工巩固，皆蒙我皇父训示周详，上协天心，顺流永庆。

② 丰汛六堡，偶有侵溢。皇父指示河臣，开浚引河，督工镶筑。现在节届霜降，正值水落之时，自可即日工成，以符安澜之意。

奠璧：以玉璧祭奠。

搴茭：搴，《广韵》，取也。茭，即高粱。此为交粮意。

嘉庆三年

无边风月之阁

三千复大千，风月喜无边。
水面波纷起，天心镜朗悬。

山影楼

楼挹远峰色，窗延山影投。
螺青天半接，黛碧画中收。
高下渚烟隔，冥濛林雾浮。
凭虚观物外，胜赏合清游。

安澜园

回忆甲辰岁，名园上巳春。
旧游总陈迹，新赏证前因。
想像山林概，徜徉水石滨。
安澜塘巩固，北涨卫生民。

甲辰：1784 年，乾隆四十九年。

山影楼

楼迥窗虚纳山影，凭栏纵目正高秋。
悠悠砌下蛩音静，冉冉云边雁字遒。

渚剩绿苹风漫舞，林余红叶艳争浮。
慰心穑事九分报，缱念除邪功未收。

嘉庆六年

涵秋堂

雨足园林润，虚堂五月秋。
风泉曲涧戛，云幔远峰收。
荷馥汀前接，蝉声树外流。
座间消溽暑，爽籁送高楼。

染霞楼

遥林晃漾金晖敛，高楼披薰暑气掩。
虚栏十二赴景光，平看天半朱霞染。
建标谁拟赋赤城，画法烘托意匠成。
远渚浮波散罗绮，夕阳林外连晶莹。

嘉庆八年

安澜园有感

海宁怆忆昔随銮，恍若花从镜里看。
追慕当年蒙厚泽，至今每月报安澜[①]。

万几敬理勤无逸，六府时修治倍难。

永守先言罢巡幸，兆民宁谧沐恩宽[②]。

① 兹园权舆于海宁陈氏。皇考幸浙，阅视海塘，屡经临莅。于庚子岁，复饬于老盐仓一带改建石塘。至癸卯竣工，其旧有柴塘，仍随宜修筑，以资保障。自此，海若恬波，安澜永副矣。

② 举大事有迟速之宜。惟敬与明，乃能机宜悉协。皇考六度南巡后，曾制《南巡记》详论及之，并申训后人，一不如此，未可言南巡。圣意深远，所当永守勿替者也。

六府：指水、火、金、木、土、谷六者为财货聚敛之所。语出《尚书·大禹谟》：“地平天成，六府三事允治，万世永赖。”

嘉庆九年

涵秋堂

御园敞豁消烦溽，临水虚堂夏似秋。

层叠波岙翻碧浪，嶙峋石濑激清流。

萧萧松拂檐头爽，嘒嘒蝉鸣叶底幽。

每向几闲观代谢，经年勤政为民谋[①]。

① 王省惟岁，则箕毕从星也。食哉惟时，则鞠谋靥念也。七月无逸之孜孜者，岂敢忘民生在勤之训乎。

石濑：水为石激形成的急流。

嘒嘒：形容小声或清脆的声音。

涵秋堂

虚堂高敞俯澄潭，照影空明万象涵。

云态波光印上下，无边秋色镜中探。

嘉庆十年

安澜园述志

扈驾莅海宁，陈园驻信宿。
回思廿载前，恩泽浃心腹。
御极统寰区，寸衷周甸服。
江浙实名区，黎元普化育。
缅忆考观民，时迈东南六。
大事岂轻言，鸿文屡敬读。
惟吁上苍慈，永锡安澜福[①]。

① 安澜之名，昉于海宁陈园。乾隆甲辰年，予随侍皇考巡莅江浙，曾览其胜概。仰维考泽，留贻讴思，遍于南服。数十年来，海塘巩固，实仰赖圣明指示，昊贶垂慈。兹偶憩御园，顾名思义，益愿河流顺轨，漕运安行，尤为东南亿万生灵之福也。

甸服：古代王畿外围以五百里为一区划，由近及远分为甸、侯、宾、要、荒五服。（另有九服之说）服，即服事天子之意。

迈：《说文》："迈，远行也。"特指帝王巡行。

嘉庆十三年

染霞楼

园名肇陈氏，仿建御苑中。

假山亦峭茜，文石堆玲珑。
回廊绕曲渚，略彴清池通。
层楼得胜概，望云瞻碧空。
北眺见村墅，宛然图豳风。
稻畦方力作，盼泽襄田功。

襄：帮助，辅佐。

四宜书屋

结构仿名园，秋鸿印旧痕。
四宜真胜概，廿载迅高奔。
曲沼临虚榭，平林护短垣。
随安无不可，尘世任寒暄。

秋鸿：秋日的鸿雁。唐 李益《赋得早燕送别》：“一别与秋鸿，差池讵相见。”

染霞楼

小楼俯村墅，茅舍两三家。
翠染汀前柳，红连山外霞。
荷芬漾波縠，竹影罨窗纱。
即目皆诗料，何须骋眺赊。

眺赊：眺，往远处看。赊，长、远。

四宜书屋

清商溥园林，凉飔欣荐爽。
曲池漾澄波，渐觉旭晖朗。
云气羃远山，坐看英英长。
验序愿放晴，西成庶丰穰。
授时念民劳，未能敷教养。
大同庆咸宜，恩覃四海广。

清商：秋风。晋 潘岳《悼亡诗》："清商应秋至，溽暑随节阑。"

染霞楼晴眺

西风飒爽宿云收，试豁双眸更上楼。
林外余霞五色染，汀前锦浪一奁浮。
蝉声尚漾碧梧墅，雁字待传红蓼洲。
北望峰峦列高宇，无边霁景畅初秋。

涵秋堂

虚檐纳新爽，灏景易炎蒸。
林黛涵烟静，波光叠縠澄。
南湖清可挹，西岭秀堪凭。
蝉韵高槐漾，荷芬远渚凝。
夏秋迁玉律，旸雨望休徵。
稼穑民依切，心祈万宝登。

休徵：吉祥的征兆。

晚秋染霞楼

小楼涵远景，高爽曝秋阳。
霞染半林锦，菊团一院香。
山光迎日皎，水色共天长。
遥渚浴鸥鹭，平畴积稻粱。
汀边沙印白，岭外雁成行。
欣值授衣候，逢年首善乡。

授衣：农历九月的别称。明 徐复祚《投梭记·闺叙》：“即今授衣天气，风景萧条，砧捣寒溪，蛩吟晚砌。”

首善：此指京师地区。

嘉庆十五年

安澜园忆旧有感

忆昔随銮辂，名园游海宁。
廿年怀旧雨，双鬓点晨星。
龙驭瞻难及，乌踆迅不停。
南巡著御记，奕叶勉聪听。

龙驭：指天子车驾。此处借指乾隆皇帝。

乌踆：即乌踆兔走，指日月运行。乌踆，传说中的三足乌。借指太阳。兔，传说中的月中玉兔，借指月亮。

奕叶：累世，代代。汉 蔡邕《琅邪王傅蔡郎碑》：“奕叶载德，常历宫尹，以建于兹。”

嘉庆十六年

四宜书屋

窗明几净四时宜，景蔼芳园春昼熙。
帘静画屏风骀荡，檐辉文牖日舒迟。
印空波影开明镜，澄照花光绚丽姿。
静赏阳和欣发育，西巡将届省耕期。

西巡：是年三月十八日，嘉庆帝自圆明园启銮谒西陵，旋赴五台山。

嘉庆十七年

安澜园

园仿海宁陈氏制，六巡浙省永安澜。
湖山曾揽奥区秀，士庶常承帝泽宽。
水榭波含万松碧，石崖霞衬众峰丹。
游踪漫忆皆尘迹，即境新探如旧观。

奥区：腹地。《后汉书·班固传上》：“防御之阻，则天下之奥区焉。”李善注：“奥，深也。”

嘉庆十九年

安澜园

园仿海宁建，书楼十二栏。

石柴塘永固，杭绍泽敷宽。
北涨机欣顺，南巡事实难。
神祠建御苑，江浙普安澜。

嘉庆二十年

安澜园

敕建御园北，溪崖仿海宁。
同游鬓半白，即境柳重青。
楼阁诗曾载，云烟画述形。
吏疲俗浇薄，大典必宜停①。

① 安澜园在御园之北，皇考仿海宁陈氏园所建。予同成亲王、庆郡王甲辰春，扈跸南巡，曾至其地，并赋诗四章纪游。所谓春归十二楼者，犹了了在目，今已三十二年矣。皇考尝云，南巡事体重大，不可轻举。以今观之，尤不易言。然河工海塘，为东南民务之最钜者，在在关心。故前岁特建河神祠于御园之南，并命江南督臣摹绘神像，就近瞻礼，以期昭格而庆安澜。固不徒想像景物已也。

浇薄：指社会风气浮薄。《后汉书·朱穆传》：“常感时浇薄，慕尚敦笃。”

四宜书屋

临溪书屋四时宜，背倚层楼面碧池。
篱缀绯英灿芳蕊，岸排绿柳飏晴丝。
莎茵映日遮崖角，波縠随风叠水湄。
延赏政闲即命棹，系怀田麦待膏施。

嘉庆二十二年

安澜园忆旧

安澜海宁旧，规制仿陈园。
建筑石柴堰，顺流龛赭门。
六巡劳睿虑，全浙沐皇恩。
即境怀前迹，味余诗集存。

龛赭：龛山与赭山的并称。在今浙江省萧山区东北。古时两山夹江对峙，故称龛赭门。

嘉庆二十三年

安澜园忆昔敬纪

缅忆甲辰岁，陈园驻马看。
奥区纪吟咏，名胜畅游观。
巩固石柴堰，巍峨龛赭峦。
六巡亲相度，全浙永安澜。

道光朝

道光三年

染霞楼

玉宇空明薄雾收，嶙峋石磴接高楼。
烟村乍映晴霞丽，仙岛遥涵碧浪浮。
天半松涛三径晚，阶前竹韵一窗秋。
几闲试笔廑民莫，导浚修防细细筹。

安澜园记

安澜园者，壬午幸海宁，所赐陈氏隅园之名也。陈氏之园何以名御园？盖喜其结构致佳，图以归。园既成，爰数典而仍其名也。然则创欤？曰非也。就四宜书屋左右前后略经位置，即与陈园曲折如一无二也。

四宜书屋者，圆明园四十景之一。既图既咏，至于今已历廿年也。土木之工，廿年斯敝，故就葺修之便，稍为更移，费不侈而一举两得也。彼以安澜赐额，则因近海塘，似与此无涉也。然帝王家天下，薄海之内均予户庭也。况予缱念塘工，旬有报而月有图。所谓鱼鳞土备，南坍北涨，诸形势无不欲悉。安澜之愿，实无时不廑于怀也。

由其亭台则思至盐官者，以筹海塘而愿其澜之安也。不宁惟是，凡长江、洪河，与夫南北之济运，清黄之交汇，何一非予宵旰切切关心者？亦胥愿其澜之安也。是则予之以安澜名是园者，固非游情泉石之为，而实蒿目桑麻之计。所为在此，不在彼也。

方壶胜境

方壶胜境，圆明园四十景之一。居四宜书屋迤东，福海之东北隅，是一处仙山琼阁般的寺庙园林。该景建自乾隆早期，前部的湖心高台上有四方重檐亭，外悬“迎薰亭”匾，内额曰“对时育物”。亭东西分别为“集瑞亭”和“凝祥亭”。亭北过天桥，即宜春殿，为临池楼宇上下各五楹，上额曰“宜春”，下檐悬“方壶胜境”匾，殿内有佛 1675 尊。殿东西各有三间配楼，东曰“锦绮楼”，西曰“翡翠楼”。宜春殿北有楼五楹，外悬“哕鸾殿”匾，亦称方壶胜境中殿，殿内有佛 196 尊。中殿东配楼三间，悬“紫霞楼”匾，西配楼三间，悬“碧云楼”匾。哕鸾殿之北，又有楼宇五楹，外悬“琼华楼”匾，亦称方壶胜境后殿。殿内有大小佛 112 尊。后殿亦有东配楼三间，悬“千祥阁”匾，西配楼三间，悬“万福阁”匾。以上各配楼有佛 252 尊，九座楼阁共有大小佛 2235 尊。方壶胜境东院内，有正殿三间，外悬“蕊珠宫”匾，是为园内游憩寝宫之一。以上匾额皆乾隆帝御书。

方壶胜境西偏山水间，仿杭州西湖有“三潭印月”，为一小型水景园林。池中心四方重檐敞榭，外悬“三潭印月”匾。沿敞榭曲廊东南有三间水榭，曰“栖松鹤”；又东南有八方亭，名“苔径”；又东南有四方亭，名“积翠”；亭东北为“涌金桥”。沿敞榭曲廊东北，池北岸则是四方亭，名“云壑”。诸额皆乾隆帝御书。

乾隆朝

乾隆七年

方壶胜境二首

梧竹萧森列几株，文轩长日丽清都。
蕉心抽绿画千轴，荷瓣漂红霞一湖。
绕栋初闻子母燕，乘波群浴帝王凫。
对时育物歌薰意，兴与诗人别体殊。

拟将何事遣余闲，旧稿新题手自删。
高只有天尘迥绝，下临无地水回环。
立销赤帝庚三伏，坐待姮娥月一弯。
却笑秦皇求海上，仙壶原即在人间。

赤帝：即炎帝。中国上古时期姜姓部落的首领尊称，号神农氏。

琼华楼对雨

飒爽檐帷生薄寒，梧桐枝上玉阑干。
云飞别岫当轩暗，雨过前溪隔座看。
声泻池荷吟凤管，点催檐瓦弄珠丸。

西山拟望秋晴黛，烟屿鸥波正渺漫。

凤管：笙箫或笙箫之乐的美称。明 许三阶《节侠记·圆全》：“鸣凤管，吸龙川；歌扇软，舞衣斑。”

珠丸：用珠玉做的弹丸，或对弹丸的美称。宋 宋祁《宋景文公笔记·杂说》：“珠丸之珍，雀不祈弹也；金鼎之贵，鱼不求烹也。”

乾隆九年

方壶胜境

海上三神山，舟到风辄引去，徒妄语耳。要知金银为宫阙，亦何异人寰。即境即仙，自在我室，何事远求？此方壶所为寓名也。东为蕊珠宫，西则三潭印月。净渌空明，又辟一胜境矣。

飞观图云镜水涵，拿空松柏与天参。

高冈翙羽鸣应六，曲渚寒蟾印有三。

鲁匠营心非美事，齐人扼掔只虚谈。

争如茅土仙人宅，十二金堂比不惭。

翙羽：《诗·大雅·卷阿》：“凤凰于飞，翙翙其羽。”翙翙，形容鸟飞声。

鸣应六：指翙羽之声合于六律六吕之声。

印有三：《宗镜录》：“宗门有三印，谓印空、印水、印泥。”西湖三潭印月之名，即由此佛语而来。

扼掔：掔同“腕”，即扼腕。表示激动或惋惜等情绪。齐人扼掔，指秦始皇时齐人徐福入海求仙一事。

金堂：金饰的屋宇。指神仙居处。晋 王嘉《拾遗记·洞庭山》：“洞庭山浮于水上，其下有金堂数百间，玉女居之。”

乾隆二十六年

碧云楼

高树横楼出，碧云金字题。
含风翻飒飒，过雨转凄凄。
缃帙氤氲映，晶帘淡荡低。
晚来更别致，山色夕佳西。

缃帙：用于装书画的浅黄色套袋。泛指书籍、书画。
氤氲：形容烟或云气浓郁。

乾隆三十四年

题宜春殿

朵殿额宜春，凭观宜果真。
柳条窣波软，草纽向阳新。
帘暖风思卷，山融雪罢皴。
百昌乐生意，得所廑茕民。

茕民：孤苦无依的民众。

乾隆四十年

宜春殿

胜境拟方壶[①]，网轩宝额扶。
顾名试思义，育物每廑吾。
即此春宜者，宁无隅向乎。
几闲吟五字，怡与愧犹俱。

①方壶胜境为圆明园四十景之一，殿居其中。

乾隆四十二年

题宜春殿

春园初驻咏宜春，又是一年景象新。
可识自天开造化，由来与物益精神。
虽迟柳暗花明候，已是风和日丽辰。
借问对时何所思，惭无恺泽遍吾民。

恺泽：仁慈，快乐。

乾隆四十七年

题宜春殿

宜春试问以何宜，孟雪兼期暮雨时[①]。

所欲奢哉岂易副，惟斯亟尔那能怡。
柳薰方午烟偏罥，草茁向阳露更滋。
万物观他饶自得，吾民辛苦可忘之。

① 谓孟春、暮春也。

乾隆五十四年

题宜春殿

春为元也善之长，惟是一宜无不宜。
朵殿顾名每思义，寰区发号必先施[①]。
安怀老幼常廑彼，彩贴华灯岂乐斯。
舒叠群雍奉粤宛，同民台者共登之。

① 每于隔岁冬底，驰询各省督抚，有无偏灾应行加赈之处。至岁首，即先颁发恩旨，以普春祺。

朵殿：大殿的东西侧堂。

粤宛：谓天气和顺。《管子·五行》："然则天为粤宛，草木养长，五谷蕃实秀大。"尹知章注："粤，厚也；宛，顺也。天为厚顺，不逆时气也。"

乾隆五十九年

宜春殿题句

春来无处不宜春，享帚偏称朵殿循。
讵谓雕楹与画栋，每思慎已以临民。

可能衣食胥丰足，率曰法廉判假真。

抚序知忧弗知喜，东皇诏我体乾仁。

体乾：履行天命。宋 岳飞《谢讲和赦表》：“大德有容，神武不杀，体乾之健，行巽之权。”

嘉庆朝

嘉庆元年

方壶胜境

载籍徒夸山海异，由来胜境在人间。

阁如翔凤雕栏护，桥若飞龙扣砌环。

圆峤方壶难玩赏，琪花瑶草漫追攀。

应嗤秦汉求仙鄙，徐福扁舟尚未还。

圆峤方壶：传说东海有三座仙山，分别是指蓬莱、方壶、圆峤。各有其仙药，分别是蓬莱长寿菊，方壶忘忧草，圆峤桃花石。

琪花瑶草：古人谓仙境中的花草。

嘉庆二年

方壶胜境

三山无路谁能到，五利文成总妄言。

楼阁巍峨拟胜境，神仙缥缈实虚论。
餐霞吸雾浮词屏，食德饮和至道存。
即此游观为法戒，保民守正示根原。

方壶胜境歌

海上三神山，徐福扁舟终未还。
谁见仙人骖白鹤，大丹炼景驻芝颜。
御园东偏福海北，浩渺银涛望无极。
翚飞楼阁像蓬莱，即境仿为匪雕饰。

九旬圣人康健身，同天悠久履庆纯。
求仙小道素所鄙，四得堂记奎藻申。
禄位名寿大德得，化成久道恢邦域。
作歌深戒异端崇，食德饮和遍万国。

翚飞：语出《诗·小雅·斯干》："如翚斯飞。"朱熹集传："其簷阿华采而轩翔，如翚之飞而矫其翼也。"后以"翚飞"形容宫室的高峻壮丽。

奎藻：指帝王诗文书画。

嘉庆六年

方壶胜境

秦汉求仙迹，痴念千古嗤。
大丹谁得饵，漫采五色芝。
熙朝崇正学，不尚枝蔓辞。

御苑按图构，金碧纷参差。
上架飞龙桥，下铺白玉墀。
宛转通阁道，返景纳朱曦。
圣人示后世，无以复加兹。
小子承遗训，寸心常谨持。

嘉庆九年

方壶胜境歌用唐杜甫元都坛歌寄元逸人韵

瀛州阆苑三神峰，列仙来去骖飞龙。
采芝炼药游岩谷，金堂玉戺连夏屋。
天风披拂白石坛，不知岁月忘暑寒。
驻颜吐纳太昊气，青鸾威凤相腾翻。
此境虚幻终难往，东海之水无消长。
求仙妄想总痴迷，饮和食德神清爽。

阆苑：也称阆风苑。传说中在昆仑山之巅，是西王母居住的地方。在诗词中常用来指神仙居住的地方。

戺：台阶两旁所砌的斜石。汉 张衡《西京赋》："金戺玉阶，彤庭辉辉。"

嘉庆十年

方壶胜境

神仙在东海，方士皆寓言。

虚诞不可信，至乐名教存。
圣人鉴实理，胜境建御园。
后世知法戒，遇事免纷繁。
妄念务屏绝，初性固本源。
游览勉窥测，垂训奕叶孙[①]。

① 术士动称海上神山，其说荒唐不待辨而知其伪。崇奉固为愚罔，诋諆亦可无庸。我朝列圣相传，惟以尧舜精一之传为法。一切虚诞之说，屏而不用。至园庭缀景，不妨取其语为颜额，俾人知蓬壶原在人间，不必妄求意外。每经游览，因阐发当日命名垂训之深意，或可仰窥于万一乎。

嘉庆十五年

方壶胜境歌

蓬莱方丈三神山，原在依稀仿佛间。
智者笑谈愚者惑，未见偓佺难驻颜。
御园东北有胜境，飞翠流丹连藻井。
璿题巍焕署芸楣，回廊旋绕云霞影。
圣人尚俭每戒奢，欲使后世无以加。
屏除妄念勉勤敬，饮和食德至理赊。

偓佺：古代传说中的仙人。

嘉庆二十三年

方壶胜境

飞楼杰阁焕金碧，十二增城神仙宅。
欲令后人无复加，方壶胜境奎藻额。
长生有道在养心，海外祈求妄劳役。
丹药芝草皆寓言，尘世奚能见黄石[①]。

① 海上神山，本属方士幻说。即谷城黄石，亦属寓言。天君泰然，百体从令。清心寡欲，自能久视长生，初不待外求也。

澡身浴德

澡身浴德，亦称澄虚榭，圆明园四十景之一。位于福海西南隅，该景始建于雍正朝。乾隆九年（1744），圆明园四十景命名时曾总称“涵虚朗鉴”，后正式定名为“澡身浴德”。据《日下旧闻考》载：澡身浴德，东向正宇三楹，外悬“澄虚榭”匾，联曰：“好雨知时，岑峦添远碧；薰风叶奏，殿阁有余清。”殿内悬“澡身浴德”匾，上述均为乾隆帝御书。殿南为“含清晖”，北为“涵妙识”，折而西向为“静香馆”，又西为“解愠书屋”，西南为“旷然阁”。澡身浴德之北，渡河桥有“延真院”与“溪山罨画”，院北系四方亭，名“望瀛洲”。其北为“深柳读书堂”，又北为“溪月松风”，额皆雍正帝御书。乾嘉盛时，每过端午节，望瀛洲、澄虚榭等处，常常是清帝召诸王大臣等观看龙舟竞渡的地方。

雍正朝

深柳读书堂消夏

曲尘绿染万条丝，窣地浓阴暑暗移。
旋渍霜毫铺玉版，细研荷露写新诗。
一天月色画图古，两部蛙声鼓吹奇。
潇洒楼台临碧水，夜深倒影静垂垂。

深柳读书堂避暑

三庚节届祝融临，闲对明窗阅古箴。
树杪莺喉调妙曲，槛边蝶翅舞芳襟。
嫩荷香远风频递，深柳阴重暑不侵。
移榻帘前何所思，要赓解阜入虞琴。

三庚：中国农历中三伏天的开始，“夏至三庚便入伏”。

祝融：中国神话中传说的火神。

解阜：典出舜帝《南风歌》。据载，“帝舜弹五弦之琴，以歌南风”。其歌曰：“南风之薰兮，可以解吾民之愠兮；南风之时兮，可以阜吾民之财兮。”意为官者要为百姓排忧解难，使其过上安居乐业的生活。

乾隆朝

乾隆九年

澡身浴德

福海西壖，平漪镜净，黛蓄膏停，竹屿芦汀，极望弥弥。浴凫飞鹭，游泳翔集。王司州云：非惟使人情开涤，亦觉日月清朗。

苓香含石髓，秋水长天色。
不竭亦不盈，是惟君子德。
我来俯空明，镜已默相识。
鱼跃与鸢飞，如如安乐国。

石髓：即石钟乳。古人用于服食，也可入药。故南北朝诗人庾信有诗：“石髓香如饭。”

不竭句：语出《庄子》：“夫大壑之为物也，注焉而不满，酌焉而不竭。”意言其大也。

如如：佛教语，指永恒存在的真如。唐 慧能《坛经·行由品》：“万境自如如，如如之心，即是真实。”

乾隆十八年

望瀛洲亭子

骤雨过河源，碧天爽气来。
落景照东宇，赤城艳崔嵬。
非烟亦非云，如楼复如台。

虹桥若可蹑，佺羡相追陪。
亭子琳池西，望瀛名久哉。
今朝乃领要，俨然见蓬莱。
可望不可即，劳者非仙才。

赩：红色。

崔嵬：本指有石的土山。后泛指高山。宋 辛弃疾《沁园春·有美人兮》词：“觉来西望崔嵬，更上有青枫下有溪。”

佺羡：佺，即偓佺；羡，即羡门。二者均为古代传说中的仙人。

乾隆二十四年

赋得溪月松风

松下溪边三架宜，奎章四字揭檐楣①。
每从弄月吟风际，常切望云就日思。
陶冶性灵非独乐，推迁岁月有余悲。
升堂未易窥神旨，道筦天倪蕴莫遗。

① 匾额乃皇考御书也。

天倪：自然的分际。《庄子·齐物论》：“何谓和之以天倪？”郭象注：“天倪者，自然之分也。”亦言天边。

遣吟

澄虚榭朗散幽襟，景入新秋雅称心。
摇扇暑如避西颢，登舟月恰出东林。
遣吟细字浑难写，即目烟波耐可寻。

傍岸刚欣芳草绿，王孙又送数声吟。

西颢：秋季。西方曰颢天，秋位在西，故称。唐 刘禹锡《上门下裴相公启》："授钺於西颢之半，策勋於北陆之初。"

澄虚榭待月作

朗榭临碧湖，漭沆不计里。
因居岸之西，待月恒于此。
罗落迤东林，掩映金盘子。
须臾升其杪，翻影漾湖水。
天水月胥虚，谁与分别是。
三闲独无言，了然洞妙理。

漭沆：水广大貌。《文选 · 张衡》："顾临太液，沧池漭沆。"薛综注："漭沆犹洸漾，亦宽大也。"

罗落：连绵，绵延。

乾隆二十九年

深柳读书堂

老屋清溪上，年深柳更深。
读书趣缅昔，闻礼戚犹今。
悟性同湍水，铺庭阅惜阴。
瞠乎只蒿目，黯尔总惊心。

惜阴：意为珍惜光阴，爱惜时间。朱熹著有《惜阴》诗。

蒿目：极目远望。《庄子·骈拇》："今世之仁人，蒿目而忧世之患。"

赋得溪月松风叠旧作韵

松风四季总相宜，溪月三间常映楣。
云似画时偏惬照，欲吟诗际恰摅思。
天行浩浩几余乐，圣仰循循从末悲。
虽曰瞠乎宁不懋，况兹精义示贻遗。

摅思：运思，动脑筋。

适性居

假山翠逻复青环，曲径深通绿柳关。
刚拟散怀得佳处，却看适性额其间。
孔门相近诚堪味，程氏受中不我悭。
安逸设将徇己欲，毫厘千里大应闲。

毫厘千里：即差之毫厘，谬之千里。语出《礼记·经解》。
闲：限制，防备。

解愠书屋

书屋樾凉多，偏宜夏节过。
问名惟解愠，抚序正南讹。
匪悦一躬适，所期万姓和。
仪型在心法，讵曰五弦歌。

樾：树荫。

南讹：指夏时耕作及劝农等事。

仪型：楷模，典范。

咀华室

十笏居然容膝宽，古香日夕共盘桓。

咀华设问循名义，吾亦因之欲识韩。

十笏：笏，又称手板、朝板，是古代臣下上殿面君时的工具。此处形容空间非常窄小。

咀华：即含英咀华，语出韩愈《进学解》。咀，细嚼、体味；英与华，即精华。意为读书吸取其精华。

旷然阁

室里那知更有楼，拾梯登喜俯沧洲。

春秋风月因心会，上下水天与目谋。

籁爽每从窗处度，波光常向座间浮。

旷然设问相宜句，顺应惟兹任物酬。

沧洲：滨水的地方。

静香馆

回廊多曲折，闲馆致幽深。

药蕊飘清馥，桐柯布翠阴。

鱼飞常入镜，蝉韵自调琴。

嗅复翳根静，云香何处寻。

桐柯：桐，桐树。有泡桐、油桐、梧桐等，属落叶乔木。柯，一种常绿乔木，木材坚硬，可做车船。

望瀛洲亭子戏成三绝句

湖心构舍规三岛，湖岸开亭号望瀛。
标榜莫猜出想像，便真壶峤也虚名。

壶峤：方壶与员峤的并称。二者均为传说中的仙山。

早觉真痴鄙汉帝，那更幻乐羡唐臣。
可知名利场中客，不是神仙队里人。

汉帝：即汉武帝。

东海金波一缕丝，须臾玉镜大千披。
仙家日月迅如此，望彼瀛洲亦底为。

金波：反射着耀眼光芒的水波。借指日初或日落时刻。
玉镜：喻明月。唐张了容《璧池望秋月》诗："满轮沉玉镜，半魄落银钩。"

解愠书屋

选题额枊枨，虞帝昔闻遵。
解愠言何易，民碞畏是真。
稍欣暑雨过，披得爽风新。
万宝西成后，庶几鲜馑贫。

枊枨：枊，古通"央"，中央。枨，古代门两旁竖的木柱，借指门。此为悬挂匾额的地方。

民碞：谓民心不齐，或谓民情险恶。

万宝：犹万物。此处主要指各种农作物。

西成：指秋天庄稼已熟，农事告成。

乾隆三十年

解愠书屋作歌

我思虞廷，去尧之世未曰遥。不识不知，其民淳朴之风犹应饶。云何舜帝挥五弦，尔日乃有“南风谣”。愠者不平之气或致怨，而胡有于重华之际，欲借薰风消。是知昊代不如羲年，非虚语。大禹下车泣罪，心诚焦。何况三千载，递降于斯时也。岂可与古相较，风俗之淳浇。吁哉，民碞实可畏，愠岂易解哉。吾惟对此惭旰宵。

不识不知：旧喻民风淳朴。典出《列子·仲尼》。

重华：虞舜的美称。亦喻帝王功德相继，累世升平。

昊：即太昊。是上古东夷的祖先和首领，亦为东方祖神。

羲：即伏羲。华夏族人文先始，三皇之一。亦是与女娲同为福佑社稷之正神。

下车泣罪：语出汉 刘向《说苑·君道》：“禹出见罪人，下车向而泣之。”形容君主为政宽仁。

适性居

闻诸我宣尼，性近习相远。
如水必有源，如木必有本。
率则谓之道，适斯谓之善。
讵曰娱耳目，亦岂恣游衍。

触境心有会，克己礼期返。

宣尼：即孔子。西汉元始元年追谥孔子为褒成宣尼公，故称。

乾隆三十一年

解愠书屋作歌

古称大禹下车泣，所为民心不若尧舜时。是则重华歌解愠，亦将因击壤之民稍异。顺帝之则，不识而不知，三帝之德讵相远。曾未百年，世风日下已如斯。逮今三千余年，俗更降。而且九州之外，户益滋于斯时也。乃欲一夫一妇，皆得其所，无愠色。是犹求雪于夏，其必无也。夫何疑？是以吾居解愠书屋，惟是恧焉增忸怩。

击壤：颂扬太平盛世。宋 范成大《插秧》诗：“谁知细细青青草，中有半年击壤声。”

顺帝之则：顺乎自然法则，典出《列子》。

再题解愠书屋

每对南风缅舜皇，抚弦总廑牧民方。

两言讵是独称一，传语深思第十章。

乾隆三十二年

适性居

子曰性相近，宁当被物移。
存神贵有养，克己自无私。
适欲分骄泰，乐毋忘敬寅。
迩来悟其旨，原在雨旸时。

解愠书屋

又值夏云首，来披风自南。
暇几托古茹，妙趣得今涵。
幸麦秋临二，斯民代即三。
高称解阜候，宁不自怀惭。

静香馆

曲廊偏有趣，闲馆致无华。
可以消清暇，于焉味静嘉。
砌花常递馥，林鸟亦非哗。
新笋才抽叶，墙头几个斜。

乾隆三十三年

解愠书屋

书屋取朴不取华，墨壶琴荐本一家。
数日弗雨炎正炽，薰风习习入窗纱。
入窗虽薰亦觉爽，既静而深虚且朗。
书史外无别可娱，循名便以兴遐想。
遐想虞帝歌南风，茅茨讵比精室同。
犹然敕几钦夙夜，抚此岂不惭深衷。
深衷景仰明有在，欲从末由所以乃。
操缦安弦之未能，固知民愠其奚解。

操缦：指操弄琴弦。

静香馆

庭植几竿竹，萧萧引籁凉。
既深斯致静，不艳乃生香。
嫩叶刚如幕，新枝已出墙。
偏宜月初上，斜入影寒光。

乾隆三十五年

解愠书屋

顺则惟尧时，解愠惟舜代。

相去未百年，弗顺而愠逮。

大禹遂泣辜，风日下堪忾。

尔时至于今，复四千余载。

解愠讵易言，披薰慊以慨。

乾隆三十六年

适性居

性固图其适，相近贵得正。

性亦不图适，习远斯为病。

近则天理现，远乃人欲竞。

讵其安逸恣，而忘敬义胜。

题居当铭盘，时时用自镜。

乾隆三十八年

静香馆

闲馆悠然号静香，博山那藉爇都梁。

黄庭背抚意与永，亦不高称鼻观忘。

鼻观：以鼻闻之。宋 朱熹《梅花开尽不及吟赏感叹成诗聊贻同好》："鼻观残香里，心期昨梦中。"

乾隆四十六年

澄虚榭

惟虚故能澄，是乃言乎水。
春寒冰未消，而榭亦对此。
然无碍其澄，冰水原一理。
照影静弗动，更觉此[①]胜彼[②]。
中孚豚鱼吉，羲象阐其旨。

① 谓冰。
② 谓水。

中孚句：中孚，《易经》六十四卦第六十一卦风泽中孚。卦形外实内虚，喻心中诚信。豚鱼吉，即诚信施及到小猪小鱼身上，感化它们，获得吉祥，利其涉越大河大川，坚守中正之道。

适性居有会

鲁论有至言，性近习相远。
习染乃成情，情以性为本。
适性适其正，动定静定蕴。
苟或涉非礼，无益乃有损。
适实近乎逸，五字因识谨。

鲁论：即《鲁论语》。相传为鲁人所传，是今本《论语》的来源之一。

乾隆四十七年

澄虚榭

水榭俯平湖，澄虚在眼前。
循名今略殊，以犹结冰坚。
责实邻无当，而予有进焉。
冰下非水乎，其虚自依然。
更协中孚义，即景悟羲编。

羲编：《易经》，也称《周易》，是中国最古老的占卜原著。据说为伏羲氏与周文王编写。

旷然阁

层阁高临冻浦边，嫩阳积素玉生烟。
沿堤细柳犹迟放，纵目真教意旷然。

积素：积雪。

静香馆

绕砌春滋蕙，临池夏放荷。
此时均尚未，鼻观却如何。
有嗅嗅应尽，无缘缘不磨。
博山亦弗炷，自领静香多。

乾隆四十八年

澄虚榭

水榭额澄虚，斯实临水意。

今来湖尚冰，副名觉略未。

然水在冰下，其虚固一致。

惟因结而凝，则以视有异。

忘视观其初，澄虚妙乃契。

适性居

蒙庄曾有言，不自适其适。

而此曰适性，宁弗相遻逆。

性者情之正，情者性之习。

适性还其初，七情自无辟。

火岂能无烟，陆机语有隙。

蒙庄：即庄子。庄子是蒙（今河南商丘市东北）人，故称蒙庄。

遻：抵触。

七情：即喜、怒、忧、思、悲、恐、惊七种情志变化。

陆机：字士衡，吴郡华亭人（今上海松江），西晋著名文学家、书法家。

乾隆五十年

澄虚榭

澄虚谓水谓非冰，却是墀前元玉凭。

固喜不波真契静，更看彻底总为澄。

狐听已罢知寒退，鱼负将临识气升。

茂对时怀育万物，渠宁游目兴之乘。

狐听：狐听之声。《水经注 · 河水一》引《述征记》："冰始合，车马不敢过，要须狐行，云此物善听，冰下无水乃过，人见狐行方渡。"

旷然阁

出树高楼更无叶，凭栏极目碧霄空。

旷然意与廓然近，吾亦因之勉大公。

廓然：旷远寂静的样子。

大公：即无私。

静香馆

鼻为香之根，香为鼻之尘。

根尘互资待，鼻香相缘因。

设使主一静，彼四[1]胥戏论。

濂溪太极说，略已示其津。

① 谓鼻之为根，香之为尘。

乾隆五十一年

澄虚榭口号

临湖水榭偶来凭，水冱春初尚作冰。

可识是冰都是水，当前原不碍其澄。

冱：冻结。

适性居

性近习相远，宣尼明训我。

习盖发为情，一往则相左。

情有善不善，性善无偏颇。

于性情言适，或可性或不可情。

即景深会心，聊当铭起坐。

乾隆五十二年

旷然阁有会

旷然即廓然，顺应无私邪。

春林未发叶，近远景莫遮。

高阁符其名，纵目与之赊。

目亦安有穷，景亦安有涯。

不如收其视，寸田守清嘉。

斯实旷然本，大公滋道芽。

道芽：佛教术语，正道之萌芽也。《心地观经》五曰：“道芽增长如春苗。”

澄虚榭

水虚冰则实，斯固其常理。

然而同为澄，呈鉴可知矣。

实澄虚亦澄，本一同无滓。

实之澄静乎，虚之澄动耳。

以是相较量，在此不在彼。

乾隆五十三年

适性居有会

适性虽然偶著名，其间尚合酌而行。

义理气质自有别，相近相远因习更。

近者可适远弗可，鲁论十七章训明。

夫岂窗明几净谓，人生之乐遂其情。

鲁论：汉代流行的今文《论语》之一种。为鲁人所传，故名。

乾隆五十五年

静香馆

陆生香于庭，水生香于池。

书馆皆可得，而实弗藉伊。

试云所藉者，曰静一字宜。

静则心在焉，视见听闻资。

圣经已明言，逢源任取之。

乾隆五十七年

适性居自箴

性固无不善，情则有分别。

然而近远间，如枝[1]之与节[2]。

是则图适性，亦当慎优劣。

所以回问仁，克己垂训哲。

适莫容易看，四勿目尤切。

① 谓性。

② 谓情。

四勿：颜渊问“仁”，孔子回答，即：“非礼勿视，非礼勿听，非礼勿言，非礼勿动。”

乾隆五十八年

澄虚榭

水澄榭之虚，冰澄榭之实。

今朝榭所凭，虚实个中得。

瀛海面前呈，半冻半融释。

虚实合撰住，而总澄为极。

对之以一心，于何觅形色。

乾隆六十年

静香馆戏题

前临数顷湖，而中无荷芰。
后围几叠山，颇有松柏植。
无荷那有香，有松实无味。
与其有无间，我以静为会。
是故额馆名，斯偶申其义。

嘉庆朝

嘉庆元年

澄虚榭

百顷含虚槛，春和霁景澄。
奁光明镜皎，眉黛远山凝。
雨足溪初涨，风徐浪不兴。
石栏宜点笔，有暇试来凭。

望瀛洲歌

海上三神山，可望不可到。
十二楼五城，仙人漫引导。
熙朝不尚浮夸词，人间胜景偶仿为。
御园东偏大福海，浩浩汤汤漾清漪。
海中岛屿峙宫阙，缩地长房等溟渤。
天风轻掠水面霞，寒潭印出波心月。
增城阿阁相回环，灵台高起云霄间。
绿波澄澈春水足，畅好放棹遊仙寰。
问景怡情几暇偶，戒满持盈悟虚受。
愿锡福海润福田，岁稔民安歌大有。

熙朝：兴盛的朝代，此指清朝。明 张居正《寿陈松谷相公》：“诚旷世之希逢，熙朝之盛典也。”

缩地：传说中化远为近的神仙之术。晋 葛洪《神仙传·壶公》：“费长房有神术，能缩地脉，千里存在，目前宛然，放之复舒如旧也。”

溟渤：溟海与渤海。多泛指大海。

澄虚榭

秋水苍茫浸太虚，蒲汀深处雁来徐。
千重浪叠西风紧，一色波含明镜舒。
云敛遥空现峦岫，烟收极浦剩芙蕖。
静观元化勤修省，木叶萧萧积玉除。

澄虚榭

福海晴波千顷明，高空皎日助澄泓。
四围文馆联亭阁，中峙瑶台像阆瀛。
枫岸离披遥渚净，蓼洲隐现远山横。
来游已届初冬候，深幸秋原穑事成。

澄泓：水清而深。

嘉庆二年

澄虚榭【乾】

东槛清波澈，南窗皎日明。
会含两虚意，知在一澄生。
有照初无固，形端自表呈。
寄言相对者，先合彻私情。

澄虚榭即目

万顷苍茫天水接，坐临曲榭气澄虚。
金鳞荡漾风漪叠，碧縠回旋云幔舒。
卉木扬芬真贲若，亭台缀景乐于胥。
境名福海愿敷锡，泽洽群生始慰予。

贲若：形容草木丰茂。语出《尚书·汤诰》：天命弗僭，贲若草木，兆民允殖。

澄虚榭

元冥应律酿微寒，水榭凭临百顷宽。
日上遥林云接岭，霜清远渚雁横滩。
香萦闲砌摇黄菊，波漾虚汀拍赤栏。
天地严凝气始肃，御冬蓬户念艰难。

元冥：即玄冥。深远幽寂。亦借指太空。明 何景明《告咎文》：“乘元冥以丞行兮，乃觐帝于太微 。”

蓬户：指穷人居住的陋室。

望瀛洲

水心楼阁仿蓬莱，旭照罘罳四扇开。
瀛洲可望岂能到，徐福扁舟尚未回。
求仙驻景皆侈想，蠡测管窥识不广。
世间岁月刻无停，天上乌踆日来往。

罘罳：古代的一种屏风，设在门外。

蠡测管窥：蠡，瓢；管，竹管；窥，从小孔里观看。用瓢来量大海，从竹管的小孔看天空。比喻见识狭窄。

乌踆：即踆乌，古代传说日中的三足乌。借指太阳。

嘉庆三年

澄虚榭口号【乾】

冰水曾频动静吟，弗过即景偶开襟[①]。
凭虚今日无他望，独有劳劳企捷心。

① 榭名澄虚，本以临水取义。向年来此，或尚值冰凝，屡有题咏。以水虚冰实，其澄则同，盖实之澄为静，虚之澄为动，然动静互根究，仍归一谛耳。

含清晖室咏【乾】

清晖含得一轩中，四季虽同致不同。
幸是逢年心略慰，依然盼捷意犹忡。
满窗暖爱赵衰日，三面雄辞宋玉风。
旧咏新题一瞬目，三年惭愧迅无穷。

赵衰：即赵成子，字子余。谋士，政治家，是辅佐晋文公称霸的五贤士之一。

宋玉：又名子渊，宋国人。辞赋家，崇尚老庄，中国古代四大美男之一。

澄虚榭

百顷平湖映虚榭，天气清和正初夏。
波心滉漾景澄佳，延瞩应接果不暇。
高柳临汀舞细丝，琉璃蘸绿光纷披。
密荫渐敷昼正永，关关好鸟鸣乔枝。
春雨既足增新涨，大圆明镜印空旷。
圣皇乘舫偶来游，悦兹润泽宸衷畅。
含滋正合农事兴，良苗勃发醲膏凝。
年稔民安邦自靖，念征肃乂多福膺。

滉漾：水浮动貌。

澄虚榭

太虚气寥廓，秋景最清澄。

皎日金辉朗，长波玉练凝。
林添红叶绚，山送白云层。
水榭纳新爽，趁闲偶一凭。

望瀛洲

仙人好楼居，神游溟渤外。
九州如弹丸，四海若环带。
阆苑本寓言，词客群附会。
世俗多尚奇，避利反趣害。
食德而饮和，荡平王道大。
勿为身外思，随安养心最。
徐福去不还，洪涛难返旆。

阆苑：传说中在昆仑山之巅，是西王母居住的地方。在诗词中常用来泛指神仙居所，亦代指帝王宫苑。

嘉庆六年

解愠书屋

兆庶日孳蕃，养生实不易。
阜财衣食均，怀保切抚字。
虞舜作五弦，解愠溥美利。
渴愿四海安，艰哉守天位。

孳蕃：孳，后代，多含贬义。蕃，繁殖。此指百姓生育后代。

静香馆

远渚荷香静里闻，濂溪至乐岂同群。
中通外直希贤圣，体要修身在敬勤。

嘉庆七年

澄虚榭

风潭百顷漾空明，天水澄虚万象清。
杨柳临汀张妙绘，楼台近渚印蓬瀛。
波纹静与簾纹合，山影还从衣影萦。
佳境畅观仍不怿，甘霖未降旱将成。

蓬瀛：即蓬岛瑶台，为圆明园四十景之一。

澄虚榭

近水轩窗长夏宜，平开千顷碧琉璃。
密云不雨心焦急，又望甘膏继透滋。

佳境身临心不怿，赈民甫毕尚筹兵。
愁多喜少时乾惕，宵旰孜孜凛捧盈。

解愠书屋

吾愠何能解，楚疆民未安。

愧无二典治，漫抚五弦弹。
筹旅转输要，悯农稼穑难。
平成祈昊佑，鉴此寸忱丹。

二典：《尚书》中《尧典》和《舜典》的合称。

澄虚榭

秋深天愈迥，碧沼净波光。
皎洁日华印，空明练影长。
丹枫舒冷艳，黄菊发清香。
代谢静中览，思艰刻不遑。

嘉庆八年

澄虚榭

今春雪既足，新水倍澄清。
锦縠千层绚，金鳞万迭莹。
岸边连阆苑，柳外见蓬瀛。
坐对漪澜浩，心源印静明。

旷然阁

阁建室中额旷然，非耽游豫爱林泉。
身居禁苑心天下，公溥明通敬体乾。

体乾：履行天命。

澄虚榭

千顷风潭波叠叠，长天浩渺清光接。
云霞绚绮印琉璃，蜃窗静对心神惬。
澄泓性海集虚灵，鸢鱼下上涵影形。
几闲仍虑民多苦，川楚余邪未尽宁。

解愠书屋

舜作五弦琴，金徽播清韵。
盛夏歌南风，阜财而解愠。
后世疆宇恢，要荒皆县郡。
生聚日滋蕃，贫乏起争忿。
图治实艰难，勤政勉自奋。
虚己鉴群情，明达怀往训。

澄虚榭

水天一色净长空，虚榭清光入牖中。
冉冉征鸿还北塞，萧萧落叶舞西风。
波澄远浦摇汀蓼，霞叠层崖漾岸枫。
黄节已过授衣候，慰心畿甸遍绥丰。

征鸿：意为“远飞的大雁”，古人常利用它们寄寓自己的情怀。

望瀛洲

十洲三岛皆寓言，神仙世人隔霄壤。
侈谈长生永驻颜，遂令痴愚心妄想。
福寿禄位赋自天，岂事营谋陷尘纲。
素位而行静待时，湛然澄澈灵源养。
内丹从来不外求，寸田惺惺悬鉴朗。
太和融洽劫运除，兆民安阜泽被广。

嘉庆九年

解愠书屋

一人图治宵旰筹，乐民之乐忧民忧。
君民休戚最关切，民愠可解君职修。
仰承天眷育万类，永消旱涝岁有秋。
惟诚惟敬庶感召，盈宁比户遐迩周[①]。

① 祁寒暑雨，小民惟日怨咨，此虞帝歌薰解阜，所以独隆千古也。然感召之理，不外敬诚。深宫宵旰，与茅檐风草之应，不啻呼吸相通，安得不凛天眷，而恒持乾惕之衷耶。

比户：家家户户。五代 李中《献乔侍郎》诗："九霄恩复降，比户意皆忻。"

澄虚榭

水天一碧湛空明，百顷平湖接太清。
午荫静涵波印影，南薰徐度浪无声。

闲看曲槛蜻蜓戏，时听雕笼鹦鹉鸣。
对育厘怀农事要，伫希大沛润苍生。

太清：即天空。也指天道。

澄虚榭

平湖百顷湛空明，候届深秋景倍清。
风漾漪澜互层叠，日烘锦浪盆晶莹。
遥林云影翻高籁，小院菊丛逗素英。
心悦目澄岂游豫，余邪荡尽岁功成。

嘉庆十年

端阳日，召诸王、大学士及内廷翰林等，至澄虚榭观龙舟，即事成什

旸雨知时兆岁丰，君臣慰念值天中。
维屏永守本根固，作楫长思襄赞功。
偶一观之佳节届，何修遇此昊恩隆。
万几余暇暂游豫，锡福心期薄海同。

澄虚榭

水天清澈景舒长，一色空明百顷塘。
印砌波翻无定影，隔帘花送自来香。

开窗平浥汀夽碧，卷幔遥披岫黛苍。

静鉴寸田除垢滞，集虚体物理精详。

望瀛洲

方亭临福海，百顷漾晴澜。

天阔闲云远，波深夏昼寒。

涵霞浮密樾，倒影印虚峦。

即境心神谧，蓬瀛画里看。

澄虚榭

平湖开百顷，天水印清澄。

烟敛峰留影，风微波不兴。

赫炎气全涤，飒爽景宜凭。

远树轻霞绚，遥汀薄縠凝。

蝉鸣柳阴密，鱼跃浪花层。

坐览群生畅，西成庶可征。

解愠书屋

清风解暑气，烦热可顿除。

民艰恐难达，心愠无时舒。

尘市何湫隘，自愧居广居。

藐躬承考训，永念授玺初。

庶姓苦贫乏，衣食未饶余。

燮时待天眷，大有丰年书。

尘市：犹尘世、市井。明 王世贞《为刘侍御题清举楼》诗：“为言尘市无所欢，聊从物外得奇观。”

湫隘：低下狭小。《左传·昭公三年》：“初，景公欲更晏子之宅，曰：‘子之宅近市，湫隘嚣尘，不可以居，请更诸爽垲者。’”

嘉庆十一年

澄虚榭

波光云影印澄潭，虚榭空明上下涵。

碧蘸湖心浮远岛，青连林脚映遥岚。

怡情静领溪山秀，悦性都忘花柳酣。

境界超然游物外，天倪道筦细寻探。

仲夏朔日，命诸王、大学士及内廷翰林、内务府大臣等，至澄虚榭观龙舟，诗以志事

雨旸时若感天慈，节日值斋朔日宜。

缀艾悬蒲逢令序，长禾收麦沐繁滋①。

游龙泛渚原无竞，涸鲋跳波尚廑思②。

福海覃敷泽愿溥，先忧后乐敬勤基。

① 春膏夏泽，先后应时。麦陇禾田，均臻丰茂。昨据畿辅疆臣奏报，二麦收成，可符上稔。大田秋稼，已皆普种。茁土苯尊，百谷有年，似亦可以预冀。本年重午日，正值方泽致斋，因移节事于朔日，与诸臣略酬令序，即事抒吟。所最关于心念者，正未能为之稍置耳。

② 洋盗蔡牵，经水师屡次奋击，穷蹙窜逃，原不难即时擒获。惟洋面波涛风色，测验较难。蔡逆现复逃至南澳，李长庚等督率舟师，跟踪追捕，布置周密。该

逆谅同涸辙枯鲋，断不容漏网幸逃也。

缀艾悬蒲：即五月端午节的一种习俗。古语有“清明插柳，端午插艾”。过节时，人们用挂艾枝，悬菖蒲，洒雄黄水等，以杀菌除邪。

解愠书屋

广厦本清凉，无须解暑愠。
所愠在庶司，治民列县郡。
利欲淆典常，寅清忘古训。
但乞上官怜，孰肯下车问。
食禄应致身，竭忠为臣分。
曷慕皋夔俦，弼予咸感奋。

庶司：各官署，诸衙门。清 顾炎武《日知录·名教》：“庶司之官，有能洁己爱民，以礼告老，而家无儋石之储者，赐之以五顷十顷之地。”

寅清：语出《尚书·舜典》：“夙夜惟寅，直哉惟清。”后世多以为官吏箴诫之辞，谓言行敬谨，持心清正。

下车问：即虞舜下车泣罪典。

皋夔：皋陶和夔的并称。传说皋陶是虞舜时的刑官，夔是乐官。后借指贤臣。

嘉庆十二年

澄虚榭

蜃窗接平湖，浩渺波千顷。
骄阳叠金鳞，縠纹漾虚影。
目极澄澈潭，心印虚明镜。

坐对俯碧浔，惺惺常止静。
性灵漫悦怡，尺宅戒放骋。
遣闷偶临凭，盼泽衷自省。

澄虚榭

凉生暑退届秋初，水榭临风灏景舒。
荡漾湖光浮画鹢，玲珑林影透纱疏。
云容掩映绘高宇，波黛清澄印太虚。
平秩西成转玉律，井梧一叶舞阶除。

画鹢：《淮南子·本经训》："龙舟鹢首，浮吹以娱。"高诱注："鹢，大鸟也。画其像著船头，故曰鹢首。"后以"画鹢"为船的别称。

井梧：即井边梧桐。古代达官贵人常于庭院中凿井，并植梧桐，以示高雅。北宋文学家晏殊《点绛唇·露下风高》："露下风高，井梧宫簟生秋意。"

嘉庆十三年

端阳日，命诸王、御前侍卫、内务府大臣、南书房翰林等，至澄虚榭观龙舟，诗以志事

时若雨旸感昊慈，御园度节守前规。
所欣三辅逢年兆，偶阅九龙竞渡嬉。
昆弟协心国有庆，君臣一德政咸宜。
联情行赏宴同乐，云岫风箫念岂移[①]。

① 端阳日，于福海中龙舟竞渡，并命诸王大臣等预观，锡以宴赉，亦系先朝旧规。不过例陈节事，共庆佳辰。然皆于办事后，定时观览，从未竟日留连。且亦须

雨旸时若之年，方始循例饬办。予事事敬承家法，不敢稍渝。本年春夏以来，感沐天慈，三辅频叨雨泽，兆丰有象。故兹堂陛联情，用示慈惠。至于所陈各戏，正如云岫风箫，适然相值而已。

昆弟：意思同昆仲，指兄和弟。比喻亲密友好。《汉书·贾谊传》："若此诸王，虽名为臣，实皆有布衣昆弟之心，虑亡不帝制而天子自为者。"

澄虚榭

千顷碧湖澄，槛外浮漭沆。
虚窗印镜澜，空明涵万象。
层霄绚霞光，倒影相滉漾。
众绿敷远汀，密林送清响。
甘泽既足霑，畅晴风荐爽。
市廛尚烦歊，自愧园居广。

漭沆：形容水广阔无边。
烦歊：炎热。宋 秦观《田居》诗："羸老厌烦歊，解衣屡槃礴。"
市廛：街市上的店铺。

嘉庆十五年

澄虚榭

蜃窗朗洁畅临凭，虚榭空明纳景澄。
日印金鳞含万叠，波翻锦縠漾千层。
披襟碧渚薰徐接，过雨青山云尚凝。
禾黍繁生沐膏泽，心钦肃乂叶休徵。

乂：安定，治理。

休徵：吉祥的征兆。《尚书·洪范》：“曰休徵。”孔传：“叙美行之验。”

嘉庆十八年

解愠书屋

纱窗清印碧空虚，百顷澄波远岸舒。
翠縠翻风到洲渚，朱榴映日绚阶除。
鼎鸣茶熟吟初就，帘静香留篆飏徐。
物阜民安愠方解，渴思时雨倍愁予①。

① 一人身居广厦，勤民之心，未尝须臾或忽。舜挥五弦之琴，歌南风之诗，亦惟是解民愠，阜民财，抒其所志。予每瞻书屋之寓名，则民康物阜之思，不觉殷然慨仰。故凡可供一己之安者，适动予一夫不获之念。时雨未降，宵旰焦思。御园境界虽佳，徒增予深愠耳。

嘉庆十九年

澄虚榭

百顷秋潭阔，澄波叠远霞。
影浮青嶂外，目极碧天涯。
螺髻峰端迥，雁书林外斜。
观澜参不息，心静悟南华。

嘉庆二十二年

澄虚榭

百顷风潭一叶舟，停桡西榭寄吟眸。
汀边绿蘸柳条密，岸角青铺莎毯柔。
澄澈暄波林霭趁，虚明远宇岭霞浮。
湖心杰峙蓬莱岛，曲折虹桥驾碧流。

嘉庆二十三年

澄虚榭

千顷波光绕榭澄，屧窗小憩得临凭。
风含锦縠往还叠，日射金鳞远近乘。
杨柳披薰碧条漾，楼台倒影翠仓凝。
凌虚可望三山境，福被寰瀛勉敬承。

嘉庆二十四年

甘雨既足，天中应候，命诸王及内廷蒙古王、贝勒、满汉诸臣，至澄虚榭观龙舟竞渡，诗以志事

甘霖普洽先忧慰，度节岂同后乐酬。
律中蕤宾谐凤管，波恬福海棹龙舟。

岸边箫鼓清音畅，柳外楼台润景浮。

上苑久承雨露泽，永思考惠懋前修。

蕤宾：古乐十二律中之第七律。律分阴阳，奇数六为阳律，名曰六律；偶数六为阴律，名曰六吕。合称律吕。蕤宾属阳律。《周礼·春官·大司乐》："乃奏蕤宾，歌函钟，舞大夏，以祭山川。"

平湖秋月

平湖秋月，圆明园四十景之一，居福海西北隅，倚山面湖。该区建于雍正年间，境仿杭州西湖同名景，乾嘉时期略有改建。主殿平湖秋月，为南向三楹三卷大殿，前挂雍正帝御书“平湖秋月”匾，殿内额曰“镜远洲”“蕴和斋”。殿西北为“流水音”，东北出山口临溪为“花屿兰皋”。折而东南，渡桥即“两峰插云”，时为园内重阳登高之处。又东南为“山水乐”，山水乐之北，林中有一六方亭，名曰“夏隐”。亭东北为“君子轩”，翠竹环绕。轩东南为“藏密楼”，内额“不碍云山”。楼东即“松风阁”，圆明盛时，每年碧霞元君诞辰日（四月十八），多在此阁过皇会。亭阁诸额皆乾隆帝御书。

雍正朝

月夜平湖放舟

风卷平湖玉簟纹，沙汀落叶正纷纭。
微微隔岸萤光隐，历历横空雁字分。
碧浪载舟舟破浪，白云笼月月穿云。
渺然秋爽超凡界，欲问西山鸾鹤群。

玉簟：竹席的美称。此借指湖面波纹如席。

平湖秋月

树杪暮烟收，晴光逐水流。
浅沙闲立鹭，轻浪稳眠鸥。
心月双圆镜，湖天一色秋。
恍疑星汉里，缥渺玉京游。

玉京：道家传说元始天尊居住于玉京山（昆仑山），山顶巅峰之处有座由金、玉、宝石雕琢而成的辉煌宫殿——玉虚宫。

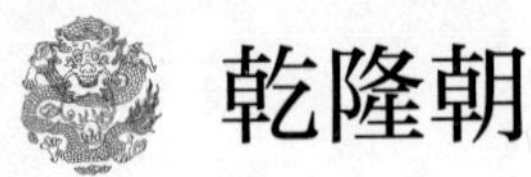

乾隆朝

乾隆九年

平湖秋月　调寄浣溪纱

倚山面湖，竹树蒙密，左右支板桥，以通步屧。湖可数十顷。当秋深月皎，潋滟波光，接天无际。苏公堤畔，差足方兹胜概。

不辨天光与水光，结璘池馆庆霄凉，蓼烟荷露正苍茫。
白傅苏公风雅客，一杯相劝舞霓裳，此时谁不道钱塘？

结璘：月神。亦指嫦娥。

白傅苏公：白傅，指唐代诗人白居易。苏公，指北宋文学家苏轼。

乾隆二十四年

藏密楼

屋里通云磴，檐头出月轩。
往来悦神智，阖辟具乾坤。
真得壶中趣，堪忘象外言。
俯凭千顷碧，是我洗心源。

阖辟：闭合与开启。唐 杨炯《浑天赋》：“乾坤阖辟，天地成矣；动静有常，阴阳行矣。”

壶中：即壶中天，谓仙境、胜境。

象外：犹物外，物象之外。

洗心：比喻除去恶念或杂念。唐 徐浩《宝林寺作》诗："洗心听经论，礼足蠲凶灾。"

君子轩

吾亦爱箖箊，琅玕饶砌除。
自将俗事远，如与善人居。
古月度时白，清风拂处虚。
从来戒旨酒，嵇阮岂希渠。

箖箊：竹名，叶薄而大。

琅玕：翠竹的美称。

嵇阮：指三国魏嵇康与阮籍的合称。二人诗文齐名，皆以嗜酒、孤傲不阿著称。

乾隆二十五年

藏密楼

丹梯拾级因高迥，绿牖凭虚纳远通。
闭户恰宜读周易，庶几津逮洗心同。

庶几：希望；但愿。

津逮：比喻通过一定的途径而达到或得到。

夏隐亭

小亭名夏隐，叶密藏檐宁。
匪慕彼黄公，乃自我作古。

黄公：古代寓言中一过分谦虚而使事情走向反面的人物。《尹文子·大道上》：“齐有黄公者，好谦卑。有二女，皆国色。以其美也，常谦词毁之，以为丑恶。丑恶之名远布，年过而一国无聘者。”

作古：不依旧规，自创先例。

乾隆二十六年

藏密楼

宣尼十翼称藏密，艺祖诸门乃洞开。

诠易求心不求迹，田何阳叔可能哉。

宣尼：孔子。

十翼：即《易传》。是解释《周易》的著作，包括《彖》上下、《象》上下、《文言》《系辞》上下、《说卦》《序卦》《杂卦》共十篇，故称。

艺祖：指有才艺文德的祖先。

田何：西汉今文易学的开创者。田氏易学派创始人，字子庄，号杜田生。专治《周易》。

戏题君子轩

万个围三间，过雨翠如洗。

入秋意已凉，筛月光犹美。

风度曲江张，潇洒山东李。

更有胜人处，自不道君子。

乾隆二十九年

君子轩

一径入琅玕，三间藏宛委。
众芳尚迟迟，万个只如此。
标形皆玉亭，作响乃金止。
雅宜风月契，宁藉龙凤比。
惟斯不改度，信足称君子。

宛委：弯曲；曲折。宋 苏舜钦《并州新修永济桥记》：“斩北山之材，编连宛委，塞川下流。”

乾隆三十五年

君子轩

径曲琳琅遂入深，波光风影共清阴。
恰如三友轩中对，一卷元人君子林[①]。

① 三友轩中贮李衎、赵雍、柯九思、吴镇、倪瓒、宋克、王绂画竹卷，题曰：“元人君子林”。

乾隆四十七年

夏隐亭戏题

四山秃树阴未锁，亭故翼然当面呈[①]。

设使质之夏小海，此时其隐恐难成。

① 夏隐者谓四面皆树，至夏则亭隐而不见也。

夏隐亭口号

近到知亭远看无，两言檐额称名乎。

笑他附势趋炎者，夏隐安能似此夫。

乾隆五十年

戏题夏隐亭

春弗隐而夏方隐[①]，可知其隐未恒兮。

德璋亦有时而出，那免移文孔稚圭。

① 解见壬寅题此亭诗。

孔稚圭：南朝齐骈文家，字德璋，今浙江绍兴人。史称他“不乐世务，居宅盛营山水”。

乾隆五十二年

嘲夏隐亭

叶张夏时乃隐亭，叶希亭便露全形。

设如高士传中觅，伯仲希之具典刑。

高士：志行高洁之士，或指隐居不仕者。

乾隆五十五年

君子轩戏题

缚竹以为篱，篱中仍种竹。
种者任茂生，缚者觉拘束。
一般为君子，犁然殊祸福。
戏欲问蒙庄，作何齐荣辱。

犁然：犹释然。自得貌。
蒙庄：指庄周。

乾隆五十八年

藏密楼得句

委宛得层居，遂以藏密名。
斯虽述易言，而吾更有评。
潜修贵洗心，明扬要通情。
大公而顺应，夫岂独善能。
吉凶同民患，继言理实明。

夏隐亭戏题

一亭四面绕林枝，常见惟应隐夏时。
设以风流人比拟，是诚灵宝贾希之。

乾隆六十年

君子轩

曲径琅玕步以徐，书轩片刻适闲居。
植中底合称君子，有节依然心复虚。

嘉庆朝

嘉庆二年

流水音

叠石注溪汇碧浔，坐听流水出清音。
琮琤韵激波仍活，戛击声连池更深。
玩世漫论巢父耳，怀人思入伯牙琴。
澄潭玉宇光相印，一室空明契静心。

琮琤：形容敲打玉石、流水的声音等。

巢父：传说中的高士，因筑巢而居，人称巢父。尧以天下让之，不受，隐居今山东聊城。

嘉庆三年

流水音

叠石崚嶒泉细注，泠然岩底出清音。
静聆逸调来空外，一洗筝琶俗韵侵。

崚嶒：高耸突兀。南朝 梁沈约《钟山诗应西阳王教》：“郁律构丹巘，崚嶒起青嶂，势随九疑高，气与三山壮。”

悠然虚籁下乔松，妙合宫商韵叠重。
十二闻思未全悟，八功德水静中逢。

宫商：古代音律中的宫音与商音，后泛指音乐。

八功德水：佛教用语，又作八味水、八定水。指具有八种殊胜功德之水。即澄净、清冷、甘美、轻软、润泽、安和、除饥渴、长养诸根。

嘉庆十五年

题镜远洲

百顷平湖印素秋，新成芳墅镜清流。
霞光叠绮白苹渚，波影含风红蓼洲。
细飐菊香低砌下，高翻雁字远峰头。
天澄时洽田功毕，佳景欣从物外求。

田功：农事。

镜远洲

千顷苍茫秋水清，开奁宝镜现光明。
远含洲渚一庭纳，高印云霞九宇莹。
林外峰峦舒右臂，波心台榭即东瀛。
游观适可娱几暇，习字拈题养性情。

开奁宝镜：此处喻指圆明园福海。

嘉庆十六年

镜远洲

玉镜印碧霄，清辉凝百顷。
目极蓬阆间，心彻虚明境。
遥峦起白云，酝酿六花影。
初韶透青阳，欣觉昼漏永。
延赏唯诗书，探寻得修绠。
度节例事仍，点缀升平景。

蓬阆：蓬莱阆苑。传说中的神仙住处。

六花：雪花。

修绠：修，长。绠，绳子。《荀子》有“短绠不可以汲深泉”之说。即必须下功夫才可得到真学问。

度节：此即清廷每年正月，都要在圆明园举办元宵灯节。

镜远洲春望

波光澹容与，天水共澄鲜。
四面围青嶂，三篙足碧涟。
松高铺影重，柳细漾丝绵。
和蔼挹佳渚，虚明对锦渊。
日辉远岸縠，风结浅莎烟。
凝望春华溥，瑶台镜里连。

瑶台：神话传说中神仙所居之地。此处指福海蓬岛瑶台。

镜远洲对雪即目成什

玉湖千顷启琼奁，天锡春膏盈尺霑。
薄雾笼梅光皎洁，轻风舞絮态廉纤。
缀枝有影花全发，落沼无声波暗添。
透润青郊宜举趾，欢腾三辅洽茅檐。

廉纤：细小、细微。此处指雪。
举趾：举足，抬脚。《朱熹集传》：“举趾，举足而耕也。”

镜远洲

春湖千顷远天明，水面无风似镜平。
桃影涵波红萼滴，柳丝蘸浪碧痕萦。
回环岛屿窗中列，掩映楼台画里呈。
庶汇滋蕃沐嘉泽，殷怀对育始新耕。

庶汇：庶类，万类。

镜远洲

四时备赏心，夏景尤清旷。
千顷碧波宽，轻飔叠锦浪。
林际逗暖晖，金鳞互晃漾。
蜃窗印虚明，豁目欣无障。
朱楼近芳洲，岛屿相环向。
溯洄访瑶台，重放木兰舫。

金鳞：指金色的鲤鱼或金鱼。金朝 蔡珪《华亭图》诗：“钓得金鳞便归去，依然明月大江横。”

蜃窗：指用大蛤壳磨薄后镶嵌的透明窗子。

木兰舫：用木兰树造的船。亦为船的美称。

嘉庆十七年

镜远洲

玉镜开奁百顷圆，清辉皎洁印窗前。
寒凝远渚波无影，素练平林雪滴烟。
悦目含光豁明朗，鉴心养德比贞坚。
静参动静根天一，乍结旋消岁月延。

素练：白色绢帛。常用以喻云、水、瀑布等。

天一：谓与天合而为一。

镜远洲

千顷澄波接太微，水天一色漾晴晖。
漪澜轻叠连松渚，绮縠平铺衬石矶。
云影高翻层阁峻，霞光遥绚远山巍。
舒怀游目皆余事，心镜自磨照九围。

太微：星座名。三垣之一，位于北斗之南。

九围：九州。此指天下。《诗·商颂·长发》：“帝命式于九围。”孔颖达疏：“谓九州为九围者，盖以九分天下，各为九处，规围然，故谓之九围也。”

镜远洲

蜃窗印平湖，虚朗却障蔽。
浩渺千顷波，光含冬宇霁。
旭叠鳞影重，风约縠纹细。
候暖未结冰，荡漾无涯际。
落叶浮碧流，碎锦相连缀。
转瞬舒嫩条，临汀绿阴翳。

嘉庆十八年

镜远洲

湖滨鼓棹溯河湾，福海扬舲千顷环。
日映澄波绚锦绮，风含叠浪漾潺湲。
窗中臬碧萦新柳，林罅浮青衬远山。

眼界虽舒仅十里，静涵心镜照尘寰。

嘉庆十九年

镜远洲

寸田镜寰区，由近而及远。
群臣实股肱，民为家国本。
立朝鲜诚心，悠忽度旦晚。
模棱总虚浮，上孤下亦损。
叩天赐良臣，力挽狂澜返。
自愧辜考恩，转旋竭愚悃。

悃：真心诚意。

镜远洲

心镜照寰区，由近而及远。
远徼尚安恬，近畿竟谋反。
剥肤祸患深，去岁何太蹇。
愚民日趋邪，困穷致乱本。
臣工愿抒猷，求治竭诚恳。
吁天救苍生，拈毫伸素悃。

蹇：困苦，不顺利。

镜远洲

明镜开奁远目舒，春光骀荡峭寒除。
夭桃倚砌红才绽，嫩柳临汀绿可梳。
霞衬遥林绚崖朗，波连极浦印窗虚。
景敷上苑宜游咏，遍满韶华三月初。

镜远洲

蜃窗皎洁印清漪，滉漾风潭翠縠披。
花屿香幽一帘透，柳汀阴密万丝垂。
春生夏长静探候，俗敝民浇时廑思。
由近观成徐及远，陶镕心镜治功施。

陶镕：亦作“陶熔”。陶铸熔炼。比喻培育、造就。

镜远洲

漪澜千顷漾平湖，远景含晖镜面铺。
岸芷汀兰连别苑，庭松篱竹映方壶。
柳舒桥畔绿阴满，杏艳阶前红雨濡。
静憩明窗对福海，感深惠泽近京敷。

岸芷汀兰：岸：河岸。芷：白芷，一种香草。岸边的香草，小洲上的兰花，香气浓郁，颜色青葱。北宋 范仲淹《岳阳楼记》“岸芷汀兰，郁郁青青。”

濡：沾湿，润泽。

镜远洲

秋水澄清接远天，镜中静憩印晴川。
松庭浩浩翻商籁，柳渚垂垂罥午烟。
蓬岛湖心佳境对，山庄塞上别情牵。
敢图逸豫忘勤武，明岁时巡典溯前。

籁：古代的一种箫，泛指声音。
山庄：指承德避暑山庄。

镜远洲

秋水澄明镜，晴晖印远空。
霞光翻北嶂，叶影飐西风。
松幄全含翠，枫屏半染红。
山庄系遐想，天末望征鸿。

征鸿：意为“远飞的大雁”，古人常用其寄寓自己的情怀。

嘉庆二十年

镜远洲

千顷漪澜印远空，光涵明镜午窗中。
新波化冻层层绿，暖浪凝辉叠叠红。
欲绽还停花待雨，若垂仍卷柳摇风。
勾芒展律时交泰，大块文章揆化工。

勾芒：勾萌。草木的嫩芽。唐 韩偓《早起探春》诗：“勾芒一夜长精神，腊后风头已见春。”

交泰：指天地之气和祥，万物通泰。

大块：大自然；大地。《庄子·齐物论》：“夫大块噫气，其名为风。”成玄英疏：“大块者，造物之名，亦自然之称也。”

掞：舒展，铺张。

化工：指自然的造化者，或指自然形成的工巧。

嘉庆二十一年

镜远洲

瑶台宛在水中央，风自南来殿阁凉。

砌绚朱榴窗旭映，岸垂碧柳渚烟飏。

波光浩渺连遥溆，霞影迷离绘远冈。

试泛兰舟泊蓬岛，养和怡性乐真常。

镜远洲

天高日皎候初秋，岛屿浮青映远洲。

眺览平临波面绘，溯洄试泛镜中游[①]。

蜃窗明朗澄晖印，纱牖玲珑霁景悠。

溽暑将消新爽挹，律探夷则火西流。

① 舟名。

夷则：古代乐律名。古乐分十二律，人们把十二律与十二月相配，夷则配七月。

火西流：《诗·豳风·七月》：“七月流火，九月授衣。”孔颖达疏：“于七月之中，有西流者，是火之星也，知是将寒之渐。”

镜远洲

福海开明镜，澄虚接远洲。
清晖扬御苑，灏景应新秋。
日叠金鳞皱，风翻碧縠浮。
花汀隐青溆，柳岸映朱楼。
槛外层霄敞，窗中众妙收。
所欣在岁美，嘉谷茂田畴。

金鳞：形容闪烁于水面的细碎日光。元 郭钰《赋清溪》诗：“半篙晴日荡金鳞，一带秋烟溜寒玉。”

碧縠：形容水波荡漾如绿色的轻纱。

嘉庆二十二年

镜远洲

明镜辉窗印碧流，烟波浩渺午飔浮。
凭临别有会心处，远鉴澄虚遍九州。

镜远洲

百顷湖光映牖明，辉澄镜影绚晶莹。
浪花摇碧含莎远，波縠拖蓝蘸柳轻。
鹭立鸥眠随意适，麦收禾长应时荣。
观生慰念祈年顺，寓目怡情淑景呈。

嘉庆二十三年

镜远洲

千顷波光层叠浮，窗含镜影印芳洲。
松冈荫密晴疑雨，柳岸风凉夏似秋。
林外迷濛笼绿溆，湖中突兀起朱楼。
无心对景忧逢旱，愿转时和衷默求。

嘉庆二十四年

镜远洲

春水三篙漾碧流，新波滉漾满芳洲。
一衣翠縠和风叠，百顷金鳞绮旭浮。
冉冉莎茵绿岸远，依依柳线蘸波柔。
无涯韶景添诗兴，试放兰桡趁野鸥。

趁：追逐。
莎茵：莎，即莎草。茵，垫子或褥子。意为莎草如茵。

镜远洲

秋水长天共蔚蓝，晴霄一色印澄潭。
凉风叠浪汀洲接，皎日扬辉台榭含。
黄菊绕篱香益淡，丹枫隔岸色仍酣。
生生不息贞元复，立极授时惠泽覃。

贞元：古代以元亨利贞喻春夏秋冬，故贞元借指时令的周而复始。

嘉庆二十五年

镜远洲

春水波涵远，光浮一鉴中。
风添细缯绿，日叠锦鳞红。
澄澈心源印，虚明眼界融。
韶华满上苑，丽景霭长空。

细缯：古代一种轻细的丝织品。此借指水波。

镜远洲

秋浦澄明镜，晴霄净远洲。
泬寥圆盖迥，皎洁素波浮。
层阁翔元鹤，闲汀浴野鸥。
坐观天水永，心祝靖黄流。

泬寥：亦作“泬漻”。清朗空旷貌。《楚辞·九辩》：“泬寥兮天高而气清。”
黄流：指黄河。唐 韩愈《感二鸟赋》：“过潼关而坐息，窥黄流之奔猛。”

道光朝

道光三年

平湖秋月对雨

平湖日午泛轻航，飒飒南风喜送凉。
鸣籁青松遮碧嶂，含芳紫槿映虚堂。
倏看雨脚疏还密，乍听雷声隐复扬。
四望溟濛涵妙景，瀛洲图画水中央。

瀛洲：指神话传说中的东海仙山。

道光四年

平湖秋月对雨喜成　正月二十六日

已欣春雪遍霑濡，何幸甘霖润似酥。
近户点波声淅沥，隔溪幂树影模糊。
新正嘉泽真难遇，开岁鸿慈沐更殊。
预庆来牟兆丰稔，虚窗对处寸心愉。

霑濡：浸渍；湿润。清 方文《喜雨》诗："一夕遂沾濡，百顷皆浩漫。"
新正：指农历新年正月，或农历正月初一，元旦。

平湖秋月

玉露金风送早凉，几闲问景到书堂。
含青古柏遮危岸，堕粉残荷映野塘。
波碾苹花晴拭镜，月衔桂子夜添香。
水天空阔澄怀抱，几点沙鸥葭菼苍。

葭菼：芦与荻。均为水生植物名。

道光五年

微雨晚霁泛舟至平湖秋月作

烟散平林云断续，缘溪野卉尽含滋。
疏疏小雨两三点，历历残荷四五枝。
一色水天斜照外，无边风月仲秋时。
扬舲浅浪思千里，挽运河干勿再迟[①]。

① 昨据琦善等奏报，滞漕挽渡将及一半，约计九月内可以全数运通。兹届秋色平分，河流顺轨，惟期利济扬舲，瞬息千里，河干遥望，跂切弥殷。

扬舲：指扬帆。明 文徵明《道出淮泗舟中阅高常侍集》诗：“扬舲入淮泗，春云去闲闲。”

秋雨泛舟至平湖秋月作

潇潇秋雨北风凉，风雨归舟忆水乡。
树影青葱摇浪影，云光浓淡隐山光。

竹溪积润增苍翠，苇港含烟更渺茫。
一览虚堂足清旷，鸢飞鱼跃道相忘。

道光七年

蕴和斋午坐

书斋向暖盎春光，春日湖山兴转长。
将泮未开冰带白，半垂待亸柳含黄。
和暄淑景诗怀畅，清秀烟岚画本张。
身坐虚堂心万里，尉头劲旅捷音望[1]。

① 昨据长龄奏称，十二月十三日，武隆阿由阿克苏前往乌什查看进攻路径，想春融之后，大兵四集，扫穴擒渠，捷音伫报。值此几暇拈吟，虽身居一室而心萦万里矣。乌什自汉及北魏为尉头国。

亸：下垂。

蕴和斋对雨

傍午浓云西北生，雨声滂湃杂风声。
乍看水面波千叠，倏睹峰头日半晴。
更喜验占先卜吉，还希边徼早销兵[1]。
揭来放棹襟怀畅，时雨时旸昊眷宏。

① 占书以三月日食为丝，绵布帛贵，三日内有雨。即解今四月朔，日食在立夏前，仍以三月论，先后三日适皆有雨。既符弭慝之占，且协洗兵之兆。

揭来：归来。

平湖晓月

夜景初收欲曙天，流云斜月映峰巅。
长堤过雨添青荫，远浦含风漾碧涟。
苇岸依稀初下鹭，柳塘飒爽未闻蝉。
侵晨倚槛浑忘暑，山色湖光片刻延。

侵晨：黎明。

平湖秋月对雨

漠漠浓云一色铺，分明泼墨雨风图。
依稀碧落千寻练，浩渺清波万点珠。
花浦桥梁烟外断，林隈楼阁望中无。
新秋飒爽澄怀抱，远近田畴尽洽濡。

千寻：古以八尺为一寻。形容极高或极长。晋 左思《吴都赋》："擢本千寻，垂荫万亩。"

蕴和斋对雪喜成　九月十五日

秋杪冬初雪即飞，琼花衬出晚林绯。
纷纷空外云和静，画里蓬瀛望处微。

蓬瀛：即蓬岛瑶台，为圆明园四十景之一。

早看瑞雪识时和，稼穑登场处处歌。
敬感昊慈锡丰稔，遥思蔀屋乐如何。

蓆屋：草席盖顶之屋。泛指贫家简陋房舍。宋 王安石《寄道光大师》诗：“秋雨漫漫夜复朝，可嗟蓆屋望重霄。”

平湖秋月即事

西峰雪霰未全消，云敛朝曦丽九霄。
水面轻寒冰乍结，檐端落叶听萧萧。

霜寒雪白敛群芳，剩有秋英几簇黄。
向暖虚窗宜静憩，工夫慎独洗心藏。

工夫：素养，本领，造诣。

道光八年

蕴和斋午坐

书斋纳日倚南窗，北岸冰融认钓矼。
待得春波漾新绿，沉浮野鹜自双双。

钓矼：矼，石桥。意为可供垂钓的小石桥。

松含余雪冻苔青，轻捷绳床岸角停。
万顷湖光弥皎洁，烟岚霭霭隐云屏。

道光九年

蕴和斋

湖水万顷镜同看，淑气融融欲送寒。
远峙蓬莱飞画阁，近分林麓隐青峦。
松含旭影阴穿户，竹透春光翠映栏。
省识个中清妙处，林疏倍觉四围宽。

省识：认识。唐 杜甫《咏怀古迹》："画图省识春风面，环佩空归月夜魂。"

道光十年

蕴和斋

几余宜静憩，春盎一斋中。
淡霭含平沼，流云映远空。
上林先淑气，令序引和风。
爆竹松亭下，烟开碧间红。

淑气：温和之气。唐 柳道伦《赋得春风扇微和》："青阳初入律，淑气应春风。"

令序：犹佳节。唐太宗《春日玄武门宴群臣》："韶光开令序，淑气动芳年。"

平湖秋月对雪喜成

甫度上元承昊贶，丰登屡卜荷深仁。
千林秀木千丛玉，一鉴冰湖一片银。

应候更添芳苑景，凝华偏助帝城春。

麦田润泽真堪喜，畿辅祥征远近均。

道光十一年

平湖秋月对雨

骛望平湖烟雨秋，云垂四野景偏幽。

甘霖竟日欣霑足，花坞松窗紫翠浮。

骛望：纵目远眺。

南虞水患北虞干，水旱难齐忧且叹。

既感京畿滋晚稼，饬防堤堰保民安[1]。

① 六月二十八日，京畿得雨四寸。兹复油云甘澍，霑洒终朝，晚稼含滋，稍纾焦盼。惟据张井奏报，洪泽湖水势盛涨，扬河厅马棚湾迤南，及十四堡下首漫口二处。即饬谕该河督，现在湖堤著重，固应加意防守。其黄河水势报长，两岸堤工尤应小心防范。南望轸怀，又未尝一日稍释也。

咸丰朝

咸丰五年

秋园试马由春和镇泛舟至平湖秋月即景

诗思何处多，秋林落叶始。

策马度平皋，澄清景逾美。
轻航泛碧波，芳菊绚幽绮。
抒素聊裁吟，晚凉生净几。

咸丰七年

平湖秋月对雨

鸯望平湖雨似麻，丝丝作势趁风斜。
一痕湿霭横林幄，无限凉飔透户纱。
饼饵添香田畔麦，胭脂挹润槛前花。
屡膺昊眷弥增惕，从此旬沾遍迩遐。

蓬岛瑶台

蓬岛瑶台，圆明园四十景之一，居福海中央，意仿海上三神山。该景建于雍正年间，时称蓬莱洲，乾隆一朝改建频繁。宫门南向，额曰“镜中阁”。正殿两卷七楹前接抱厦五间，内外檐皆悬乾隆帝御书“蓬岛瑶台”匾，为园内主要游憩寝宫之一。道光时，此殿还有内额“镜碧居”。殿前东为“畅襟楼”；西为“神洲三岛”；东偏有“留春殿”，内额“随安室”；西偏有“日日平安报好音”。殿东南渡桥为东岛，有六方亭名“瀛海仙山”，亭北有“半月台”。西北渡桥为北岛，正宇三楹。上述神洲三岛、日日平安报好音、瀛海仙山诸额，皆雍正帝御书。镜中阁、畅襟楼、留春殿、随安室诸额，皆乾隆帝御书。三岛以西水域，向为端阳节举办龙舟竞渡之处，皇太后及后妃内眷例在蓬岛瑶台观赏。咸丰十年圆明园罹劫时，蓬岛瑶台一景因在水中而幸免于难。后于同治九年（1870）七月，毁于火。

雍正朝

蓬莱洲咏古

唐家空筑望仙楼，秦汉何人到十洲。
尘外啸歌红树晚，壶中坐卧碧天秋。
庙堂待起烟霞侣，泉石还看鹤鹿游。
弱水三千休问渡，皇家自有济川舟。

十洲：道教称大海中神仙居住的十处名山胜境。亦泛指仙境。

弱水：传说中险恶难渡的河海。《海内十洲记·凤麟洲》：“凤麟洲，在西海之中央，地方一千五百里，洲四面有弱水绕之，鸿毛不浮，不可越也。”

济川：犹渡河。

乾隆朝

乾隆九年

蓬岛瑶台

福海中作大小三岛，仿李思训画意，为仙山楼阁之状。岧岧亭亭，望之若金堂五所，玉楼十二也。真妄一如，小大一如，能知此是三壶方丈，便可半升铛内煮江山。

名葩绰约草葳蕤，隐映仙家白玉墀。
天上画图悬日月，水中楼阁浸琉璃。
鹭拳净沼波翻雪，燕贺新巢栋有芝。
海外方蓬原宇内，祖龙鞭石竟奚为？

方蓬：方壶与蓬莱的合称，二者均为传说中的海上仙山。唐 李白《赠卢徵君昆弟》诗："水落海上清，鳌背睹方蓬。"

祖龙：指秦始皇。

鞭石：传说秦始皇作石桥于海上，欲过海看日出处。有神人驱石，去不速，神人鞭之，皆流血，今石桥犹赤色。

乾隆十九年

蓬岛瑶台雪中即景

瑞景离奇宝镜开，镜中楼阁是瑶台。
三壶玉积长青柏，万树花装不馥梅。
徐福漫驱千户去，子登常按八琅来。
纽芽莩甲知何许，验取心田茁道荄。

三壶：传说中的海上三神山。方丈、蓬莱、瀛洲的合称。

八琅：古乐器。宋 晁载之《续谈助》卷四《汉孝武帝内传》载："王母乃命诸侍女王子登弹八琅之璈。"

莩甲：犹萌芽。《后汉书 · 章帝纪》："方春生养，万物莩甲。"

乾隆三十二年

题畅襟楼

湖心轩榭写蓬瀛[①]，旁有书楼俯碧清。
岂是虚无候仙侣，居然经史乐平生。
远堤四面柳桃绘，春水一泓凫雁鸣。
设问畅襟真畅处，端惟时雨与时晴。

① 是处在福海中央，即蓬岛瑶台。为圆明园四十景之一。

乾隆三十三年

蓬岛瑶台八咏

石岸

镜中悬楼台，四围垒石岸。
如取石以归，支机拟天汉。
奚必资徐福，驾舟溟渤乱。

支机：即支机石。传说天上织女用以支撑织布机的石头。

天汉：指银河。

溟渤：溟海和渤海，多泛指大海。南朝宋 鲍照《代君子有所思》诗："筑山拟蓬壶，穿池类溟渤。"

纱疏

纱疏一帧虚，水风五月爽。
纳来心境凉，凭处内外朗。

疑彼佺乔翁，留此云霞氅。

佺：偓佺，古代传说中的仙人。

云霞氅：云霞，彩云。氅，用鸟类的羽毛缝制成的外衣。此处形容云彩。

庭松

当庭两株松，卅年前所种。

苍鳞已作龙，翠盖欲舞凤。

千载讵可量，付与仙人弄。

晶窗

玻璃即水晶[①]，廓长有所过。

糊窗堪纵目，万景当前罗。

金山高阁上，陡忆俯江波。

① 水晶有生于石者，亦有西洋烧炼而成者。

玉屏

玉片惜余材，百衲成一屏。

瑶台琼室间，清防图沧溟。

永怀漆器喻，吾心斯未宁。

瓷鸡

谁将陶氏瓦，易以越州瓷。

虽无司晨用，亦有承露姿。

栖同皂荚树，刘放犹堪嗤。

月台

月台临沧波，如月才涌海。

八鸿岂伊遥，三壶斯宛在。

公远实小哉，掷杖银桥待。

八鸿：犹八方。晋 王嘉《拾遗记·高辛》："望三壶如盈尺，视八鸿如萦带……八鸿者，八方之名；鸿，大也。"

相风

金乌栖屋顶，旋转验风色。

弗竿用则同，具翼飞岂得。

方士每回舟，此物安能识。

乾隆三十七年

蓬岛瑶台

蓬岛瑶台福海中[①]，往来只藉舟相通。

昨近冰脆鱼陟负，拖床弗可舟艰冲。

还宫四日倏瞥眼，再来春水呈溶溶。

鸣榔直到镜中阁[②]，回看画舫浮云空。

若台若榭皆熟境，庭松峙翠盆花红。

不如可望不可即，引人企思翻无穷。

① 蓬岛瑶台，圆明园四十景之一，福海亦旧名也。

② 台南门也。

鸣榔：敲击船舷使作声。用于惊鱼，或为歌声之节。唐 李白《送殷淑》诗

之一："惜别耐取醉，鸣榔且长谣。"

畅襟楼

拾级上书楼，新波眼底浮。
茁犹勒蒲芷，浴已下凫鸥。
菱格斜窗展，柳丝远岸柔。
须臾襟畅耳，难忘是先忧。

蒲芷：蒲，蒲草，又称香蒲。芷，白芷，草本植物，有香气。

乾隆四十年

题畅襟楼

高楼耐可纵遐观，日丽风和了不寒。
试问吾襟何以畅，曰惟物阜与民安。

乾隆四十二年

畅襟楼口号

佳辰聊尔倚楼楹，列树围墙叶未生。
借问畅襟何处是，恰从柳眼处开明。

柳眼：早春初生的柳叶如人睡眼初展，故称。唐 元稹《生春》诗之九："何处生春早，春生柳眼中。"

乾隆四十七年

畅襟楼

此处非背山，即境因起楼。
楼高可骋目，万景供吟眸。
吟景襟随畅，然畅岂易不。
岁美与民安，始可略解愁。
而吾闻之古，曰先天下忧。

乾隆五十一年

畅襟楼

襟怀在人不在楼，楼曰畅之诚畅不。
王勃序中仍藉俯，彼其胜会夸豪游。
至于王粲又殊致，美非故土惟增愁。
二者于我都无涉，畅怀惟在绥丰收。
绥丰岂其容易得，较晴量雨春复秋。
春初讵敢期瓯窭，是以每先天下忧。

王勃：字子安，唐代诗人，“初唐四杰”之首。其代表作品为《滕王阁序》。

王粲：字仲宣，东汉末年文学家，其诗赋为“建安七子”之冠，又与曹植并称“曹王”。

瓯窭：亦作“瓯楼”。狭小的高地。《史记·滑稽列传》载：“祝曰：‘瓯窭满篝，污邪满车。五谷蕃熟，穰穰满家。’”此处意为丰收。

乾隆五十三年

畅襟楼杂言

襟怀欲其畅，此意谁弗知。
然而实难哉，杂言托诸辞。
北丰企南稔，东安冀西夷。
大臣希有贤，小吏顾无私。
黔黎胥饱食，老幼均暖衣。
一岁幸若是，绥履仍是期。
惟其所欲多，故致愁繁滋。
我居天下尊，何求弗得之。
尚有如许愁，艰致畅襟时。
而况卑我者，其谁心常怡。

黔黎：黎民百姓。
胥：全、都。

乾隆五十五年

随安室得句

福海中蓬岛，早吟卌景观[①]。
于斯有别室，亦久号随安。
望泽常如惄，稍霑敢即欢。
昔年恒觉易，此日始知难[②]。

① 蓬岛瑶台，为御园四十景之一，中连别室，向用予重华宫“随安室”之名颜之。

② 昔在书室，随安之意颇易得。兹临御五十余年之间，量晴课雨，常切殷忧。随遇而安之事，实不易得，此亦为君之难也。

乾隆五十六年

畅襟楼口号

构筑层楼图畅襟，名言虽易实难谌。
较量旸雨自春始，终岁愁中畅那寻。

谌：相信。《诗·大雅·大明》：“天难谌斯。”

乾隆五十七年

随安室有会

蓬岛内精舍[①]，偶临旧作观。
一般当望泽[②]，五字识求安。
徒惄朝昏度，那寻耳目欢。
清秋景倍好，迩岁却逢难[③]。

① 随安室为予重华宫旧名，此蓬岛瑶台相连别室，亦以是额之。

② 庚戌年春夏之间，亦因雨泽未霑，时切殷望，至四月廿六日始得雨四寸，是以来此，有“望泽常如惄”之句。今亦当望泽之时，更过四月廿六之期，益增烦闷。

③ 近岁每于避暑山庄度夏，遂幸木兰行围，及回御园已深秋，故云。

惄：忧郁、伤痛。《诗·小雅·小弁》：“我心忧伤，惄焉如捣。”

乾隆六十年

畅襟楼

石梯拾级试登临，旧有楼题曰畅襟。
小坐七年迅瞥眼[①]，几曾一畅本来心。

① 楼在蓬岛瑶台之侧，丁亥始颜此额，题以句。并自后壬辰、乙未、丙午、戊申共诗五首，悬之楣间，阅今又七年矣。

嘉庆朝

嘉庆元年

畅襟楼【乾】

楼据湖中央[①]，四面雅宜望。
因有畅襟名，画意镜面漾。
是实还是虚，胸襟原可畅。
而我值盼捷，南瞻益惆怅。
似楼隐笑人，底须拾级访。

① 是湖为园中最广廓者，向名福海。

南瞻：南望。此指乾隆惦念清军镇压湖南、贵州的苗民起义。

蓬岛瑶台

福海御园东，瑶台峙水中。
三山连阁迥，万顷漾波融。
映日辉珠阙，凌霞接阆风。
玉京欣可到，灵境一舟通。

三山：神话传说中的海上三神山。晋 王嘉《拾遗记·高辛》："三壶，则海中三山也。一曰方壶，则方丈也；二曰蓬壶，则蓬莱也；三曰瀛壶，则瀛洲也。"

阆风：即阆风巅。《楚辞·离骚》："朝吾将济于白水兮，登阆风而绁马。"王逸注："阆风，山名，在昆仑之上。"

玉京：道家称天帝所居之处。亦泛指仙都。

嘉庆二年

蓬岛瑶台歌

方丈瀛洲谁得到，求仙烧炼皆僻好。
起居饮食毋或乖，修短穷通随大造。
御园灵沼万顷开，中峙小渚颜瑶台。
圣人结构示后世，莫尚奇异访蓬莱。
蓬莱真境即此是，乌有金丹固玉髓。
耕田凿井养吾民，春种秋收顺其理。
我皇康健庆纯常，鉴古守素载籍详。
择地象形偶游戏，乘槎炼药鄙汉唐。

大造：大功劳，大恩德。

嘉庆三年

蓬岛瑶台歌

圣人求仙素所鄙，四得堂记著论详。
建中立极为民则，同趋王路衍泽长。
御园缀景有蓬岛，回环福海流汤汤。
三山亭阁具其概，青松翠柏永炽昌。
垂示奕祀至深切，无以复加妙蕴藏。
敬守训言铭五内，爱民勤政宵旰蘉。

建中：建立中正之道，以为共同的准则。

立极：树立最高准则。

汤汤：水势浩大。

奕祀：世代，代代。清 曾国藩《送周荇农南归序》：“国家承平奕祀，列圣修礼右文。”

嘉庆六年

蓬岛瑶台泛舟成三绝句

境仿三山妙结构，亭台宛在水中央。
圣人营建存深意，漫拟求仙汉武皇。

几暇偶来非问景，扁舟泛碧溯沦涟。
心神清澈思民瘼，秦蜀何时劫运迁。

沦涟：水波；微波。唐 朱休《春水绿波》诗：“滉漾滋兰杜，沦涟长

芰荷。”

秦蜀句：此指两地方兴未艾的白莲教大起义。

碧波百顷漾空明，镜影涵虚妙绘生。
福海覃敷泽普润，伫看化雨洽升平。

嘉庆七年

蓬岛瑶台六韵

几暇探清景，凭虚试放舟。
瑶台通上界，蓬岛峙中流。
浪影层层叠，波光滟滟浮。
依汀起白鹭，穿柳见朱楼。
北岭澄云渚，西风拂苇洲。
仰天祈赐泽，蒇事愿初秋。

蒇：完成，解决。

嘉庆八年

蓬岛瑶台春望

春秋多佳日，春较秋益佳。
瑶台畅远目，清波似镜揩。
惠风叠锦浪，绿绮翻湝湝。

高柳拖翠缕，生意敷陈荄。
迟迟昼锦丽，淑气欣和谐。
系念西蜀郡，邪净斯舒怀。

湝湝：形容水流动。
陈荄：宿草之根，多年生草之根。
迟迟：徐行貌。

蓬岛瑶台远眺

百顷风潭翻浩渺，天光云影印空明。
蜃窗静憩舒遥目，性海无尘养洁清。

层叠漪澜碧浪浮，远汀掩映浴双鸥。
旧游恍忆江心寺，如在金山最上头。

江心寺：位于今浙江温州鹿城区江心屿。南宋绍兴元年（1131），宋高宗赐改普济禅院为龙翔禅寺。因寺江中，俗称“江心寺”。

畅襟楼

千顷碧波绕蓬岛，层楼高出凌苍颢。
四面沧浪心镜舒，尘虑于兹可暂扫。
登临岂独畅襟怀，虑澹清漪天水浩。
西峰云气接遥林，静俟甘霖起枯槁。

苍颢：苍天。

瑶台午眺

水殿含薰五月秋，蜃窗清印碧波浮。

日翻层叠金鳞漾，霞蹙斒斓绮縠流。

高柳千章荫平渚，闲鸥几个浴芳洲。

瑶台胜景虽澄雅，念切民艰漫解忧。

斒斓：通斑斓，色彩错杂鲜明貌。

瑶台避暑歌

尘市炎歊无处避，御园池榭多清凉。

瑶台胜境尤奇妙，连延三岛波中央。

广厦幽深远暑气，乔柯翳荟遮曦光。

琼田珠树古未见，神仙之说终渺茫。

痴人酷信智者笑，驻颜烧炼念作狂。

养身大药求诸己，饮和食德诚良方。

歊：炎热。

琼田：传说中能生灵草的田。《十洲记·祖洲》：“有不死之草，生琼田中，或名为养神芝。”

珠树：本作“三株树”。古代传说中的珍木。

饮和食德：即饮天和、食地德之意。《淮南子·俶真训》：“含哺而游，鼓腹而熙；交被天和，食于地德。”高诱注：“天和，气也。地德，五谷。”犹言人生天地间，而享四时之味，万方之物也。

瑶台避暑用杜甫游龙门奉先寺韵

地旷远尘嚣，御园最佳境。

窗疏纳林飔，波叠涵云影。

澄观松荫深，静憩竹簟冷。

暑暍厪民艰，忧心时内省。

暑暍：中暑，暑热。

嘉庆九年

瑶台晴望用唐杜甫水槛遣心二首韵

停桡凭画槛，百顷碧湖赊。

叠叠金鳞影，层层锦浪花。

窗开绿纱薄，廊接赤栏斜。

此是真蓬岛，奚求太乙家。

太乙：又称太一、泰一。先秦时，楚国神话中的最高神祇。

遣兴政余暇，波光漾午晴。

虽筹万几绪，常养寸田清。

自勉终无忝，非期必得名。

由来泯嗜好，一念卫苍生。

瑶台午眺

镜中台榭绕清漪，帘外虚延柳岸飔。

花艳阶墀蝶戏舞，鱼穿藻荇鹭低窥。

层层细縠平湖展，叠叠奇峰远岭披。

长夏成秋观物理，暑消又届白藏时。

白藏：指秋天。

蓬岛瑶台

澄波四面绕瑶台，天水苍茫玉鉴开。
洁虑坐忘佳境迥，御风疑有列仙来。
游心典籍希三代，放眼江山抚八垓。
念切民艰求治理，寸田疏浚净纤埃。

三代：中国历史上夏、商、周三朝的合称。

八垓：八方的界限。唐 任公叔《通天台赋》之二："八垓可接于咫步，万象无逃于寸眸。"

嘉庆十年

云锦墅泛舟至蓬岛瑶台

春冰始泮镜痕开，缓放兰舟试溯洄。
岛外舍烟辨川屿，湖心倒影印楼台。
旧林隐约抽青干，新水沦涟泼绿醅。
代谢何须兴感慨，东皇岁岁妙栽培①。

① 岁时代谢，亘古常新，此至诚之所以无息也。为人君者，体乾立极，长养栽培，在在皆以苍仁为法。抚春序之休和，怵旰宵之乾惕，载赓新咏，何暇感慨流光耶。

东皇：指司春之神。

瑶台歌

福海周环鉴影开，芝阶贝阙相崔嵬。
寓言方外皆幻想，寰瀛浩渺连蓬莱。
蓬莱在尘世，民沐升平惠。
饮和食德乐无涯，燮时抚御祈稔岁。

贝阙：用贝壳装饰的宫殿。汪莘《月赋》：“衬珠阁而泫露，镇贝阙而含风。”

崔嵬：高耸貌；高大貌。《楚辞·九章·涉江》：“带长铗之陆离兮，冠切云之崔嵬。”王逸注：“崔嵬，高貌。”

燮：谐和，调和。《尚书·顾命》：“燮和天下，用答扬文武之光训。”

蓬岛瑶台

四面层波绕，瑶台福海中。
参差辉碧瓦，曲折接朱栊。
锦浪连遥渚，层霞绚远空。
纱疏遮密荫，竹簟拂薰风。
一水汀洲接，三山略彴通。
怡神偶游衍，尚俭念卑宫。

朱栊：朱红色的窗棂。亦代指窗子。

略彴：小木桥。

卑宫：语出《论语·泰伯》，子曰：“菲饮食，而致孝乎鬼神；恶衣服，而致美乎黻冕；卑宫室，而尽力乎沟洫。禹，吾无间然矣！”

蓬岛瑶台

秋水澄千顷，清波叠縠纹。

蝉声高柳送，霞影远汀分。

暑退凉初至，火流风不薰。

蓬莱即此境，封禅漫摛文。

摛文：铺陈文采。

嘉庆十一年

瑶台避暑成什

瑶台宛在水中央，朱槛碧纱连曲廊。

到比顿除时暑热，坐来总觉境清凉。

波含细縠汀前叠，风送余霞柳外飏。

众妙毕收诚福地，民生烦暵刻难忘。

暵：干旱，枯萎。

嘉庆十二年

蓬岛瑶台

蜃窗四面俯沧浪，水殿含薰纳午凉。

薄縠绉波连远岸，细阴遮牖接垂杨。

檐多驯雀流清韵，几有芸编蕴古香。

境即蓬瀛偶临憩，从来达士总安常。

芸编：指书籍。芸，香草，置书页内可以辟蠹，故称。宋 陆游《夏日杂题》诗之五："天随手不去朱黄，辟蠹芸编细细香。"

蓬岛瑶台

瑶台四面绕沧浪，纱牖含薰纳午凉。
碧柳笼阴高映日，朱华绚彩远浮香。
迷离雾影连松阁，层叠波光接苇塘。
静憩几闲心淡泊，颐和养气即仙方。

嘉庆十三年

蓬岛瑶台

闻道蓬莱大海东，隔几弱水岂能通。
痴心妄觅方壶外，胜景还存尘世中。
六合神游全鉴照，三山话渺付虚空。
爱民勤政无闲暇，养正修身作圣功[①]。

① 皇考于福海中肇建是台，命名取义，盖为求仙示戒也。予每一经临，低回往古，深有念于秦皇汉武当日，妄冀长生，终归何有。人君之职，以勤政爱民为本，修身养正为功。惟其能勤，即以得养。庶几邀天贶，享大年，庄敬日强，于兹益加兢业焉。

六合：指上下及四方，亦泛指天地宇宙。

蓬岛瑶台

清波四面环洲渚，垂杨敷荫笼芳屿。
习习南薰拂筠帘，爽挹虚庭却炎暑。

蓬莱海外绕潺湲，由来胜境在世间。

图治理民除妄念，饮和食德即大还。

南薰：从南面刮来的风，清 陆康祺《郎潜纪闻》卷七：“途次，南薰徐来，上语侍臣曰：‘此即《诗》所谓穆如清风也。’”

大还：大的回报。

嘉庆十四年

夏日瑶台曲

天外环渤澥，传有三神山。

蓬莱可望不可即，乃在虚无缥渺间。

御园东偏大福海，波心层阁境爽垲。

绿纱笼烟风荐凉，碧瓦含晖旭焕彩。

几闲宴坐爱景光，静中体验夏日长。

解愠勉法唐虞治，求仙深鄙秦汉皇。

渤澥：古代称东海的一部分，即渤海。

唐虞：唐尧与虞舜的并称。亦指尧与舜的时代。《论语·泰伯》：“唐虞之际，于斯为盛。”

嘉庆十五年

蓬岛瑶台

胜境由来在世间，海天浩渺讵能攀。

识超心静岂求药，志定身安即驻颜。

化俗诚难格兆姓，游仙何暇访三山。
持盈图治勉宵旰，政教覃敷洽八寰。

兆姓：万民，百姓。

八寰：寰，古代帝王京城周围千里之内。此处指天下。

蓬岛瑶台

中峙瑶台福海环，平林映带仿三山。
仙传奇迹超六合，圣锡恩波遍八寰。
贝阙层城原伪说，重洋弱水岂能攀。
修身立德及民物，惠泽覃敷宇宙间。

嘉庆十六年

蓬岛瑶台

福海周环皆胜景，瑶台中峙境凌虚。
三春欣到清凉界，九夏永宜蓬岛居。
水面含辉映竹簟，松梢拂籁透纱疏。
日长政简寻佳致，徙倚北窗味古书。

三春：春季三个月，农历正月称孟春，二月称仲春，三月称季春。汉 班固《终南山赋》：“三春之季，孟夏之初，天气肃清，周览八隅。”

九夏：夏季，夏天。晋 陶潜《荣木》诗序：“日月推迁，已复九夏。”

嘉庆十八年

瑶台歌

春水绿波含旭皎，浩浩汤汤绕蓬岛。
瑶台中峙得概全，遊观原不事祈祷。
六合之外本虚无，作伪营私五利徒。
智者超然愚者惑，行险儌幸覆辙趋。
境设额题祛妄想，往迹探寻拍诸掌。
饮和食德同庶民，心静神清自培养。

五利：即五利将军，官名。因汉武帝好神仙术，有方士栾大自称“仙人可致”等。武帝以为真，拜其为五利将军，并把公主嫁给他。后发现被骗，诛之。

嘉庆二十年

蓬岛瑶台

洞天福地在尘寰，弱水增城未可攀。
系念民艰怀四海，谩求仙迹陟三山。
存仁远胜刀圭助，毓德总由方寸间。
观额箴心除妄想，立中持正格愚顽。

刀圭：中药的量器名。亦指药物。

毓德：修养德性。南朝宋 颜延之《皇太子释奠会作诗》：“禀道毓德，讲艺立言。”

嘉庆二十一年

瑶台午眺

鼓棹溯沧波，天水相与永。
舣舟白石栏，步陟蓬壶境。
北窗印虚明，纱棂透清影。
殿额示戒深，仰止衷引领。
求仙实笑谈，妄念不可逞。
庄敬身日强，此志心时秉。

蓬岛瑶台

千顷澄波四面环，瑶台杰峙海中间。
养生自育仁和性，炼药徒探大小还。
勉治寰区安万姓，漫求蓬阆陟三山。
世风日下痴愚众，持正除邪诏屡颁。

蓬阆：蓬莱阆苑。传说中的神仙住处。泛指仙境。

嘉庆二十四年

蓬岛瑶台歌

去秋三登澄海楼，观于海者难为水。
一勺之多所积成，盈科而进归墟委。

御园福海峙瑶台，春和景明千顷开。
凭临如对东瀛境，孰见仙人控鹤来。
心安理得祛妄想，窒欲淡思自培养。
德盛福敷寿必长，求丹炼药徒劳攘。

嘉庆二十五年

蓬岛瑶台

福海西洲放小航，瑶台宛在水中央。
停桡可却三庚暑，开牖静延四面凉。
远树含晖赤霞灿，遥峰倒影翠云翔。
澄波心印志清洁，养性颐和永守常。

三庚：中国农历中划定三伏天开始的标准“夏至三庚便入伏”。即从夏至日开始，到第三个庚日就是初伏第一天。

道光朝

道光三年

蓬岛瑶台

御园驻马命轻舟，万顷澄空一望收。
是处暄妍迎画槛，无边浩渺撼层楼。

隔林风送能言鸟，启户波浮逐队鸥。
省识蓬莱延妙景，还嗤徐福海中求。

雨中至蓬岛瑶台作

恍似江南二月天，今春细雨喜连绵。
朅来放棹寻仙岛，镜里楼台柳外烟。

朅来：犹言去。唐 李白《送王屋山人魏万还王屋》诗："朅来游嵩峰，羽客何双双。"

三番甘泽庆春三，瀛海风光正可探。
入望濛濛迷远岸，滋荣万象水天涵。

泛舟至蓬岛瑶台即景

胜地尘喧隔，风光夏似秋。
岸花随棹转，山翠趁波流。
锦縠千层叠，晴岚一望收。
仙瀛宜赏眺，纳爽更登楼。

瀛海仙山

仙瀛偶访步层峦，半月高台夏亦寒。
入望烟岚云外赏，凌虚楼阁画中看。
穿林窈窕青松磴，护岸周遭白石栏。
雨霁空明澄万象，畅观只觉水天宽。

月夕泛舟至蓬岛瑶台即景五绝句

云容还水态，空澈镜中涵。
西岭斜阳没，流霞绚夕岚。

最喜金风爽，平湖信往还。
水天真一色，只讶隔尘寰。

微影楼衔月，深青树隐峰。
烟波无尽意，隔水一声钟。

鼓棹欲何之，瑶台宜问讯。
葭菼望苍苍，暝色深林衬。

葭菼：芦与荻。均为水生植物名。

泛月不待月，回舟予自嗤。
应知帝王者，勿忘戒游嬉。

初冬泛舟至蓬岛瑶台即景

山空木落正初冬，喜放兰桡万顷中。
菊圃迷离鸿雁雨，芦洲飘飏鲤鱼风。
松遮岸角涛翻翠，日映波心绮叠红。
蓬岛烟光都入妙，诗怀领略四时同。

道光四年

蓬岛瑶台

晴波鼓棹访蓬瀛，台榭延凉夏景清。
湛湛青岚朝雾敛，森森绿荫午烟横。
宜人鱼鸟天机畅，悦性图书妙趣生。
举目西峰希有渰，晨昏望泽寸心萦。

渰：云兴起的样子。

蓬岛瑶台即事

廉纤小雨未深滋，风静层霄感昊慈。
再叩神潭心倍切，畅施嘉澍候无迟。
迷离远岭云空合，滉漾平湖雾乍披。
廑念农功惭德薄，纱疏对处暗萦思。

神潭：此指京城西北黑龙潭龙神祠。

蓬岛瑶台晴望

四寸甘霖庆帝畿，清澄霁景映朝晖。
云光几片晴波漾，峰影千层宿霭霏。
余润留阶苔作锦，湿烟羃树翠成围。
敬希昊眷调旸雨，普锡丰年万姓依。

镜碧居午憩

一棹瑶台景可寻，当炎最喜暑无侵。
窗临万顷清波上，满目空明涤素心。

生机活泼会鸢鱼，日映岚光午霁初。
缥缈三山空幻想，天开妙境俪仙居。

瀛海仙山口号

天光云影湛晴波，习习南薰静里过。
知命乐天慎修德，长生仙药竟如何。

雨后泛舟至蓬岛瑶台作

晴湖潋滟小舟轻，湿翠新红面面迎。
高下岚光晨旭映，青葱林影淡烟横。
中流只觉风添爽，远岸初看浪欲平。
一棹瑶台畅怀抱，寸心万象喜俱清。

道光五年

蓬岛瑶台

一棹新波千顷绿，御园胜概是瑶台。
新春几暇延芳景，不厌扁舟数往回。

蓬莱妙境四时宜，习习和风锦縠披。
石秀松苍春日永，澄清莹澈豁心思。

縠：縠纹，即绉纱的皱状纹，往往用来比喻水波纹。

泛舟至蓬岛瑶台即景

天恩时雨又时晴，福海扬舲万象清。
夹岸澄波南北绿，隔枝黄鸟两三声。
山容净碧流云映，楼影参差淡霭横。
为爱蓬莱春正好，蔚蓝一色印空明。

新晴泛舟至蓬岛瑶台作

阴雨连朝滴砌声，凌晨碧汉喜开晴。
新曦乍耀天光朗，宿润全滋树影清。
送爽微波看浩渺，宜旸多稼卜丰盈。
瑶台静坐澄怀抱，上下空明惬咏情。

蓬岛瑶台晴望

雨过风微好泛舟，瑶台飒爽夏同秋。
山光湛碧云如写，林影余青润未收。
万顷新波连远岸，一窗翠竹映危楼。
更欣暄煦宜多稼，菽粟高低绿满畴。

危楼：高楼。唐 李白《夜宿山寺》诗："危楼高百尺，手可摘星辰。"

暄煦：犹暄暖。唐 薛能《桃花》诗："有影宜暄煦，无言自冶容。"
菽粟：指豆和小米。此指庄稼。

蓬岛瑶台晚泛

新秋玉宇畅新晴，水色山光分外清。
苇岸余烟双鹭立，柳汀返照一蝉鸣。
层层碧浪仙瀛接，面面凉飔画桨轻。
最是丰登真可喜，四郊多稼卜西成。

道光六年

蓬岛瑶台对雪喜成

瑞雪连番喜象真，瑶台静对倍怡神。
高低古木千丛玉，远近平湖万顷银。
是处合诗复合画，乘时宜麦更宜人。
冰床迅速增清况，四岸堆琼绝点尘。

新春蓬岛瑶台即景

谁道蓬瀛夏令宜，天然风景与时移。
千条冻柳催消息，无数文峰辨偶奇。
太半冰融舟可放，恰逢春静漏还迟。
阳和转瞬波涵绿，鸟语花香更助诗。

太半：大半，过半。

瑶台小憩

揭来日午泛轻艭，一棹平波达石矼。
小憩岂同玩春客，飞提南漕系清江①。

① 春水方生，池台融霁，泛轻舟于太液，望转漕于南邦，念盘壩剥运之艰，冀挽粟飞刍之速，虽身游蓬岛，而心系清江，诚不能一刻置也。

艭：小船。
矼：石桥。

放舟福海念东洋，河运湖潴刻不忘。
亟力疏防饬疆吏，变通岂可恃为常①。

① 潴湖济运，蓄清敌黄，此河漕兼治之策也。年来运道艰滞，粮艘未能畅达，不得已令江苏试行海运，暂为变通。而予怀延伫念切望洋，纵使利涉无虞，终非转输常法。惟饬封疆大吏，亟力疏防，俾内河畅通，海帆停止，筹策万全。实有深望焉。

镜碧居

瑶台岸角乍停舟，水面风来夏似秋。
为爱临流镜清碧，晴岚雨树望中浮。

道光八年

蓬岛瑶台

鼓枻夏秋时，冰床更捷速。
九夏避炎歊，三春乐清淑。

楼阁镜中央，疑是仙人缩。
凹凸展文峰，深邃隐林麓。
开卷对古人，湛然清耳目。
乔柯百尺阴，何必千年熟。
即境悟真筌，奚分海与陆。
天人一理贯，仆仆嗤徐福。

炎歊：暑热。

仙人缩：传说是道教的仙术之一。晋 葛洪《神仙传·壶公》：“费长房有神术，能缩地脉，千里存在，目前宛然，放之复舒如旧也。”

真筌：即真诠。真理，真谛。

仆仆：行路劳累的样子。

恭侍皇太后泛舟至蓬岛瑶台作

御园恰喜景清和，一棹蓬莱静远波。
飞阁从知云外赏，轻航恍讶镜中过。
花明岸曲分青霭，雨霁林坳露碧螺。
侍膳璇闱承泽永，功成西极喜偏多。

碧螺：原指少女的一种螺壳状发髻。此处形容远山的样子。

璇闱：璇，璇宫，旧指帝王后妃住处。闱，宫中小门，特指后妃居处。

功成西极：指平定西北张格尔之乱。

道光九年

春日泛舟至蓬岛瑶台作

乍见湖光潋滟浮，轻航一棹达瀛洲。

未逢桃李千枝灿，自有烟霞四望收。
强饭漫夸天上坐，招吟应讶镜中游。
三春九夏随时妙，波静云闲直到秋。

强饭：努力加餐，勉强进食。金 元好问《倪庄中秋》诗：“强饭日逾瘦，夹衣秋已寒。”

道光十年

蓬岛瑶台

雪花积素映冰花，节候迟迟春意赊。
古柏当窗清影瘦，修篁向暖绿阴斜。
镜中楼阁云常护，画里峰峦树半遮。
转瞬和风报消息，新蒲野鹜水边沙。

修篁：修竹，长竹。

恭侍皇太后泛舟至蓬岛瑶台作

移舟福海岸，夏闰景清和。
仙岛浮轻霭，瑶台漾碧波。
云光空际合，花气静中过。
侍膳承慈豫，筹添宝算多。

宝算：称帝王寿数的敬辞。

道光十一年

镜碧居对雨

浓云漠漠雨濛濛，烟霭迷离失远空。
好是虚窗相对处，林峦都入画图中。

最欣春泽十分优，细雨平湖好放舟。
指日青郊控征骑，待看麦色绿盈畴。

道光十二年

蓬岛瑶台

冰床碾玉访蓬莱，小阁山窗待我来。
四面林光环野岸，半空云影度层台。
清凉不独能消暑，静邃从知总远埃。
仙迹荒唐夸海上，何如此地数徘徊。

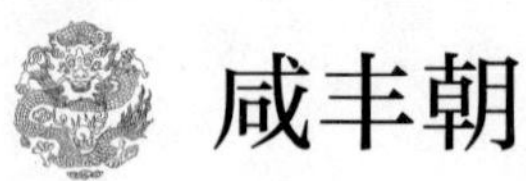

咸丰朝

咸丰六年

泛舟至蓬岛瑶台喜成

蓬瀛风景四时同，将泮春冰舟已通。
无限韶光无限思，新波一棹碾晴空。

何处好春知最早，遥峰雪霁柳含烟。
蜃窗小坐延虚朗，伫看平湖万顷天。

咸丰八年

戊午仲春，泛舟至蓬岛瑶台即景恭和皇考元韵

临窗翠柏色经冬，渺渺湖波一览中。
峰岭排青描煦日，松篁丛秀漾和风。
渐看柳岸萦丝绿，应惜桃蹊落蕊红。
瀛峤吟情饶四序，芳春不与别时同。

松篁：松与竹。北魏 郦道元《水经注 · 沔水二》："列植松篁于池侧。"
瀛峤：瀛，海。峤，泛指高山或山岭。此指蓬岛瑶台。

瑶台避暑赋　以题为韵

稽林钟应律之月，正温风宣候之朝。赤伞高辉于九宇，丹霞绚烂于三霄。嘉泽频霑，暂领林泉飒爽，时霖倏度，仍看土壤干焦。欣宜雨而宜晴，浡生禾黍，喜既优而既渥，胜积琼瑶。

惟伏金之蕴结，斯溽暑之蒸潮。虽万几之少暇，尚长日之难消，乃溯柳岸，放兰桡，泛波澜兮容与，望蓬岛兮迢遥。一奁光洁，千顷波开，荡漾若启玉鉴，澄清如泼绿醅。映日金鳞互叠，含风锦縠相推。舟渐移而岸远，渚停棹兮境恢四环。福海中峙瑶台，陟三山兮超凡界，眺六合兮净尘埃。凭槛云从北起，倚窗薰自南来。乍觉生凉却燠，愧未解愠阜财。殿阁之爽宜延，赫炎之威可避。若雾汀柳拖青，如烟砌花笼翠。涛声直下乔松，铃语徐传远寺。煎茗清涤性源，观书味腴腹笥。或即景以敲吟，偶临池而习字。

虽身逸而心劳，每思艰而图易。值炎歊之蕴隆，虞沟壑之转弃。小民怨咨，大君廑意，既嗣统而承基，勉临轩而当宁。念切蒸黎，时怀胞与，始春耕而望秋收，悯祁寒而怜酷暑。蓬户瓮牖，易染嚣尘，竹簟藤床，不遑安处。怀兆庶之多艰，惭政治之未具。敷德若播清风，感化如沃甘澍。夏之积热易除，国之良臣难遇。愿交泰而协时，惕知临而成赋。